魅丽文化 花火工作室

他的公主抱

凤久安 著

江苏凤凰文艺出版社
JIANGSU PHOENIX LITERATURE AND ART PUBLISHING, LTD

图书在版编目（CIP）数据

他的公主抱 / 凤久安著 . -- 南京 : 江苏凤凰文艺出版社，2018.10

ISBN 978-7-5594-2656-7

Ⅰ. ①他… Ⅱ. ①凤… Ⅲ. ①长篇小说－中国－当代 Ⅳ. ① I247.5

中国版本图书馆 CIP 数据核字 (2018) 第 176132 号

书　　名	他的公主抱
作　　者	凤久安
出版统筹	汪修荣　邹立勋
选题策划	喻　戎
责任编辑	胡小河　姚　丽
文字编辑	吴　龄
责任监制	刘　巍　江伟明
出版发行	江苏凤凰文艺出版社
出版社地址	南京市中央路165号，邮编：210009
出版社网址	http://www.jswenyi.com
印　　刷	湖南关山美印有限公司
开　　本	880 mm×1230 mm 1/32
字　　数	230千字
印　　张	9.5
版　　次	2018年10月第1版，2018年10月第1次印刷
标准书号	ISBN 978-7-5594-2656-7
定　　价	36.00元

（江苏凤凰文艺版图书凡印刷、装订错误可随时向承印厂调换）

目录 Contents

目录 Contents

his princess hug

第一章 江北北有五个哥

电视台咖啡间内，两名工作人员正刷微博闲聊。

“刚刚看到一条微博。”年轻一点的讲，“有个小姑娘是家中唯一的女儿，上头好多哥哥，有次她被欺负后，十几个哥哥帮她教训小流氓……真的好羡慕有哥哥的女孩儿。”

“那谁呗。”另一个抬了抬下巴，“你才来不知道，新闻部的江北北，有五个哥。”

“真的？可我听说她家住机关家属区，父母是机关部门的，都是独生子女吧？她哪儿来的哥？”

资历老的工作人员压低声音，说道：“邻居家的。江北北爸妈因公殉职，她是邻居们给养大的。你不知道，去年她刚来电视台时，新闻部的总监起了色心，只知道江北北父母双亡，又见她长得乖，以为好欺负，想占她便宜，结果身败名裂。”

“她那五个哥，”老员工八卦道，“有律师，有特警，有退役特种兵，还有个职业是收尸的。人家合法起诉，把总监给查办了。后来才知道江北北的父母都是国家烈士，咱台长亲自请她吃饭赔不是。”

“国家烈士？”新人听完，一脸佩服。

江北北此时正在步行街旁等人，她有一头栗色长发，发梢微卷，长相过分甜美，像午后街角的甜品店，散发着温暖柔和的蜜糖味。

不久，一个眼镜男捧着手机走近，小心问道：“你是，江北北吧？”

“哎，对。”江北北认出了这位男士就是她今天的相亲对象，礼貌地笑了笑，脸颊显出浅浅梨窝。

那眼镜男惊喜又惊讶地道：“我相过好多姑娘，你是第一个让我眼睛一亮的！听三姨说，你在A电视台工作？我回头得看看你们节目，A视三套吗？”

“嗯，《新闻聚焦》栏目组的。”

相亲对象超出自己预期，眼镜男像捡了宝贝，惊喜之情溢于言表：“听我三姨说，你是她家邻居，太可靠了，相亲这么多年，第一次遇到你这么靠谱的。”

江北北微微扯动嘴角，礼貌地道：“我们先去凯德吃饭吧。”

商场附近是条繁华的步行街，两旁是特色商铺，中段有家商铺装修风格异常萌，店铺叫“喵了个咪”，卖奶茶、酸奶、小甜点。

店铺老板是个身高一米九的壮硕男人，仔细看倒也清秀，就是眼睛小，倒三角身材、板寸头，气质刚硬，凶巴巴的，着实和萌挂不上边。最奇怪的是，他店里没养猫，倒是养了只哈士奇，叫宋大喵。

此时，这个大个子男人正在擦店门玻璃，哈士奇蹲在他脚边卖蠢。

江北北从这家店门前走过时，哈士奇汪汪叫了起来，尾巴都要摇出残影了，若不是拴着绳，早扑上去了。

江北北笑着打招呼：“大喵好。四哥，我去那边吃饭啦，你也记得按时吃饭啊！”

板寸头转过脸，刚要笑着招手，却瞅到了江北北身边的眼镜男，小眼一缩，怔了，脑袋里立刻拉响了警报，他气沉丹田地大吼道：“北子，你干吗去啊？”

然而江北北早已走远，见江北北往商场方向走，大个子反应过来，迅速掏出手机，在名为“兄弟义气”的五人微信群中发出警报：全体注意，北北跟一个年轻小伙子一起逛街吃饭去了！有情况！晚上都早点回来问问，她怕不是恋爱了！

最先回复的是大哥严清明。

大哥回了个“OK”的手势。

大个子惊奇：大哥你今天没手术？

大哥严清明是外科大夫，每日忙手术，往常都是最后回消息的。

严清明：恰巧结束一台，晚上到你店里吃，我买菜。

二哥唐西周也回复了：什么情况？丫头恋爱了？你别是谎报军情吧？宋朗，你在哪儿看见的？

大个子回：我店门口。从我店前头过去的，进凯德了。

那应该是有情况了。二哥唐西周推断。

三哥秦元回了段语音：“这小姑娘太皮了，谈恋爱不事先通知，这得收拾。”

一直到下午，群里年纪排行最末的楚尧才看到消息，他回复：……

晚饭前，江北北送走相亲对象，回到喵了个咪，揉了揉热情迎上来的宋大喵，对着做饭的大个子打了声招呼：“四哥，我来了！”

宋朗提着勺探出脑袋，道：“都等你呢！”

江北北指着旁边包间，轻声问道：“都来了吗？”

“就差老五了，快去，你二哥等着审你呢。饭马上好，你把这盘菜端去抵挡一二。”

“谢四哥！”江北北搓搓手，端起盘子，一回身，看到二哥唐西周笔直地站在她身后。

唐西周挑眉，眸中水光荡漾，笑意盎然，若不是身为刑警，有一身正气压着，这笑定能折花三千。

“站住，躲什么躲，抬头挺胸立正。”唐西周夺过她手中的菜盘子，传给了身后的秦元。

“二哥、三哥。”江北北声小如猫，乖觉地叫哥。

秦元看起来像是刚到，风衣未脱，脖子上挂着一条灰色围巾，头发做了造型，金丝边眼镜反着光，像极了游戏人间刚刚浪子回头的风流贵公子。

秦元把菜盘子放在桌子上，抱胸倚门，似笑非笑打量着江北北。

“谈恋爱了？”唐西周率先发问。

江北北从实招来：“没有，是相亲。”

“怎么想起相亲了？同事介绍的？”

“见见也好嘛……”江北北回答，“有人介绍就去见了。”

“做什么的？人怎么样？”包间内走出一个长相温柔气质稳重的男人，他穿着格子毛衫，袖边起着毛球，毛衫内的衬衣领子卷在了里面却浑然不觉。

“大哥。”江北北打了招呼后，老实摇头，“具体的他没说，好像是做互联网的。”

唐西周一边的眉毛又飞了：“不清楚基本情况就敢跟人相亲？把你拐跑了怎么办？相亲前不知道给哥哥们打声招呼？你把人约你四哥这里也成啊！一点警惕心都没有，男人可都不是好东西。”

“哎，知道了，二哥别骂自个儿了。”江北北双手合拢讨饶，“哥哥们吃饭吧，我饿了。”

唐西周按住她的脑袋“哧”了一声：“想恋爱跟二哥说，二哥帮你介绍靠谱的。也该恋爱了，二哥不是拦你，但今天这种先斩后奏的情况太危险，世道复杂，万一遇上个你们单位那种浑蛋色魔把你掳走，二哥上哪儿哭去？”他说完，勾着严清明的肩膀先进包间了，“大哥，今天喝点？”

秦元还站在后厨门口含笑看着她，江北北见他不动，小心绕过去，却被他一把拽住，拦腰抱起甩到了肩膀上：“往哪儿跑，叫我了吗？”

“叫了！刚刚叫过了！”江北北叫了一声，双手挣扎，“三哥，注意分寸啊！”

大个子宋朗探出头来，眉头一拧，道：“秦元，北子都这么大了，男女授受不亲。”

“去你的，兄妹情深似海。”秦元半玩笑半认真，挑起桃花眼，把江北北拽回怀里，低头俯视着她，哼声道，“想要男朋友？我你看不上吗？”

“使不得！”江北北推着他的胸膛，“你是我三哥！”

秦元慢条斯理地道：“肥水不流外人田，何况我是你三哥，不是你亲哥。”

“不不不，胜似亲哥……”江北北正焦急，忽然店门一响，一阵寒风吹来，江北北起了一身鸡皮疙瘩，秦元抬头看见来人，轻笑了一声，把她放下了。

门口站着一个穿黑色风衣的年轻男人，瘦高挺拔，黑发黑眼，皮肤白得似雪，浑身上下仿佛只有黑白两种颜色，简单分明，配着淡漠的眼神，给人挥之不去的疏离感。

他眼眸淡淡扫来，视线锁定着江北北，好半晌才移开看向秦元，嘴角微微撇了撇，动作很轻。

秦元伸了个懒腰，进了包间：“尧儿回来了，人齐了，开饭开饭。”

“尧哥。”江北北躲开眼神的碰撞，小声叫他。

宋朗听见动静，又从后厨探出脑袋，高兴道：“楚尧，你可来了，快搭把手。”

“嗯。”年轻男人慢慢脱下风衣，搭在胳膊上，衬衫也白得像雪。

他走路无声，离近了，熟悉的消毒水味道钻进了江北北的鼻子里，加霜带雪，冷冷的。

“上午是相亲对象吗？谁介绍的？”他问，声音很低，干净通透，又有沉甸甸的质感。

江北北摇了摇头，欲言又止。

答案了然于心，楚尧沉声：“秦元他妈？”

江北北偷眼看了看包间，悄悄地点了点头。

楚尧盯着她看了好一会儿，目光沉沉，令她喘不过气来，好半晌，他开口问道：“感觉怎么样？喜欢吗？”

江北北深吸口气，实话说道：“没大哥高，没二哥正直幽默，没三哥会说话，还没四哥眼大。”

与你更是没的比，江北北在心中默默补充。

楚尧眼眸中微微泛起笑意，像是雪消春现，一扫刚刚的压抑感：“今天工作还好吗？”

江北北点头，手指抠着桌沿剥落的漆，一低头，小步跑着逃进了包间。

楚尧目光一直追随着她，末了收回，淡淡笑了笑，舌尖微有苦涩。

忘了从什么时候起，她开始有意疏远他。

到底该怎么办才好？

她已经到了需要相亲的年纪。

今天的相亲对象她不喜欢，万一哪天她遇到个喜欢的，他该以怎样的表情面对？又该怎样才能心甘情愿将祝福说出口？

楚尧垂眼，慢慢卷起雪白的袖边，把心里那点落寞，一点一点掩饰掉。

与此同时，江北北托着下巴，目无焦距地呆望着墙上的斑点，在楚尧那只赏心悦目的手递来筷子时，她伸出手去，脑海里突然蹦出来塞林格的那句对爱的描述：爱是想触碰，却又收回手。

江北北收回手，楚尧怔了怔，放下筷子。

江北北懊恼地想，她该如何，才能跨越与他的距离，跨越他的淡漠疏远，靠近他？

江北北住的是老公安居民楼，共三层六户。一楼住宋朗家和唐西周家，二楼是江北北家跟楚尧家，楼上则是严清明家和秦元家。

江北北五岁时，父母在一次跨国缉凶行动中殉职，此后多年，江北北和她奶奶的生活全靠这些邻居帮忙照料。

五户老邻居里，三楼东户的严清明是小辈中年纪最大的，今年三十三岁，军医大学毕业，目前是军总医院的外科医生；三楼西户的秦元三十岁，法律专业出身，是业内有名的律师；一楼东户的宋朗二十九岁，曾经的全国散打冠军，接受过特种兵训练，退役后，在步行街开了家奶茶店；一楼西户的唐西周三十二岁，特警出身，现为重案组刑警；初入职场年纪最小的江北北住二楼东，而她对门是五个哥哥中排行最末、二十七岁的楚尧，也是江北北眼里最特殊的哥哥。

楚尧毕业于法医专业，却在做了一年法医后，突然选择到殡仪馆工作，当了一名入殓师。

聚餐结束后，大家回到老居民楼。

宋大喵的叫声震亮了楼道灯，江北北一进门就把自己挂在沙发背上，如同一条晾晒的鱼，垂头垂手，叹了口气，就这么不吭不响地挂着。

听见动静，江北北奶奶从卧室里出来，念叨着要给她热牛奶。

宋朗和唐西周在楼下齐声喊奶奶好，算是打过招呼。而住在三楼的秦元和严清明路过江北北家时，习惯性进屋里转了一圈，身为医生的严清明问了老太太今天的身体状况，趁两个人说话，秦元像猫一样溜到客厅，预备突袭挂在沙发背上垂头丧气的江北北。

他手还没挨到人，脊背就寒了一瞬，回头，果然是楚尧跟了进来，站在门口，幽深的眼睛盯着他，面上略有不愉之色。

"又来，你护食呢？"秦元调侃。

楚尧不语，无声示意秦元离开。

秦元笑："不走。"他轻易让步，岂不是很没面子？

然而这时，三楼西户开了门，秦元妈大喊道："秦元！你回来没？别拐道！"

秦元"啧"了一声，秦元妈再次开腔："赶紧给我滚回来！"

楚尧侧过身给他让开道，秦元无奈，只得三步并两步上楼，应道："这不回着呢！妈，你别喊了。"

他走后，楚尧向厨房看了一眼，江北北奶奶正跟严清明絮叨着。

楚尧默默到厨房检查了煤气水电，又查看了冰箱里的菜和水果。

等严清明走后，江北北奶奶笑眯眯地看着楚尧，说话声音自然而然地放轻缓了："工作忙吗？前两天你妈说你去什么研究所学习了。"

楚尧答："嗯，一〇一研究所。"

那是全国唯一一个研究殡葬的研究所，楚尧作为优秀员工，上周被派到研究所交流去了。

"哎，到底是社会进步了，殡葬也有科学研究了，还是有文化好，你这孩子心善……"奶奶絮叨着，喝了降压药，一回头，看见楚尧在笑。

笑得很轻，半垂着眼，也不知道哪句话让他开心了，眼神温柔。

奶奶道："早点回家歇着去吧，累一天了。对了，锅捎回去，你妈昨天做的米酒汤，整锅端来了，北北一人喝了快一锅。"

闻言，客厅的江北北"咸鱼打挺"地猛抬起头，大叫："奶奶放下！那锅我没刷呢！"

江北北奶奶掀开盖子一打量，念叨："你个小丫头，没刷你盖上盖子放旁边做啥？"

楚尧微微笑了笑，侧头望向客厅。

奶奶对楚尧说道："让她刷完送过去。惯她呢，懒得要死，喝完不刷锅。"

"没事，顺手的事。"楚尧带着锅回家。

关上门后，他听见奶奶对江北北说："昨天喝完也不把锅送回去，倒是有工夫跑楼上帮秦元他妈择菜，你这姑娘……"

楼道的灯灭了，楚尧立在黑暗中，抱着锅沉默。

家门忽然打开，楚尧妈像逮到儿子出糗了一般，捂嘴偷笑，轻哼道："干吗呢？听见你的声音，半天不见你进来，是不是忘了家在哪里了？"

楚尧进门，轻声道："我先刷个锅。"

楚尧妈调侃他："刷就刷，笑什么？刷锅还这么高兴，儿大不中留，老楚，你看看你儿子……"

而在江北北家，江北北盯着茶几上的牛奶，鼓起腮帮，瞪着眼睛，也不知道在想什么。

"喝了快去睡，又这么晚回来。跟他们出去吃饭了？"

"奶奶……"江北北依然趴着，像只搭在沙发背上的海参，无精打采地道，"我心乱。"

"年纪轻轻的，毛病挺多。"

"我今天相亲去了。"江北北滑坐在沙发上，下巴抵着靠枕，道，"秦元妈给介绍的，我没好意思拒绝，就去见了。"

"她给你介绍的？"江北北奶奶道，"还没说你呢，昨天怎么跑楼上吃饭去了？"

"昨天下班恰巧碰见她买菜回来，她让我去她家里坐坐，要跟我说件好事……"江北北苦着脸道，"她是让我帮忙做饭，顺便介绍她外甥给我认识。"

秦元妈打的是什么主意，她早就猜到了。

这些年，眼见秦元过了三十了还没找女朋友，而江北北也大学毕业了，到了该谈情说爱嫁人的年纪，秦元妈生怕她重金培养、引以为傲的儿子，便宜了江北北这个无父无母无法帮衬儿子的小姑娘，于是想尽快解决掉江北北这个隐患。

奶奶问："她给你介绍的对象什么条件？"

江北北又愁成咸鱼，仰躺着道：“一言难尽……”

“要我说啊，你也该找了。”奶奶斜她一眼，“自己多留意点，平日里看看哪个小伙子对你示好，就相处相处，看看合不合适。”

江北北翻了个身，拿出吸管隔老远吸牛奶，完了闷声道：“都不来电。”

“挑三拣四。”

“奶奶，秦元妈这么早急着给我说媒，是怕我勾引她儿子……我心里难受，我真没那想法。”

奶奶嗔道：“没有的事，咱好好的姑娘，净瞎想。”

在外人看来，江北北很幸运，一路享受国家政策福利，身边有五家似亲人的邻居照顾，还有五个邻家哥哥撑腰，有人宠着，有人帮着，生活幸福。

然而有时候，有些善意，也是压力。

她幼年丧父丧母，外界的关怀和帮助代替了父母，呵护她成长，虽也顺风顺水，但她依然是不幸的，如今外人称赞的幸运，都建立在她失去父母的巨大不幸之上。她缺失的，任谁也无法填补，年纪越长，那些善意就越严苛，化为条条框框，一道道束缚着她，让她越活越小心。

前几天，从小就喜欢跟她打打闹闹的三哥秦元下班回家时，凑巧撞见了她，起了玩心，便一把捞起她，扛着她到家门口才放下。

又是个凑巧，秦元妈瞧见了。所以昨天趁秦元不在家，秦元妈把她叫到楼上，旁敲侧击地问她有没有对象，要给她介绍。

江北北翻了个身：“唉……”

她安慰自己，其实除了秦元妈，其他人都还好。就是秦元妈，也不是坏人，只不过是精明一些，比如喊她到楼上吃饭必然让她做饭一样，对她的好有来有往罢了。

可为什么秦元妈会防着她呢？是因为三哥总开她玩笑让人多心吗？

手机亮了一下，有条新消息提示，是今天的相亲对象：你睡了吗？我回来跟我妈商量了，我觉得你长得很像我未来的老婆，我妈想看看你，明天周六，你有时间吗？我带我妈一起去。

江北北扔了手机，把脸埋在沙发里，闷声闷气地道：“难受……”

过了一会儿，她爬起来，叼着吸管，飞速打字，准备问同事如何拒绝相亲对象。

求助，各位有经验的大哥大姐，怎样委婉礼貌不着痕迹又能给足面子地拒绝一个你不感兴趣的相亲对象？救我一命，胜造七级浮屠！

消息发出去，收到回复后，江北北尖叫出声。

她发错群了！

楼上楼下，传来几个哥哥的笑声。

四哥：北子，发错群了？

二哥：显然发错了，因为哥哥们都没相过亲。

三哥：你今天就不该去见面。

大哥：让你二哥去当你男友，吓退相亲对象。

三哥：我，现成的，踊跃报名，我来当北北男友。

二哥：老三不行，长得轻浮不靠谱，不容易被人信，还是我去比较好。

尧哥：……

江北北看到楚尧的省略号，吸了口气，转头望向门口，默数三下。

数到三，叩门声轻轻响起。

她打开门，衬衫白得发亮的楚尧低头看着她。

“他又约你见面了吗？”他轻声道，“明天我休息，我陪你去。”

江北北耳朵发烫，低头，左脚尖蹭右脚尖，半晌，她嘴角不自觉扬起，应道：“哦……好呀。”

第二日，楚尧出门时，被他妈拦了下来。

“上班？今天不是休息吗？”

楚尧：“只是出去……”

“玩？”楚尧妈妈立刻像是竖起了八卦接收天线，身形矫健地移到了儿子面前，挤眉弄眼地问楚尧，“跟北北一起？”

答案很明显，楚尧眼睛里全是笑意。

“约会？”

楚尧没敢点头，犹豫了片刻，答：“哪里，不是的。”

楚尧妈妈笑得灿烂，之后一秒变脸，一双手鹰爪似的飞快抓过来，使出一招擒拿，恶狠狠地道：“管你是不是约会，给老娘换身鲜亮的衣服去！你穿黑外套出去是去参加葬礼吗？楚无常！”

楚尧妈妈年轻时是重案组的刑警，是闭眼双手开枪能枪枪中靶的强悍人物，即便进入更年期，揍起儿子来也是轻轻松松的。

楚尧差点给亲妈跪了，他视线盯着地面，轻声道："我没别的衣服。"

楚尧的衣服几乎都是白色和黑色。倒不是故意为之，他只是觉得黑色白色简单庄重，更适合他的工作。

"胡说八道！"楚尧妈松开他，又表演了变脸的技能，换上一副慈母脸，软下声笑吟吟地道，"妈前天刚给你买了件休闲服，在你爸柜子里搁着，去换上再出去啊。"

楚尧小声道："其实是给我爸买的吧。"

楚妈说的那件休闲服是件灰蓝色连帽衫，颜色一言难尽，新买的都像旧的，所以，九成可能是买给楚爸钓鱼用的。楚尧皱了皱眉，在母亲不换衣服就严刑拷打的目光注视中，乖乖换上了。

不管怎么着，楚尧还是穿着那件蓝色减龄连帽衫出门了，他轻轻敲了敲江北北家的门，很快江北北就开了门，见到楚尧，她满脸笑容。

楚尧微微笑了起来，她的笑容，是他每天等待的那道温暖阳光，那滋味，让他上瘾了多年。他每次敲门，期待的都是门开后她面带笑容的脸庞。

"收拾好了吗？"楚尧轻声问。

他声音轻，江北北的声音不由自主也轻缓了，鸡啄米似的点头："好了。尧哥，我们现在走吗？"

"嗯。"

坐上车后，江北北小声说："尧哥今天换衣服了。"

楚尧不知接什么，只应了一声。

江北北也没再说话，托着脑袋歪头看向窗外。

楚尧看了眼倒车镜，江北北面无表情，手指抠着衣服边的线头，双眼发直，似乎也没说话的意思。

楚尧很想找点话题来聊，他把这阵子听过的笑话都拎出来翻腾了一遍，却没办法讲出口。

可是……还是想看到她笑啊。

快到她跟相亲对象约定的饭店了，楚尧终于找到了个能让她开口又能让她开心笑起来的话题。

“北北，现在网上都流行什么笑话？”

江北北立刻来了精神，扒着前座，歪过头问：“尧哥对这个感兴趣了？有很多的！”

楚尧轻轻笑道：“讲一个。”

江北北说：“好呀。”

然而要讲时，她的脑海里，却只能想起不久前同事讲的那些“少儿不宜”的笑话。

如何一句话让老鹰从天上掉下来？大喊：“老鹰大姐，你的罩罩掉啦！”

这等恶俗笑话怎么能给尧哥讲！江北北的大脑一片空白。

楚尧没等来她开口，疑惑地转头看她，用关切的目光、温柔的语气问她：“怎么了？”

江北北艰难屏蔽掉大脑中的小黄段子，开口道：“尧哥，想不出。”

楚尧温和地道：“没事，我也就是随口一提。”

她长大后，他们就回不到从前了吗？

为什么就连正常说话，都万分艰难？

相亲对象跟江北北约的地点是家湘菜馆，进门前，江北北伸手想拉住楚尧，继而又缩回去，叫住楚尧：“尧哥。”

她仰起脸，像是打气，给了楚尧一个灿烂的笑，然而未见雪融春风来，却见楚尧看向她身后，双瞳猛地一缩。

他眼神突然从温和变作凌厉，如春暖未过寒霜突降，把江北北骇得身上的毛都立了起来。

一双手拍在了江北北的肩膀上，头顶传来轻轻一笑：“逮到你了。”

“三哥！”江北北转头，手抚着心口，“吓死我了……你怎么在这儿？”

秦元眯起眼，佯装不悦道：“这句话应该我问你才对，你跟小尧怎么在这儿？”

江北北慌忙解释：“我请尧哥来帮我推掉相亲对象！”

秦元不高兴了：“昨晚说好了让我来，怎么今天就跟尧儿来了？你嫌弃三哥？”

“哪儿能？”江北北急出一脑门汗。

楚尧却冷冷吐出两个字：“嫌弃。”

秦元抬头，斯文败类气质十足的金丝边眼镜闪着光，对视许久，秦元错开视线，看向紧张的江北北，露出一丝笑，说道：“身为哥哥，三哥也得帮你相看不是？走吧，约的这家店？”

他推着江北北率先进了湘菜馆，还回头对面色不悦的楚尧得意地笑道：“这事还得我来。”

楚尧皱眉。

秦元推着江北北进了饭馆，低声对江北北说：“三哥要玩个游戏，从现在开始，我是你男友。”

江北北大惊失色：“不能！”

坐在墙角处的相亲对象看见她来，大声喊着她的名字，站起来招了招手：“江北北，这里！”

之后，双方愣住。

相亲对象：“秦元哥？你怎么在这里？”

待秦元看清了江北北的相亲对象是自己表弟时，脸色几变，最后定格在惊讶上。

“哟，巧了。”秦元的男友梦碎，他的手连忙从江北北肩膀上拿开，走上前去跟自己的小姨和表弟问好，“没想到北北的相亲对象是你。”

相亲对象的母亲笑着说：“秦元，今天不上班了？这不，你妈给介绍的小姑娘，你弟弟看上了，非说要定，我就来看看。”

这下轮到江北北惊了。

定什么，定亲吗？她什么时候说过要定亲了？

“小姨你开玩笑呢？”秦元立刻明白了怎么回事，脸色难看，却又不敢当着长辈发火，依然带着笑，声音发紧地道，“北北她还小……说这事有点早。”

这个理由，真是烂极了。

相亲对象和他母亲在秦元和江北北之间看来看去，慢慢露出震惊的神色。

完了，这表情。

江北北小声叹了口气，知道自己成了这位阿姨眼中的狐狸精。

午后，阳光明媚。

江北北坐在公园的长椅上，一声不吭地喝着奶茶。

尴尬的相亲事件已经过去半个小时了，相亲对象走时，脸色黑如包拯，可能过不了多久，秦元妈就会听到她跟秦元勾搭在一起的消息。

江北北一肚子苦水，无处倾吐。

而此刻，坐在她旁边的二位男士，剑拔弩张。

楚尧：“你妈这个时候突然着急给北北找对象，你敢说这事与你无关？”

秦元：“什么意思？”

“你心里清楚。”

“你够胆就把话讲清楚！”

楚尧冷声道：“都是成年人，别装听不懂。”

眼看他们要吵起来了，江北北面无表情地举起奶茶，说道：“三哥、尧哥，我想吃冰激凌。”

两个男士停止了争执，起身去买。

两人走后，江北北把脸埋在手中，叹了一口气：“朕活不成了，要成妖妃了……”

自己小心翼翼多年，终究逃不过“耽误人家好儿子的狐狸精”这个名号。

秦元付完钱，扭头见楚尧站在他身后，那张脸，比旁边开着盖子的冰柜都冷。

“干吗呢，冰川脸？”秦元不爽道。

“你跟你妈说什么了？”楚尧漆黑的眼紧盯着他，低声道，“你一定说过什么。”

秦元舔了舔嘴角，笑道：“败给你了。”

他承认了。

上周他过三十岁生日，回家后他妈说，三十岁了，今年该想结婚的事了。秦元当时醉了，借着酒劲说，结婚也行，我让北北叫你妈，你同意吗？

秦元知道他妈不太喜欢江北北，北北体质弱，不擅长家务，加上长相太甜，他妈总觉得这种女孩虚荣娇气，不适合过日子。帮是可以帮，毕竟小姑娘挺不幸的，但要这样的姑娘进家门当儿媳妇，他妈估计是要疯。

再者，秦元妈这辈子最大的成就就是培养出了秦元这个好儿子，儿子这么优秀，一定要找个优质对象，起码是高知家庭知书达礼的大家闺秀吧？

秦元太了解自己的妈，酒醒之后，后悔不迭。

果然，他妈背着他，开始给江北北张罗相亲。

秦元气闷。

楚尧道：“北北脸皮薄，你妈只要开口，她不好意思拒绝，心里难受还要忍着。本来说好的，今天我陪她来，过后我来出面拒绝你妈介绍的相亲对象，你妈知道是我替北北拒绝的，也不会怪她不懂事，过后也不好再提，这事就过去了。你倒好，偏要来掺一脚。”

秦元揽着楚尧的肩膀，忧郁道：“我出来吃个饭，恰巧碰见你俩，不来掺一脚我心慌，咱俩都知道，是吧？”

“手拿开。”

“不能让你得逞。”秦元笑眯眯道，“我这人有个毛病，从小到大我喜欢的东西，别人只要表达出想拿走的意向，我就难受。”

楚尧冷冷一笑，转身就走：“你才是东西，北北是人。”

“我就打个比方！”

楚尧：“呵。”

江北北抬起头，瞧见两个哥走过来，楚尧还是那张没多少表情变化的脸，秦元则眯着眼笑着，揽着楚尧的肩膀。

江北北听见秦元说：“咱俩这是说开了对吧？”

楚尧回：“你已经出局了。”

“那你呢，幺弟？”秦元呵呵笑着，“进局了吗？你怕是连局都没进吧？”

江北北不明所以，所有的关注点都在秦元搭在楚尧肩膀上的那只手上。

她羡慕地想：我什么时候也能正大光明地搭上尧哥的肩？

江北北少女时期情窦初开，开始疯狂喜欢楚尧。那时楚尧刚刚上大学，假期回家时，江北北对正处在青涩男孩转成熟男人期的楚尧“一见钟情”，黑发黑眼白皮肤，美得像梅枝上的那簇雪。

少女的爱很肤浅，就是冲皮相跟气质去的。楚尧可心可口，褪去少年期的青涩后，猛地惊艳到了她，从此以后，少女怀起了春。

而这个春，离她有点远，又冷又冰，江北北稍微吐露点春芽，就被冻得一把鼻涕一把泪，却又不舍得离开。她远远站着看，心惊胆战地观察了好几年，好在春依然在，没便宜别人。

再后来，楚尧越来越有男人味，告别少女期的江北北，在楚尧哥哥式的关怀中越陷越深，反复品尝着他冰层下的温柔，融化在名为楚尧的柔情中。

这些年，江北北一直在大胆示爱楚尧的边缘试探，却迟迟不敢豁出去迈开腿跨过那条线。于是，求而不得也不敢求的她，化悲愤为幻想，只敢在梦里示爱楚尧。

现实中，江北北一见楚尧就㞞成团，战战兢兢地伪装着自己，不敢让楚尧知道自己的真实想法，就怕她一旦越过那条线，非但不能拥有楚尧，反而连兄妹关系都要破裂。

于是，江北北把那只在越线边缘试探的脚，再次缩了回来。

到家时，江北北看到奶奶留下的字条，她跟自己的老同事们回老房子那里看看，过两天回来。

老太太这一走，秦元妈就没什么顾忌了，江北北耽误五位大好青年的消息传播速度快了两倍。

周一上班时，家属院内的阿姨、媳妇、太太们都知道了这则消息。

“那一单元的青年岁数可都不小了，你瞧瞧，全没结婚，连个对象都没有。”

“这姑娘，人家好心好意给她介绍对象，她带着两个男人去砸场子，传出去名声能好吗？”

“那孩子也真是，都这么大了还跟男孩子们那么亲热，肯定出事啊！瓜田李下，也不知道避嫌。”

“没人教啊，要不说家庭教育还真是重要，尤其是女孩儿……”

江北北临下班时，才从住一个家属院的朋友口中得知消息。

饶是江北北有心理准备，也气得不行。

多年来，她就是怕这样，才过得小心。

她小心翼翼，与哥哥们保持着不远不近的距离，远一点怕人讲她不领情，近一点怕人误会她别有用心。

她暗暗发誓，不能落一个没家教的坏名声，爸妈去世，无人教养，她哪怕有一点点做得不好，流言蜚语就会落到她的爸妈身上。

江北北感觉自己就像一根被迫拉紧的橡皮筋，不敢有半分松懈，她把自己的真实一面藏起来，对邻里一直和和气气，努力读书，奋力上进，不能表现出任何负面情绪。

然而还是没做好。

她成人后，尤其是工作后，难度就升级了。

男女之间，能被人拿去做文章的事情太多了。从秦元妈忽然关注她的婚姻大事的那刻起，她就知道，她多年来营造出的好女孩形象，要破碎了。

到底还是跟哥哥们走得太近。

同家属院的朋友好奇地问她：你们二单元的五个小伙子不结婚，真的是因为你吗？

江北北绷紧的橡皮筋一下断了。

去他的，本姑娘不伺候了！

破罐子破摔！

江北北如此想着，然而回答时，却还是老实本分地打上一句话：哈哈，怎么可能！

她到底还是不能破罐子破摔……这就是生活。

必须㞞，必须认，必须理智思考。

江北北又开始垂头丧气。

她趴在办公桌上，叹息。

好想拿个大喇叭站在家属院内一天八百遍地喊："我没有，我不是，除了楚尧，其他的我不承认，我不背锅！"

不，等等。

江北北止住脑内小剧场，拍桌而起。

不能带楚尧出场，不然自己还是个对好心帮自己的邻居哥哥有非分之想的女孩子，街坊邻居们一定会说："哎呀，你能对楚尧有想法，指不定对别的也有想法。”

生活不易，江北北委屈。

下班后，江北北在单位门口的一家小饭馆吃饭，迟迟不愿回家。

她点开“吉祥六宝”家庭群，给五位哥哥发了条消息。

你们为什么都不结婚！为什么！还我清白！@全体

发出去后，她又觉得自己鲁莽。

哥哥们又做错了什么？

据她所知，大哥和二哥被催婚的次数不比秦元少，好像除了楚尧爸妈，其他几个哥哥的家长都热衷催婚？

倒也不奇怪，楚尧的工作……催婚也没用，想来就是因为这个，楚爸、楚妈才没提过吧。

楚妈说过，楚尧这个工作，亲朋好友的婚礼不能参加，见面问好不能握手，你自己不觉得有什么，也会有人敬佩你的工作，但到底还是忌讳的人多，结婚找对象更难。

“哪家父母愿意让女儿嫁他？”楚尧妈说，“你再看看他那张脸，好好的一张脸，我给生得多好啊，偏偏像个黑白无常转世，笑都不笑，跟着他有什么意思？”

江北北也听见秦元妈闲话过楚尧，说楚尧傻，法医可比去殡仪馆给尸体擦身洗澡化妆强，法医好找对象，介绍时就说是公安局工作的，受人敬佩。但殡仪馆入殓师可不一定了，给人介绍自己的工作，为了不让人心里硌硬，还得说是在民政局工作，相亲姑娘问你哪里工作的，你说殡仪馆，能成就有鬼了。

偏偏楚尧放弃法医，去殡仪馆做入殓师。

“读书读傻了。”秦元妈下了结论。

江北北在步行街溜达，排队买了杯奶茶，坐在旁边的石墩上，一边喝一边思考人生。

她掏出手机，群里有回复了。

怎么回事？这是迟钝的大哥严清明。

丫头，是不是有人说闲话了？这是冰雪聪明的二哥唐西周。

我倒是想找啊，但是找不到。这是老实的四哥宋朗。

三哥和尧哥没回复，但三哥单独发给她一条语音。

江北北点开，听到秦元说："北北，没事，我回去跟我妈解释。"

三哥，你别了吧……

江北北抱住手机，用额头撞屏幕。

过了不久，电话打了进来，江北北以为是秦元，下意识要挂掉，结果看到屏幕上楚尧的名字。

她一个激动，按了红色挂机键。

"啊！！啊——"江北北哀号，"我尧哥，我挂了他的电话！"

江北北把电话回了过去，那边已经是关机状态。

手机没电这种情况，一般不会发生在楚尧身上，因为楚尧的工作基本脱离手机，根本没有耗电的机会。他工作时，随身物品，尤其是手机，必须要锁在柜子里，下班才能取出开机。

楚尧刚刚给她打来电话，应该是下班了，但这么快又关掉手机，很可能是来了紧急工作，又锁回去了。

江北北兴致索然地站起身，在步行街上慢慢晃悠。

她不想回家。

奶奶不在家，打开门屋里是黑的，没有灯也没有饭菜，没有家的味道，更没有人等着她回去。何况……还有一院子的闲话。

路过一家会馆时，江北北停住脚，抬头望着。

这家会馆新开张，最近在宣传，噱头做得很足，听说服务周到，装潢也棒，目前试营业期间有优惠活动，入住送温泉自助餐。

江北北抬头看了会儿，心一横，进了这家会馆。

"归家会馆，带给您家的体验！"迎宾大声叫道，"女士这边请，您是办理入住吗？"

"住！"江北北把身份证拍在前台，本来想说最贵的那间，结果瞄到价格，立刻改口道，"单人间，一晚，谢谢。"

"好的，明天十二点前退房，今晚八点之后有自助餐和温泉，您收好票。女士，您还有其他要求吗？"

江北北想：难不成我说给我送几个小鲜肉到房间里跳圆圈舞，你们也能答应？

当然，为了不让二哥加班扫她的黄，江北北体贴地把这个玩笑咽下去，说：“有，提前把房间里的灯和电视开一下，营造出有人等我的气氛，谢谢。”

会馆服务还挺人性化，立刻电话通知了客房服务，满足了她的要求。

三分钟后，江北北仰面躺在柔软的床上，像个傻瓜一样，嘿嘿笑了好久，小声道：“不错。”

不管怎样，进门的时候，有电视声，灯也开着，屋里也暖和，的确能驱赶些许孤独。

心情不好时，自己要学会纾解。

怎样纾解，江北北非常有经验，无非就是吃、喝、睡。

工作后，又加了一条，花钱。

自己赚的钱，花起来不舍又心痛，这种难以割舍的痛会提醒她，矫情什么，有矫情的时间还不快赚钱去？

江北北刷了部电影，到了自助餐时间，她爬起来，拿着餐券进了餐厅，端着空盘子开始溜达，一圈溜达下来，食物堆满了盘子。

江北北坐在角落胡吃海塞，刚把烤鸡翅放在嘴里，一抬头，看见二哥唐西周端个盘子在不远处背对着她坐下来，差点惊掉下巴。

“二哥也在？！”

餐桌中间有装饰花遮挡，从江北北这个角度看不见唐西周旁边坐的是谁。

“二哥来约会？”

她还没咧开嘴笑，就见唐西周旁边的人站了起来，端着盘子选餐。

“大、大哥？”

可不就是严清明吗？！她温柔可亲成熟懂事的老大哥严清明！

江北北脑回路清奇：他俩单独出来玩不带我？

严清明取了食物，慢悠悠坐回去，点起了手机。

过不久，群里有了动静。

大哥：北北，回家了吗？

竟然还查岗。

江北北：没，在外面。大哥你没回去？

她那一向老实本分从不说谎的大哥，竟然回道：今天值夜班，你早点回去，回去了说一声，不要在外面瞎逛。

什么叫睁眼说瞎话，这就是。

这时，唐西周也拿起手机，在群里发：北北，年底了，坏蛋也要冲业绩完成任务，你早点回去。

江北北忽然想逗他们一下。

于是，她问唐西周：二哥，你也不回吗？是在加班吗？

那边传来唐西周的笑声，江北北听见他对严清明说："小丫头还查我的岗啊！"

然而群里，二哥却大言不惭地回：那当然，二哥为人民服务，正在加班办案呢。

江北北抱拳，心道：佩服佩服，学习了。

加班这个借口用得如此娴熟，他们以前同天说加班的时候，有多少次其实是偷着出来享受人生的？

江北北打算悄悄过去，吓一下他们，然而好巧不巧，她的手机响了。

江北北的手机铃是动漫歌曲，中二感爆棚，穿透力极强，往常都是开振动，但今天来吃自助，江北北怕地方吵，手机装包里听不见，特地调大了音量。

尽管江北北挂断得快，然而歌手吼出第一句时，唐西周就转头了。

五位哥哥都知道江北北的最爱，也都吐槽过她的手机铃声，她的这个神经病铃声哥哥们都太熟了。这年头，像江北北这么中二还固执的姑娘，在公共场合不多见了。

如她所料，二位哥哥发现了她。

她连忙举起包挡脸，口中念道："不是我不是我！"

然而二位哥哥都不瞎。

唐西周噙着笑慢悠悠地走来。

"哟，这谁家小姑娘呀，好眼熟。"

江北北抬起头，嘿嘿讪笑："那个……二哥，我坦白从宽？"

唐西周笑眯眯地吐出两个字："从严。"

沉默片刻，江北北决定先发制人："二哥，你跟大哥出来聚会竟然不带我！"

唐西周："你跟谁来的？"

江北北："我一个人。"

二位哥哥不信。

江北北理不直气也壮："还没说你俩，出来玩不带我？"

唐西周"嘁"了一声，勾住严清明的肩膀，说道："丫头，这叫哥俩好。"

严清明拍开他的手，家长一样问道："我跟老二下班碰上了一起来吃饭，北北你跟谁来的？"

江北北："我自己，真的，我单身。"

二位哥哥面露同情："可怜，出来玩都没朋友。"

手机再次响起。

唐西周说："接吧，可能是小尧。"

果然是楚尧。

江北北震惊："神了！二哥怎么知道？"

唐西周跟严清明对视一眼，眼神意味深长，但这次，谁也没解释。

楚尧喜欢北北，多明显啊。

江北北这次总算是顺利接到了楚尧的电话。

楚尧："你家里灯黑着，你还在外面吗？"

"嗯。"

"需要我去接你吗？"

江北北艰难开口："我今晚不回去了，我在外面住，不用担心，我自己能照顾自己。"

她等待着，等待着楚尧会怎么接这句话。

几个呼吸后，楚尧说："好，注意安全。有事打电话，我不关机。"

江北北失落地挂了电话，抬头看着面前的两位哥哥，恍惚问道："怎样才能……"

才能跟尧哥亲近些。

这么明显的问题，她差点问出口。

"才能什么？"唐西周挑眉。

"没什么。"江北北弯起眼睛，打哈哈，"吃饭吃饭！"

第二章
最温柔的哥哥

第二天，唐西周下班回来，站楼道口仰起脖子喊："北子，下来吃肘子！"

话音刚落，就听到江北北从二楼穿着拖鞋跑下来的声音。

"来了我来了！二哥！"

唐西周曾笑过江北北，要想让江北北迅速出现，只需两个字：肘子。

"买这么多！"

"等着啊。"唐西周挤了挤眼，再次招呼道："大哥，下来吃饭！"

江北北蒙道："大哥已经回来了？下班这么早。"

唐西周道："今天你大哥升副主任医师了。"

"真的？！"江北北道，"我大哥果然年轻有为！"

三楼的窗户推开，严清明往下看了一眼，笑道："我刚把菜切好，要不上来吃？"

"不想上楼，你下来吧，有肉吃。"唐西周说。

“真的啊。”严清明笑道：“那我下去。”

唐西周对严清明笑完，看见江北北光着脚，光速板起脸训斥：“进屋穿鞋，不知道保暖吗？”

“知道了。”江北北走了几步，忽然含羞带怯地道，“二哥，其他人呢？”

“都在路上。”唐西周道，“今天不去你四哥店里，我让他提前关店回来了。这么特殊的日子，得在家庆祝才是。”

没了，唐西周话说完了，楚尧没有被提名，只在“都”里出现。

江北北怔了好久，转过头去撇着嘴，小声嘟囔道：“也不都具体说一遍。”

“丫头，你嘟囔什么呢？”唐西周龇着牙道，“说话就是让人听见的，不想让我听见你就别说，欺负你二哥上了岁数听不清吗？”

“那二哥你听清了吗？”

唐西周痞痞一笑，一个箭步跨上台阶，把江北北提溜进屋，道：“听见了。秦元有个饭局，可能会晚点回，楚尧在路上。”

江北北吸了口气，没敢吭声。

唐西周道：“让二哥猜猜，你关心的是哪个？”

江北北道：“我最关心二哥！”

“呵，骗不过我。想想你二哥是做啥工作的？”唐西周道，“你心里那点小九九，我闭上眼都能看明白。”

“求二哥高抬贵手，给点面子！”

“二哥不说。”唐西周道，“感情都是私事，二哥才不管呢。”

门开着，冷风吹着，但两个人都没去关门。

唐西周看起来吊儿郎当的，实则心细如发，尤其跟江北北相处，更是注意细节。

严清明端着菜盆子进来，唐西周眼睛一亮，调戏道：“老严，可以啊，还整了发型！”

严清明只是笑，跟江北北打了招呼后，进厨房继续切他的菜，一副居家好男人样。

饭摆上桌，宋朗牵着宋大喵径直拐到对门，进门就感慨：“大哥、二哥就是爽，不跟长辈一起住，太放松了。”

不仅他，宋大喵也放肆了，进门就跳上沙发，舔江北北的脸。

宋朗坐定就问：“北子！上次群里发的，咋回事啊？”

江北北使劲揉着宋大喵，龇牙咧嘴地道：“四哥，我好不容易给忘了，你又提起了！”

宋朗语出惊人：“我听二哥说，是因为秦元妈？”

江北北惊了：“啊？”

她明明谁都没说。

“虽然说长辈的坏话不好，但我还是忍不住。”宋朗愤愤不平道，“就秦元妈最爱使唤你，你又不是她家媳妇，就是媳妇，那也不是她能使唤的，又不是旧社会，她好意思吗？我妈都看不下去。”

“帮忙是应该的。”宋朗比较直，直得有些让江北北担忧，她连忙打圆场，“我做事毛糙，所以跟阿姨相处得不太好。四哥，你可千万别跟三哥说，要不我就做不成人了！”

唐西周收拾着菜叶子，插话道：“就应该跟秦元说，不然他妈还逮着你使唤。”

江北北这下好奇了：“秦元妈使唤我……有这么明显吗？”

严清明出声道：“还是别说了，秦元脾气急，你跟他说，他面子上过不去，回去就要跟他妈吵。这么多年了，邻里能有什么仇，都是些小摩擦，不管它就过去了。”

“我赞同大哥！”江北北松口气，举手同意。

还是大哥稳重。

这时，宋大喵“汪”地叫了一声，飞奔向门口，扑到门口站着的人身上讨摸。

众人回头，只见楚尧站在门口，拍了拍宋大喵，对他们微微笑了笑：“突然说在二哥家聚会，我想应该是有什么事庆祝，买了酒。”

唐西周竖起大拇指：“尧儿可以的！”

江北北紧张地盯着他，楚尧走过来，把袋子里的酒一瓶瓶拿出来后，忽然掩住袋子，问江北北：“你想喝什么？”

江北北笑眯眯咬着嘴唇，小声道：“我说喝什么，尧哥给变吗？”

“嗯，你说。”

江北北声音更小了，生怕谁听见一样，说：“养乐多。”

没办法，她就是很幼稚，像个长不大的孩子。

楚尧把手伸进白色的纸袋子里，拿出一排养乐多。

江北北盯着他的手，下意识舔了舔嘴角，感觉今天的养乐多尤其美味可口，她竟舍不得喝。

“看来猜对了。”楚尧眼中泛起了笑意，他脱掉大衣，坐下来挽衬衣袖子。

宋朗问：“还等秦元吗？”

“咱们先吃。”唐西周道，“他估计还得有一会儿。”

江北北咬着筷子头，盯着楚尧的手腕发呆。

唐西周拿筷子敲了下她的碗，把她吓回了魂：“啥？”

“吃饭，你发什么呆？”

“哦……”

江北北其实想问楚尧，今天降温了，你工作的地方，冷不冷？

她还是没能问出口，其他哥哥，她能很自然地去关心，只有他，可能是带着私心，明明一句很普通的问话，她却怕心思被人知晓，不敢说出口。

“来，大哥，走一个。”唐西周道，“庆祝一下，咱们大哥今天升副主任医师。”

宋朗不懂医生们的晋升渠道，端起杯子道：“副主任也行！大哥加把劲，明年当主任！”

江北北乐得直打嗝：“请大哥发言！随便说点什么，我们干杯。”

“身体健康，平平安安就好。”严清明不太擅长应付这种场合，只要让他当众发言，他就会紧张。

“让我给秦元发个视频。”唐西周叫住大家，“保持举杯姿势。臭小子，还不回来……”

几个人热热闹闹地开饭，宋大喵在北北和楚尧之间跑来跑去，撒娇讨食，狗绳在地上拖着，绕来绕去。

他们一边吃一边闲扯，江北北嘴里塞着肉，开心道：“最喜欢跟哥哥们一起吃饭。”

唐西周“哧”了一声，卷了块饼给她，又卷了块饼给严清明，道：“那还不简单？小尧该生日了吧？预定一下，还来二哥这儿吃饭！”

宋朗问："尧儿今年该多大了？"

楚尧答："二十八。"

宋朗："你们单位也不给介绍对象吗？北北前几天还急呢，问我们怎么都不结婚。"

江北北被肉噎得够呛，闷声不语，竖着耳朵想听听楚尧的回答。

楚尧说："顺其自然。"

唐西周笑了一声，换了话题："尧儿，想要什么礼物？"

楚尧微微露出笑容："你送我？"

唐西周："了解一下，你要是要心要肝要生命的另一半，我倾家荡产也送不起。"

"不至于。"楚尧说。

"愿望还是要有的。"唐西周话里有话，"说不定这次生日，你想要的就砸你怀里了。"

宋朗啥都不知道，但不耽误接腔，他说："对啊，生日那天，睁开眼睛，忽然发现你另一半就躺在你床上。"

唐西周笑："四儿，那小尧生日，你记得把宋大喵抱他床上去。"

玩笑中，江北北一言未发，起身到厨房盛粥，在唐西周惊呼"小心"、宋朗充满惊骇的小眼注视中，她重重砸在了楚尧怀里。

江北北压根不知道怎么回事，她抱着碗，躺在楚尧怀中，呆呆地望着他深邃的黑眸。

唐西周笑："尧儿反应太神速了，竟然接住了。"

宋朗则扭头暴揍宋大喵："让你绕！让你嘴馋！让你转来转去！"

原来，宋大喵刚刚在江北北和楚尧身边打转讨食，把狗绳绕到了两个人的腿上。

江北北没察觉，起身离开时，宋大喵到楚尧那里讨食，一扯，把江北北扯到了楚尧怀里。

就在这时，门外传来秦元的声音："哎哟，外头这是谁的尾巴啊，不关门是怕夹断尾巴吗？冻死我了，快点快点，我中午就没吃饭。"

他顺手把门关上，转过身看见客厅内此等情景，当场愣住，笑容凝滞。

"这、这是干吗呢！"

江北北心脏欢快地跳动，心中小鹿们集体发疯撞墙，她眼角湿润，泫然欲泣……她要激动得哭了！

她，在楚尧的怀中！

“尧哥……”江北北颤着声音轻声唤他。

唐西周差点笑断气，敲着筷子问楚尧：“砸得你疼吗？”

宋朗两耳不闻身边事，一心一意揍宋大喵，挨了揍的宋大喵号叫起来，妄图逃离现场，一时间屋内鸡飞狗跳。

只有严清明靠谱些，忙着给秦元卷肉饼，秦元则无心吃肉，痛心疾首地蹲在地上，试图解开狗绳。

宋大喵又号叫起来，不听指挥，躲宋朗巴掌时依然眨着眼睛围着北北绕，想通过卖萌打动北北。

秦元：“宋朗你解开狗绳！”

宋朗：“宋大喵！给我过来！脖子伸过来！”

宋大喵更㞞了，拼了狗命地往北北怀里钻。

北北抱着宋大喵，楚尧抱着北北，宋朗威胁着要揍狗，只秦元一人在辛苦研究怎么把绳子拽开。

秦元：“剪子呢！”

宋朗立刻转移目标，吼他：“剪什么！狗绳不便宜呢！”

秦元差点气背过去。

唐西周又爆出一串大笑，一边说着好玩，一边掏出手机，咔咔拍了几张照片。

只严清明超然事外，关心秦元的胃，举着肉饼，还在说：“秦元你先吃，别管大喵。”

唐西周放下手机，又开始鼓掌：“好，热闹。尧儿，你先抱着，重不重？”

“狗有点重。”楚尧说。

他低着头看了江北北一眼，又错开目光，揉了揉宋大喵以示安抚。

江北北满脸通红，浑身发热，紧张地咬指头。

宋朗过来解宋大喵的项圈，宋大喵怕挨揍，哼哼唧唧往北北怀里钻，狗爪子按住北北的胸。

这下江北北急了，嗷了一声跳起来，按住宋大喵的狗头，单手利索地解开了绳扣。

开什么玩笑，她胸小，全靠胸罩支撑“虚假繁荣”，宋大喵一爪子下去，她就暴露了。

江北北手忙脚乱地把绳子松开，逃离楚尧，楚尧手上一轻，怅然若失，只听她道：“我先回去了！”

“你要回去？”楚尧转头问她，却见江北北表情讪讪的，背过身去躲他。

“回！”江北北说。

宋大喵闻言，瞅了一眼宋朗，见主人怒瞪小眼，抬起了大手，它立刻紧跟江北北，决定到江北北家避难。

江北北抱起宋大喵做掩护。

秦元不干了，他进来还没跟江北北说过话，江北北就要走。

“北北，先别走。”

秦元叫住她，从口袋里拿出一方小盒子。

“三哥送你的。”

“为什么啊？”江北北看见这种首饰盒子，连手都没敢伸。

“赔礼。”秦元道，“三哥不能让你委屈。”

“什么呀，三哥可别这么说，怪不好意思。”江北北连连后退，脚已经踏出门边儿。

唐西周喊：“北北，不要肘子了？给秦元留一个，剩下的都你的。”

江北北在肘子、楚尧与回家之间犹豫，最终忍痛割爱，道：“我吃饱了！明儿见！再次祝大哥升职！”

宋朗吼：“宋大喵！谁给你的狗胆！给我回来！还想不想进家门了！”

宋大喵“嗷呜”一声，江北北家的门一开，它夹着尾巴抢先进去。

江北北迅速关上门，平静了会儿，倚着门开心跺脚：“啊啊啊啊！正中怀抱！”

宋大喵绕着她走来走去，狗脸迷茫。

江北北乐完，抱住宋大喵，狠狠揉它狗头：“大喵！干得好！封你为朕的得力狗公公！”

宋大喵尾巴使劲摇着，嗖嗖带风。

“宋大喵，要是能把你的狗胆借给我就更好了。”借我狗胆，我就豁出去……

而在楼下，唐西周抢过秦元手里的首饰盒，“啪”的一下打在他的脑袋上。

“送礼都不会送。”他一边说，一边拆开看，“不会是戒指吧？臭小子。”

“那怎么可以？”秦元道，“送礼不能太油腻，这么早送戒指，吓人。”

“这道理你倒是拎得清，送礼方式你却不会，该说你笨还是该说你傻？”唐西周手指尖挑起一条项链，离远了看，发现是天鹅形状的钻石，“啧，这玩意我知道，几个会发光的小破石头标价特别高的那种。”

“没那么贵。”秦元把项链收起，扔到唐西周怀里，“记得给她。”

宋朗忽然说道：“北子脸皮薄，单独送，贵一点就跟要吃了她一样。所以送她东西要有窍门，起码得伪装一下，我给你打个比方啊，如果哪天我要送北北一块大钻石，我就要把钻石扔奶茶里，给她时告诉她里面有东西，嘱咐她拿回家喝完千万别扔。这就送出去了，懂吗？”

“听见没！”唐西周点着秦元的脑袋，“你还不如宋朗。”

秦元吓了一跳：“宋朗你？”难道也……

宋朗：“这还是尧儿说的，我记得尧儿当时总结了几条注意事项来着……嘶，等等，尧儿你没给秦元说过？”

楚尧不语，快速吃完，拿着剩下的养乐多和大衣就要上楼。

宋朗道：“尧儿也回去啊？帮我把大喵骗下来。”

“好。”

宋朗不明所以，只觉得气氛不太对，明明刚刚挺热闹的啊。

楚尧离开后，唐西周扭脸问秦元：“你俩这是说开了？”

秦元点头：“可以啊，不愧是刑警。”

唐西周得意道：“还有什么逃得出我的法眼？咱这个单元，除了姚阿姨，其他人的观察力远不如我。”

他说的姚阿姨是楚尧的妈姚兰，当年警局的神话，各项考核永占第一的神人。

秦元见严清明神色平静，好奇问道：“大哥也看出来了？”

严清明：“西周知道的，我早晚也能知道。”

只宋朗一头雾水，不知道他们在说什么：“什么玩意说开了？怎么了？”

唐西周哈哈笑道：“四儿啊，你这个领悟力，不指望咯。”

楚尧轻轻敲门，这么多年了，江北北早已熟悉他的敲门声，立刻开了门，双眼闪烁，巴巴地看着他。

“尧哥，你也吃好了？”

“这个忘了。”楚尧把那排养乐多递给她，他蹲下来拍拍手，宋大喵顺着门边儿挤出来热情地舔他的手。

楚尧趁机揪起宋大喵，宋大喵才发觉自己上当受骗，号叫着蹬着四肢闹人，楚尧按住它，对江北北道：“早点休息。”

“好。”

“记得看。”楚尧目光落在那排养乐多上。

关上门，江北北拿起养乐多翻来覆去看，这才发现，包装袋上割开了道口子，里面塞了一张票。

她在楼下宋大喵被揍的号叫声中小声念道：“二十九日晚八点，国家剧院……《天鹅湖》，VIP 区？！”

怪不得前几天楚尧问她，二十九号晚上有没有别的安排。

只是，为什么只有一张？

江北北拿起电话，拨了过去。

“尧哥，我看见了。”

“嗯。”

“那个……怎么只有一张？”

那头沉默了许久，轻声问她：“你还有想邀请的朋友吗？”

江北北愣了一下，反手给了自己一巴掌。

她这是什么脑子，人家送她的，肯定只有一张啊！难道人家把自己的票也塞进来给她看？

江北北鼓起勇气问道：“尧哥……也去吗？”

“送你的，我有工作。”楚尧说，“你去看吧。”

“哦……”江北北按住失落的小心脏，道谢，“谢谢尧哥，改天我请你看。”

“嗯。”

那头挂了电话，楚尧望着自家的门，微微笑着。

楚妈手掌带风，朝他的后脑勺拍去。

“贼笑什么呢！”

楚尧无奈转头，皱眉。

楚妈：“贼不死你，怀里塞的什么，掏出来。”

楚尧要逃，楚妈出手如电抢了票，举起来念道：“大型芭蕾舞剧《天鹅湖》……给北北的？怎么买这么靠后，不会拣VIP的买吗？！你缺那点钱吗？！”

楚尧道：“我的。”

“死心眼的！”楚妈又是一掌，“怎么不给北北送一张？”

楚尧叹了口气：“送了。”

“送了？好不容易跟人出去一趟，你买的这什么位置！”

“这是我的。”楚尧仗着身高优势夺回票收好，说道，“送她的是好位置。我还不知道那天的工作安排，随便买一张。”

楚妈指着楚尧，对楚爸说：“老楚，你儿子脑壳有问题！万一那天没工作，他还想要跟人家分开坐？天哪……我受不了了，一定有问题。”

楚爸：“你生的。”

“……”楚妈噎了一下，接着吐槽儿子，“你脸皮要是有老娘脸皮的十分之一厚，北北早管我叫妈了！”

楚尧无奈摇摇头，进屋关上了门。

楚妈咬牙切齿道：“老娘恨不得撸袖子替你出击，真是一代不如一代！”

过了几日，楚妈拉着楚爸遛弯回来，见秦元妈在楼道口扫地。

邻里遇见，免不了要聊几句。

秦元妈：“回来了？今天没去钓鱼？”

楚爸只点头不出声。

秦元妈压低声音，指着二楼江北北家，说道：“老太太去哪儿了？怎么不见回来？”

楚妈：“老楚，你先回去，把粥熬上。”

她摆出一副要长谈的样子，开始挽衣袖：“去东山了，要过年了，老房子那边该见的街坊邻居也要见见。”

秦元妈愁容满面道：“老太太一不在，你看看北北，好几宿都没回家。”

“好几宿？”楚妈控制住要挑起的眉，平静地道，“人小姑娘好好在家呢。”

“上周一就没在。”秦元妈一副“我都懂”的表情，笑着拍楚尧妈，道，“你反正是不用担心，我看啊，就你家小尧那晚在家。”

楚妈一时半会儿没反应过来这个逻辑关系。

秦元妈痛心疾首：“你不知道啊，那天我都没睡好，给谁打电话都是关机，你说这闺女，介绍的对象给撵走不要，愁死我了。你再想想，这一单元的，可都是男娃子，唉……这不前几天还在一楼疯，秦元下班都不知道先回来，一头扎进去陪着疯。”

楚尧妈盯着她，半晌说道：“那天北北跟我说了，电视台有活动，所以没回。”

秦元妈愣了一下：“这样也不好，电视台工作的，最容易出作风问题。”

“讲完了？”楚尧妈舌头把牙舔了一遍，一勾手搭上秦元妈的肩膀，边走边说，“江海跟陈玲一走，北北这姑娘算是托付给我们了，咱们当时怎么保证的？那是当着全市军警的面保证的，以后北北我们来教我们来养。我不知道你怎么想的，我作为江海和陈玲多年的朋友、同事，我不会在这件事上扯谎，我可以说，对北北，我是最上心的，你说是不是？”

秦元妈：“大家有目共睹，你对北北是真掏心窝子。”

“你也承认，江北北是我姚兰教育的，所以我今天挑明了跟你说，我觉得我教育得很好，北北在我心里比我儿子都强，我以后到地下碰见江海和陈玲了，我能拍拍胸脯跟他们讲，‘你女儿我教得特好，我姚兰半点没愧对你们’，我敢说这句话。北北是在咱们眼皮子底下长起来的，养好北北，是我们拼死应该做的，要是没能养好，让街坊们说三道四，那该谢罪的是我们，是我们没尽好责任，让人家宝贝女儿当人话柄。”

秦元妈半晌无话。

“何况我不瞎，北北好不好，我心里清楚。小姑娘品行端正事业优秀，没杀人没放火，遵纪守法，这么好一姑娘，轮到那些人来指点？当初养孩子的时候，那群说闲话的人干啥去了？现在捕风捉影瞎猜，平白说姑娘闲话，这不就是在说我姚兰无能把姑娘养坏了吗？这是打我的脸。跟你讲，妹妹，人心都龌龊，人姑娘家做错什么了？不就是周围男孩子多吗？那是她的错？咱们这些男孩子也都是好孩子，是北北的亲人，别人不懂，咱能不知道？这么讲吧，往后你要是听见哪个说北北，别跟他们理论，上去一巴掌抽他们脸上。能耐了，舌根都嚼到二单元来了。”

秦元妈说：“就是，都是闲的。”

“行了，我回了。”

“哎哎，我也回了，元儿他爸今天说想吃炸鱼，还得给他炸，烦死了……”

楚妈关上门，转着脑袋活动筋骨：“好久没做这种思想工作了。”

楚爸一脸不开心道：“有时间就敲敲你儿子，跟外人费什么口舌。”

“嗬，美人，你儿子磨磨叽叽不都遗传你？要教你教去，我反正是带不起来。”

“那你想想别的办法……”

楚妈还真想了想：“我得找时间敲敲北北，我感觉丫头比小子更容易开窍。搞笑呢，不是说现在的年轻人都很开放吗？怎么我身边的年轻人有一个算一个，全腼腆得要死？”

二十九号是个晴朗的周日，清晨，楚尧刚发动车子，被唐西周叫住。

“值班吗？带我一程，我车大哥开走了。”他拉开门钻进来，搓手哈气，“年底了，忙得要死。”

唐西周系上安全带，从口袋里掏出根烟，点燃，打开窗子，皱着眉看着外面。路过电视台时，他吐出口烟，忽然笑道：“尧儿，怎么不出击？”

“嗯？”

“嗯什么，我说北北。”

“能看出来吗？”楚尧忽然露出笑容，轻声道，“我怕掌握不好分寸，吓到她。”

“别考虑这么多，当一回愣头青是能要你命吗？”

“北北不一样。”楚尧看向唐西周，笑，“她想得多，顾虑也多，我怕太直白，她会躲我。”

“你再慢点，二哥可是要推秦元了啊！”

“你不会的。”楚尧说，“二哥也能看出来吧，三哥不靠谱。”

唐西周："可把你给自信的，尧儿，一辈子不长，抓紧时间吧。"

"感情的事……"楚尧温声道，"急不得，急了容易起反作用。"

晚上下班，楚尧匆匆赶到国家剧院，还是迟到了。

他找到自己的位置，坐下来，灯光已经熄灭了，幕布缓缓拉开，音乐响起。

楚尧乌黑的眼在黑暗中寻找着江北北，舞台上的灯光缓缓从观众席流淌而过时，他看到了江北北的身影。

来了就好。

楚尧笑了笑，将视线移向舞台，芭蕾舞蹈演员在台上轻盈旋转着。

楚尧看着他们，陷入了回忆。

江北北五岁时，父母殉职，局里有人捐款，也有学校主动提出愿意免去学杂费接收江北北，因而江北北求学路还算顺畅。

但也仅限于此。

江北北读小学三年级时，楚尧读中学，两所学校离得不远，中间有所市文化宫，每到周五放学，好多家长会把孩子送到文化宫学习特长。

有次，楚尧去文化宫咨询绘画班收费情况，在走廊尽头，见到了趴在芭蕾舞兴趣班窗外一脸向往的江北北。

楚尧这才想起，江北北也会有兴趣爱好，也希望学特长，也希望有父母接送，虽然她从未对谁说过。

江北北太懂事了，懂事得让人心疼。

那天，楚尧回去问爸妈："咱家经济条件怎么样？"

楚妈："还行啊，你想干什么？"

"我问了文化宫的芭蕾舞班，现在每周两节课，一课时五十块，假期班每月十二节课五百，鞋子、衣服要自己买，还有接送，你们周六、周日会轮休吧？"

楚妈："你想学芭蕾？你不是要学画画吗？还用我们接送？"

"是北北。"楚尧说，"我在文化宫看到她了，虽然她没说，但我看得出，她很想学。"

那一年，楚妈把江北北送去学了芭蕾，又把儿子扔到了素描班。

“少一脸凝重，养你俩还是养得起的！”楚妈说，“下课记得等你妹妹一起回来。”

台上的舞者，跟江北北儿时的身影重合，楚尧歪着头撑着下巴，微微笑了起来。

而此时，江北北也在回忆那段时光，鼻头微酸，眼睛发胀。

她芭蕾舞学了三年，在一次演出前排练中扭伤了腰，从此告别了这个爱好。

但楚尧妈并没有放弃江北北，刑侦专家运用各种技巧，敲出了江北北的其他爱好，立刻给她报了声乐班，还跟她说：“不要有压力，也不要攥着劲儿要给阿姨学个名堂出来什么的，阿姨不求你成名，这就是个兴趣爱好，以后过日子遇到坎儿了，你还有个兴趣爱好能发泄不好的情绪就足够了。”

江北北流着泪，脸上却挂着微笑。

楚尧他家，一直待她很好，温柔的好，持续不断，从不虚假。

所以，她不敢迈出那一步。

如今，她分不清楚尧对她的关怀，是出于对她好的习惯，还是出于对她的喜欢，在没有分清之前，她不想去打破这份温柔。

因为她怕没有得到新的，却失去了原有的。

散场出来时，街两旁的路灯亮了，整个街道是橙黄色的，天阴沉沉的像要下雪。

楚尧给江北北打了电话，轻声道：“我来接你了，在路边。”

江北北擦掉泪花，笑道：“尧哥，谢谢你，特别好看！下次……我请你一起来看。”

好喜欢他，喜欢到所有的回忆里，只要有他，就是温暖的。

月底，电视台进入繁忙期。

“江北北，有采访任务。”一大早，同事摇了摇手里的文件，“上次那个报道你们去收个尾。”

“我们组去吗？”江北北接过文件，“哪里？”

同事道：“市郊吴山殡仪馆。”

那是楚尧工作的地方，江北北抑制不住笑意："约了吗？"

"约了下午。"同事说，"我怕大早上去，大家心里不舒服。"

"哎？"江北北不明所以。

"大早上的就去那种地方不吉利。"

"哪儿能啊？"江北北说，"我哥哥在那儿工作快两年了，也没不吉利啊，全是迷信。"

经她提醒，同事想起来了："你吧，可能觉得没什么，但司机不一定会去。你想，大早上的，把车往殡仪馆开，司机指定不干啊，多晦气。"

江北北张了张嘴，想辩驳，努力忍住了。

楚尧的工作，永远是个不能大声说出口的话题。

忌讳、反感、厌恶……江北北心里发堵，脸色不太好看，却不能辩驳。辩驳，可能会加剧周围人对这些边缘职业的反感。

"我们打听了，吴山殡仪馆一天能接到小百具尸体……"同事也察觉到她脸色的变化，解释道，"毕竟死是大家忌讳的，你仔细想想，一天那么多具死人进进出出，心里发毛啊。"

江北北换了个劝法："要是下午去，晚上才能结束采访，到时候温度低，路面结冰后，那边的路不好走，还不如趁天好有太阳赶紧去，天气预报看了吗？要下雪了。"

同事想了想，晚上确实更可怕，指不定会遇见什么。于是，跟摄像司机商量之后，上午十点，栏目组出发了。

一个半小时的路程后，他们到达了目的地。

殡仪馆虽然在市郊人烟稀少的吴山脚下，但并没有他们想象中的荒凉可怕，相反，它是这里唯一的色彩。

而且，今天的殡仪馆异常热闹。

摄像看到殡仪馆门口停放的大巴车，以及门口进进出出的人，好奇道："殡仪馆难道还有大酬宾活动？"

"别瞎说。"摄像说完，见江北北傻愣愣站着，问她，"江记者，怎么了？"

随行记者捂着胸口说："北姐，你这个眼神很吓人呀，跟看见什么了一样……"

江北北回神，说道：“没有……我们过去吧。”

她只是，第一次见到楚尧工作的地方，有些感慨。

爱屋及乌，是每个陷入感情的人的本能。

这所殡仪馆因为楚尧，在江北北眼中拥有了温度，是可爱的。

跟来的同事们也都是第一次参观殡仪馆，见里头还有礼堂、咨询室和休息室，配套设施齐全，专业又人性化，纷纷表示大开眼界。

穿着白衬衫打着领带的工作人员为他们介绍殡仪馆概况，经过员工墙时，工作人员像医院介绍医师一样，给他们介绍着他的同事。

“没有想象中那么可怕。”小记者说。

工作人员认真道：“死亡教育和性教育都是我国缺失的教育，其实我们应该坦诚看待死亡……不好意思，扯远了。”

江北北抬头，找到楚尧的照片，痴痴望着。

楚尧的照片是蓝色底，他穿着白衬衣，系着黑色的领带，只是脸上没有表情，漂亮又疏远。

江北北问他：“你们这里的楚尧……现在在工作吗？”

“你认识？”工作人员极快笑了笑，说道，“今天邻市学校殡葬专业的学生们来参观实习，都在灵堂开见面会呢，楚尧是我们这里的优秀员工，得跟学生们讲两句。”

“我们能听吗？”

“取材吗？可以的，不过，今天学生来了不少，灵堂椅子不够，三号厅之前刚刚举行过追悼会，花圈都还堆在后面，可能要麻烦你们站着听……”

工作人员把他们领到三号礼堂，江北北让摄像大哥进去，自己则站在门外。

“我站门口就行。”

随行记者朝里头看了一眼，见后面都是花圈纸扎，抖了一下，连忙对摄像说道：“我也站门口，跟北北一起！”

三号厅里面，殡仪馆的领导刚刚结束致辞，讲道：“我们要说的都说完了，同学们还有什么问题，可以向我，或者向楚尧提问。”

听到楚尧的名字，江北北立刻支起耳朵。

很快就有个学生响应，说道："我想向楚尧前辈提问。"

江北北听到了楚尧的声音："好的，你讲。"

"楚尧前辈，之前馆长介绍过，你是从法医转职到殡仪馆来的，我很想知道你为什么会做这个选择，因为法医是我的第一选择，我一直认为，做法医要比遗体整容师更有意义。"

这位同学说完，底下闹哄哄的，似是在责怪他捧法医诋遗体整容师。

江北北听到那个同学又解释："我并不是贬低遗体整容师，毕竟我将来也要做这份工作。只是我认为，法医通过解剖受害人尸体能够帮助警察抓到犯人，还人公道，但遗体整容师，就只是为死者工作而已。两者比较，你不能否认，法医这份工作对社会更有价值。"

一片沉默过后，江北北听到楚尧回答："每份工作都有它存在的意义，但意义这个东西，在每个人心中的分量不一样。在这里工作，对我而言，更重要。"

楚尧讲了个故事，是关于他为什么转行到殡仪馆的故事。

"你们在座的，可能没有听过十八年前的'九·二五'猎豹行动，'九·二五'猎豹行动是四个国家联手打击毒品犯罪的重大行动，我们市公安与越缅泰三国联合缉凶……"

江北北怔住，一下子握紧了随行记者的手，小记者"嘶哟"一声，想问她怎么了，却发觉到江北北在抖。

"十几年前，毒品交易在我市非常猖獗，那次行动重拳打击了毒品交易，跨国抓捕了缅籍毒枭，行动很成功，但我市公安有三名警员牺牲，其中两位是夫妻搭档，他们是队里的精干，是我父母的同事，也是我的邻居，他们离世时，女儿才五岁。"楚尧缓了缓情绪，说道，"叔叔他……是在边境排雷时牺牲的，遗体不完整，在他们的遗体告别仪式上，我妈妈一直捂着他家女儿的眼睛……那个小姑娘，当年只有五岁，我听见大家小声商量，是否要让她去跟爸爸的遗体告别。让她去看爸爸最后一眼，这对她太残忍，但不让她看，对她也残忍……我希望你们的人生中，永不会有这种时刻，这种无论怎么选择，都会心碎的时刻。"

楚尧微微吸了口气，抑制住情绪，慢慢说道："选择法医，是受父亲影响，我入职第一年，有次到殡仪馆来查疑犯，就在这里，三号厅，当时还是面积很小的灵堂，里面正在举行葬礼，死者是车祸去世的，头部被撞击挤压整个塌陷，他的妻子一边哭一边捂着女儿的眼睛，那个小女孩也只有四五岁，当时的情景，让我想起了她……那天，我帮忙为那位去世的年轻父亲整理好了遗容，我想让他安详地走，起码可以让最爱他的人看他一眼，送他最后一程。也就是那天，我决心到这里工作。”

楚尧说：“法医，是站在岸边，通过死者传递出的信息为受害人发声的人。遗体整容师，更像摆渡人，尽力用最体面的方式，把死者从这个世界送到另一个世界。两者不需要比较，只看自己的选择，这两份工作都很重要，区别只在于，对你而言，你更愿意做的是什么。”

他说：“我更愿意，做摆渡人。”

三号厅外，江北北挣开小记者的手，匆匆跑开。

殡仪馆外，新运来了一位死者，大多数人在哭。哭亲人离世，哭别离，哭远行。

江北北也在哭，默默垂泪，她的整个世界，像静了音，一片寂静。

她并不是难过，只是想流泪。

在她模糊的记忆里，爸妈的遗体只剩盖在他们身上鲜红的国旗。以前，这段记忆是冰冷的，她刻意不去想，又舍不得忘，于是这段记忆就像又冷又硬的石头，搁在内心的最深处。

“爸爸……妈妈……”江北北擦了擦眼泪，收拾好情绪。她转过头望向殡仪馆，却没有站到楚尧面前采访他的勇气。

她还没有准备好面对他，面对这么温柔的他。

楚尧从没说过他为什么转职，江北北也是到今日才知道楚尧做遗体整容师的原因，然而她万万没想到，知道他转职的原因会令她心痛。那种痛，不是难过，也不是悲伤，而是一种绵长的喜欢和敬佩，因更加喜欢他，带来的温柔的痛。

江北北把采访任务交给了随行的实习记者，自己蜷缩在车上，给《身边的他们》栏目组的同事打电话。

“元宝，你们明年的节目计划做了吗？”江北北说，“我想让你们做一期……介绍殡仪馆工作的。”

“啊！你那个哥哥！”《身边的他们》节目组总编黄元宝女士兴高采烈道，“完全没问题，我早就想跟你商量了！”

“我想……让大家都了解这个职业。”江北北轻声说，“他是最好的人，最好的……”

他是最温柔的，尽管江北北一直称楚尧为冰川，是北极，但他的确是几个哥哥里最温柔的。他这份温柔太深，于是，在不小心挖到他的温柔时，江北北沦陷了。

她只会，更爱他。

第三章
江北北的新车

电视台的咖啡厅内，江北北正在用前额给自己的笔记本电脑行大礼，磕个不停，始终写不出下个月的节目策划书。

前额余痛未消，后脑勺又被打了一下。

江北北怒而转头，恶狠狠对着身后的高个女人哼唧："金元宝你干什么？！"

"不好意思，我姓黄。"

黄元宝是A视三套《身边的他们》栏目组的总编，这档节目是三套的收视扛把子，评价颇高，采用采访对话的方式，让大众了解各行各业中既平凡又不平凡的人。

"说正经的。"黄元宝搬着电脑坐下来，胳膊肘碰了碰江北北，鬼鬼祟祟地道，"就你上次说的那个殡仪馆哥……"

江北北积极响应："这是正事，我的意思是，你们栏目组跟殡仪馆沟通一下，也不一定采访我哥，就殡仪馆的这些职业，你们好好出一期专题，进行有意义的死亡教育。搞不好，这个题材还能拿个国家奖。”

黄元宝皮笑肉不笑：“做，节目是一定要做，还要做得漂亮。但我今天找你，是想说点别的，做节目不耽误我假公济私，解决个人问题，所以……”

江北北警惕道：“你想干什么？”

“北北，你有五个哥？”黄元宝依然勾着嘴角，笑得诡异。

江北北：“你直说吧。”

黄元宝：“听见过的人说，你那五个哥哥，都是职业精英，而且长得也不错？”

江北北嘟嘴：“唔，看个人审美吧，总体来说，各有千秋。”

黄元宝狡黠一笑，拿出笔记本，抽出夹在里面的一张名为“黄元宝的相亲目标加减项”的表格，按开圆珠笔，说道：“来，你说，我来分析一下。你大哥多大年纪？听说是医生？哪个医院什么科的？职位是？”

“大哥的话……比我大十岁，今年有三十三了，军总医院眼外科医生。”

黄元宝眼睛贼亮：“军校毕业吗？加分，我今年三十，年龄差正好！军队的，工资福利也好！”

“你想干吗？你要找你的相亲目标吗？”江北北嘴都咧歪了，“我大哥是坚定的单身主义者，不结婚。”

黄元宝石化三秒后，肉疼地把大哥画掉。

“你二哥呢？听说是特警？特警也行！多大年纪？”

“死心吧！”江北北道，“我二哥卖身国家了，你就当我大哥、二哥都有对象了吧。”

黄元宝：“那你三哥？”

反正江北北不缺哥，大哥、二哥没戏了，还有三哥、四哥、五哥！

“三哥倒是可以给你介绍。”江北北指着她的笔记本，按照黄元宝自己画的加减分表格说道，“职业律师，年龄三十，挺高的，长相中等偏上，就是近视，年收入可能有五十到八十万，房子有，车有，宠物没有，前女友……很多，有五六个吧。”

黄元宝道：“啊，那这个我指定降不住，pass！”

“……”江北北说，“要不，我介绍四哥给你认识？跟你差不多大，二十九岁，身高一米九，昔日的全国散打冠军，退役特种兵，就是他受过伤，不过没啥后遗症。嗯……养狗，房子有，车也有，还有一间门店，你看，分数满了吧。”

“这个好！”黄元宝说，“现在干啥呢？还在部队吗？转机关了？”

江北北答：“开奶茶店的。”

黄元宝：“喀……一米九太高了，说话累脖子……算了，你五哥呢？”

江北北：“拒绝。”

“怎么，你五哥也卖身国家了？”

“反正五哥不行，不许你把他的名字往你的破加分表格里放。”江北北说，“还有，去采访不许你勾搭我尧哥！”

黄元宝嘿嘿怪笑：“懂了，你那个尧哥！”

江北北也咧着嘴跟她笑成一个风格：“说实话，你要想正经谈恋爱，我推荐四哥给你。”

黄元宝脸皮堪比城墙：“不，我不正经，现阶段只想跟有腹肌的小哥哥约会。”她盖上笔帽，勾手指道：“你哥哥们有照片吗？去年跟你不熟，都不好意思去看热闹，错过了目睹你那个‘哥哥连’的最佳机会。”

照片还是可以让她看一眼的。江北北滑开手机，找出日常抓拍的几张照片，给黄元宝介绍道：“看这张，左边这个穿格子毛衣的是我大哥，他旁边比剪刀手的是我二哥，这俩是单身主义者。”

黄元宝：“有哥哥就够羡慕人了，你哥哥还都这么帅……”

“再给你看我三哥。”江北北划拉了好几张，终于找到了一张秦元在 KTV 唱歌时的照片，照片里秦元穿着灰色西装，围着围巾，斯文败类范儿十足，“能相中吗？”

“太妖孽了。”黄元宝说，“我降不住这种桃花泛滥型男人。”

江北北翻了个白眼：“挑三拣四，还是给你看我四哥吧。”

她扒拉着照片，却找不到一张有四哥正脸的照片。

她每次拍四哥，宋大喵都会激动地跳起来抢镜，以至于每张都是糊的，或者被狗抢镜，拍出来像是用来搞笑的。

养了条二哈，后果就是如此。

“狗不错！”黄元宝只好这样评价。

江北北使劲翻找，想给黄元宝找一张清晰一点的，她真心觉得黄元宝人不错，虽然咋咋呼呼，但为人正直，心里也没有多少弯弯绕绕，给四哥介绍很靠谱。

照片还没翻到她就被黄元宝喊停：“等下！往前翻两张，我刚刚看见一个比较可口的，五官比例很棒的，我搜寻帅哥的雷达现在正在哔哔响……”

江北北抱着手机跳起来就跑。

黄元宝顿悟，刚刚一闪而过的黑白侧面照，应该是江北北口中天天念叨着要“一睡解千愁”的尧哥。

黄元宝悲愤拍桌：“江北北！老实交代，你是不是把最好的扒拉到自己嘴里含着了？！”

“知道就好！反正我尧哥不给你看。”

“老娘做他的节目，迟早要掀起他的盖头一睹真容！”

江北北扒着门边儿喊话：“黄元宝，你要敢打我尧哥主意，我就一把火烧了A视！把你架在电视塔上用三昧真火大烤三天三夜！”

黄元宝笑声穿云震顶，差点把电视塔笑歪。

她对着江北北的背影喊道：“江北北，约个时间，我把你五个哥的职业采访都做了，出一期你的特辑！”

江北北又折返回来，探头问：“你给我句准话，三哥、四哥哪个你有意向，想约见一下？”

黄元宝摇头：“我看来看去，就相中那条萨摩耶了。”

江北北：“傻蛋，你眼睛瞧不见黑色吗？那是哈士奇！”

天空阴沉，开始飘着像烟灰一样轻的雪花。

下班后，江北北从A视演播楼出来，惊奇地发现路边停着三哥的车。

“三哥！”江北北摇了摇手，戴着蓝色绒球的连指手套圆乎乎地在半空中画着弧线。

秦元倚在车门前，抬手看了看表，说道：“感动吗？我来接你，快上车。”

“三哥你路过吗？”江北北跑过来，在他三米外刹住脚。

“委托人住附近，办完事恰巧过来捎你回去。”秦元说，“奶奶回来了，跟你说了吗？”

“嗯，上午说了。”江北北上车后摘下围巾，露出圆润的下巴，搓了搓手。

秦元道：“听奶奶说，她想学车？”

“我查了。”江北北扑哧一声笑了出来，“奶奶今年刚好七十，还学什么呀，驾校都不收了。”

“怎么想到学车了？”

“同学聚会，听有车的老太太们说开车去超市买菜不用挤公交车，也不用人让座，奶奶动心了。”

“北北。”

“哎，三哥你说。”

“三哥给你买辆车吧。”

“哈哈……模型吗？”

“真的。”秦元扭头看着她，说道，“你只要点头，明天三哥就把车提回家。”

江北北用手套捂着下半张脸，秦元判断不出她的反应。

过了会儿，江北北闷声说：“三哥，我受不起的。就是买，肯定也是我自己掏钱，哪能让哥哥掏钱？”

秦元说：“北北，三哥喜欢你。”

他就这么轻易地，说出口了。

他的喜欢，就这么轻松。江北北想，而她的喜欢，为什么努力了这么多年，至今无法说出口？

其他人的喜欢，为什么那么容易就能说出来？

这世界，根本不公平。

空气凝固了，秦元颇感尴尬。

好久之后，江北北弯起眼睛，甜甜笑道：“那是当然，所有人都喜欢我呢。”

“北北……”秦元叹了口气，“你喜欢三哥吗？”

“哪个哥哥我不喜欢？”江北北说，“都喜欢呢。”

你看，我也能这么轻易地说出“喜欢”来。

但面对最喜欢的人，她却一个字都说不出。

因为不一样。

她一直知道，不一样的。

“奶奶！”江北北一打开门，深深吸了口气。

奶奶在家的时候，家里是暖和的，有灯光，有热饭，客厅里有声音，空气里有奶奶的味道，只要打开门，这些熟悉的东西扑面而来，心头就会钻出一个词：归宿。

“北北，你看谁来了。”

“有客人？刘奶奶！”

沙发上躺着一个老太太，歪着脑袋看电视，穿着红色羊绒衫，系着围巾，膝盖上戴着两坨加厚毛绒垫，悠闲地抖着腿。

这个老太太的儿子是江北北爸妈以前的同事，同在“九·二五”行动中牺牲，女儿又远嫁国外，老太太嫌住国外人少语言不通没意思，还是回来跟老街坊们一起生活了。

老太太隔三岔五会来这儿串个门，小住几天，跟江北北奶奶唠几天嗑再回家去，为人不错，非常自来熟。

“小丫头回来了。”刘奶奶坐起来，说道，“我这个老太婆又来烦你了啊！”

江北北笑道：“热烈欢迎！”

奶奶说道：“北北，我跟你刘奶奶寻思着，想去旅游。”

江北北颇感新奇：“奶奶，你是受什么刺激了？这两天又是要学车又是要去旅游……”

奶奶便道：“这两天回东山，变化太大了。房子还是那个老房子，住里头的人啊，说没就没了……”

到底是老了，谈及生死，老人家的泪立刻就掉了下来。

“丫头你还记得住东山六单元的那个王老头吗？上周没啦！头一夜还跟我们一起打麻将，早上出去在麻将馆门口摔了一跤，唉……”

奶奶又道：“我跟你刘奶奶都觉得这日子不能这么过，人老了，指不定哪天就起不来了。”

“那行啊！”江北北已经明白了重点，“你们想去哪？我请你们！”

“不用你花钱！”奶奶立刻不掉泪了，说道，“你那钱留着买车，奶奶还有退休金，再贴补你点，买辆好车多开几年。

刘奶奶点头道："你奶奶还说呢，车站等车时，瞅见旁边的小姑娘们冻得直跺脚，这一下雪，公交车人也多，我们老人上去，还有人让个座，你这年轻姑娘，就得挤着去上班，忒受罪了。"

"我不缺钱。"江北北道，"要买我贷款也还得起，奶奶你别操心这个……你就说想去哪儿，我给你跟刘奶奶报个团，咱挑贵的报，好好安排个线路，你们去玩。"

"我跟你宋伯伯提过了，准备到国外玩一圈，趁春节之前去划算。"

"跟宋朗爸妈一起吗？"

"我是说最好不要一起，还要劳烦人家照顾我们两个老东西。"奶奶笑道，"但大宋跟你乔阿姨人实在，偏要一起，说是好照应……我们这周日出发。"

江北北逗奶奶："真羡慕啊，时髦老太太们还挺会生活，不像我们还得上班。"

"你该挣钱就挣钱，你过好了，奶奶也不惦记。"

"知道啦。"江北北道，"今天做的什么饭？"

"什么饭都没做。"奶奶推了她的屁股一把，"去把萝卜皮削了，等会儿给你炒。"

"嘿，老太太你连饭都不给孙女做了？"江北北笑着洗手作羹汤去了。

客厅里，刘奶奶悄声问道："她找男朋友了吗？"

"没呢，哪有？"奶奶摇头。

"该找了，之前上学，我想着北北还小，没提这事……老李啊，赶紧吧，催催，事情少一件心静一件。"

"我呀，只惦记两件事。"奶奶说，"一件是我这孙女，她能过好自己的日子；另一件，就是那个逃犯，老婆子眼瞅着要入土了，入土前害死儿子、儿媳的坏东西没抓住，我没法闭上眼啊……"说着，她就又要擦泪。

"九·二五"猎豹行动，虽然抓获了头号犯罪嫌疑人，端掉了毒窝，然而给毒枭告密导致行动险些失败的毒贩一只耳却逃了，至今未被抓获。

两个老人感伤了会儿，奶奶忽然想起了江北北之前说她有喜欢的人，立刻忘了毒贩的事。

“北北，你来！”奶奶喊，“上次你在电话里跟我说的那个小伙子是怎么回事？”

江北北跑来，举着半截萝卜傻笑。

“如果我说，我看中的小伙子，离我特别近，你会猜谁？”

奶奶呀，我都给你暗示了，是我亲奶奶你就猜中！

奶奶：“你同事？”

江北北垮了肩，收笑：“算了，直接告诉你吧。”

江北北指了指门外：“特别近。”

不说江北北奶奶了，就是刘奶奶也愣了好一会儿。

“咱单元的？！”奶奶终于惊了，眼周围的褶子都要撑平了。

江北北娇羞低头，用脚在地上画圈。

奶奶捂心口道：“真的啊？你跟奶奶说实话，是不是咱单元的小子？”

江北北鸡啄米似的点头。

奶奶吓得半晌没敢喘气，急问：“谁？”

此时，刘奶奶一拍大腿，说道：“那个谁！是不是一楼那个？”

奶奶扭头：“小宋？”

“不是不是，对门儿那个！大宋对门那家，丽丽她儿子！那谁来着？”

“西周？！”

江北北震惊：“不是！”

“那就是三楼那个！”刘奶奶拿出指点江山的姿势，一言定乾坤，“那个律师！谁来着，姓……瞧我这记性！”

奶奶顿悟，扭头问江北北：“是秦元？”

江北北面无表情：“你猜，你们俩猜一遍，是不是要最后才猜到？”说完，她竟然有点委屈，眼圈瞬间红了，“别猜了，反正也猜不到！”泪珠啪嗒就从睫毛上掉下来了，还带响。

奶奶笑她：“瞧你这泪窝浅的，这还用哭？”

刘奶奶立刻知错，说道：“要是严清明那孩子，那可比你大十岁呀。”

江北北打了个哭嗝：“你们为什么不猜楚尧！是我尧哥！我说的是尧哥！”

她声音不小，却气势不足。

刘奶奶彻底闭嘴，面露惊恐，一时间想说又不敢说。

奶奶愣了一愣，也不知道接什么话好。

江北北一下把萝卜掰断，恶狠狠地道：“还不如不跟你们说！”

随即她跺脚回厨房，继续切萝卜。

奶奶道：“这妮子，脾气跟她爸一模一样，平日里看着听话，一句话说不对就给你瞪眼。”

刘奶奶则压低声音，问她：“就殡仪馆那个？老李，这可不行啊……你想想那个工作，北北怎么喜欢他呢？”

奶奶挥手，摇头道：“管她呢，咱不管她的事，在家吼我这个老婆子，出门碰见了，一个字不敢说。”

楚尧回来好一会儿了。

他刚踏上二楼台阶，就听见对门江北北吼：“尧哥！我说的是尧哥！”

楚尧站在自家门口暗暗思忖了好久，也没想起来到底是什么话题才能让她这么大声跟奶奶吼出他的名字。

不过听这个语气，不像是好事。

楚尧连忙自检：最近做过什么令她不开心的事吗？

好像没有。

他推开门，看见他妈坐在客厅，手里拿着一个玉镯子，对着光品。

“哪来的？”楚尧问。

“猜猜看。”

“我爸送你的？”

楚妈把玉镯子小心递给他，说道：“你看这品相。”

楚尧：“看不懂，第六感觉得很贵。”

“让你大宋伯带的。”楚妈说，“你宋伯伯旅游回来了，我托他带了一对儿。”

楚尧蹙眉：“多少钱？”

“不告诉你。”楚妈说，“但是你要是把它摔了，老娘一定把你拆了扔出去。”

看来是不便宜。

“怎么想起买这种东西了？”他还了玉镯，脱掉大衣，倒了杯水，仰头喝水。

楚妈找准时机，道："给北北准备的嫁妆。"

楚尧被水呛得嗓子眼生疼，一边咳着，一边瞪他亲妈。

"嫁妆？妈，聘礼行吗？"

楚妈："哪来的聘礼，滚一边去，老娘就是要给嫁妆。"

楚尧拿出最大程度上的妥协，强调："其实一样。"

"一样你个头，你想聘谁自己聘去，我才不管呢，但老娘是一个子儿都不给你这个臭小子出。"楚妈小心包好镯子，语气又软下来，喜滋滋地道，"但北北，我要好好给这姑娘准备嫁妆，风风光光地嫁出去。"

楚尧小声道："嫁不远，从对门到咱家。"

楚妈跳起来就是一记扫堂腿："关起门来敢说这话了，有本事你开门去跟北北说，关起门来说算什么好汉！"

楚爸下班回来，发现此等情景，又默默退出去。

楚妈："回来！哪去？"

楚爸再次进来，神情自若道："刚看见黑山老妖怒打胆小鬼，以为走错了。"

这日，秦元往五人群里发了个消息：有空吗？都不加班吧？晚饭前到四儿店里集合，有东西给你们看。

唐西周回：三儿，不知道你哥哥这几天正忙吗？说事，小事的话，我就不去了，我手上还有案子，今晚加班。

严清明：赞同楼上，元儿你说事。

秦元发了语音："我给北北买了辆车。"

江北北接到秦元的电话时，电视台刚刚开完会，黄元宝提的有关殡仪馆职业介绍的策划通过了，下周开拍，江北北心情不错。

"听起来很高兴啊。"秦元敏锐地察觉到了她的情绪，"三哥今天也很高兴，晚上下班到宋朗店里，一起吃饭，三哥给你看样东西。"

江北北道："三哥发年终奖了吗？这么开心。"

"恰恰相反，三哥是花钱买开心。"

"添的大件？买的什么？"

秦元说："买了辆车，送你的。"

江北北僵硬成了一根杆，过了一会儿才醒神，声音立刻高八度：“三哥你当真？”

“我说话，有假的时候吗？”

江北北心里接道：那可不，您老人家就是靠说假话赚钱的。

她嘴里却道：“三哥，我不给你开玩笑，我不要。”

她把电话给挂了，给秦元打了一长串的回话，大意是说她不能要，她现在没买车的想法，驾照拿到手后也没摸过车，给她她也开不了，并且车是消耗品，养车费钱费心。最后她又说，真要买，她自己看中的有，贷款都咨询好了。

她把这条巨长的话发给秦元，秦元没有回话。

宋朗一直在店里忙，手机在旁边充电，没有看群里的消息，以至于秦元开着那辆红色新车从旁边胡同口拐出来停到他店前时，宋朗的第一反应如下。

“这谁的车？你又换女朋友了？”

“去你的吧。”秦元下车，搭上他的肩膀，说道，“这是给北北的。”

宋朗：“啊？为什么？”

秦元笑：“你这问的，要我怎么跟你解释？”

当然，宋朗虽然不知他的用意，唐西周知道。

唐西周一个俯冲，抬腿踢秦元屁股上：“你小子，找打！”

“我怎么了？”秦元笑容得意，明知故问。

“你钱是大风刮来的？说买就买。”唐西周道。

“车怎么样？”秦元问道，“你俩觉得如何？”

宋朗口吐金句：“是北北看上的车吗？”

唐西周终于找到突破口，一巴掌抽上秦元的脑袋：“问你呢！北北看中这车了吗？知道你有钱，买车问丫头了吗？”

秦元笑：“女孩子知道怎么看车吗？这车挺好，各方面性能都不错，我盯了半个月了，这个适合她。”

严清明拎着菜走过来，围着车转了一圈，问秦元：“三儿，多少钱？”

“只车的话，二十多万。”秦元语气轻松，“保险、牌照一套下来，二十六七吧。”

宋朗：“不是，我还没明白，这车是北北看中了，你才提回来的吗？”

秦元：“……”他不想跟宋朗说话。

这会儿，楚尧也到了，远远就冷着脸看着这辆车，走近便道：“难看。”

“啧，你女的吗？”秦元气毛了，“看车只看外观？”

“北北肯定不喜欢。”楚尧说，“别看她那样，她喜欢酷一点的车。”

宋朗接：“就是这意思！三哥，刚刚我就是这个意思！北北看中了吗？万一她没看中，不喜欢，这能退吗？”

“换个别的。”楚尧这么说，“问她喜欢什么，换一个。”

“你买的吗？自作主张。”秦元瞪眼。

“集资吧。”楚尧说，“这钱不能让你一个人出，集资的话，我没意见。不然你就等着这车砸自己手里吧，她肯定不要。”

秦元愣住：“你什么意思？就是不让我送对吧？”

楚尧道：“那听大哥、二哥的意见。”

唐西周道：“三儿，是这样的啊，你想送车我们都知道，但你得要把车送出去。我觉得尧儿说的没错，集资给小丫头买也行，我们人多，分摊下来也没多少钱，说起来是哥哥们送妹妹的礼物，丫头更容易接受。”

严清明轻咳一声，温声道：“北北去年毕业工作，标志着长大成人步入社会了，一般来说要是爸妈在肯定会有点表示，送辆车也正常。三儿想得比我们周到，能想起给北北买车，咱们也不能让三儿一人把钱出了。”

“我无所谓的。”秦元有些不悦，“前几天奶奶说想买车，我恰巧听见，车是要买的，但不能花老人家的养老钱吧？反正我出钱完全没压力。”

“主要是我们要考虑到北北……”严清明说，“你一个人送了，她百分之百不收，以大家的名义送车，说起来也好听，北北也会接受。”

宋朗还在纠结江北北喜欢不喜欢这辆车的问题，他说：“这车还给换吗？”

“添钱换贵的应该可以。”秦元回答得有气无力。

“就这么定了。”唐西周拍板，“还磨叽什么，爽快点，给北北打电话，咱带她去挑车。”

“钱的问题上，大家都没什么压力吧？”严清明关心道。

“主要看尧儿跟二哥。”宋朗说，“我不是吃的死工资，要钱还是有的。”

严清明说："西周没问题，缺了我补一补，尧儿，你呢？不然我把你那份也先补上。"

"我也没问题。"楚尧说，"送她的，多少钱我都能出。"

江北北一下班，就被哥哥们拽到4S店看车。

江北北蒙了。

"呃……"她绕了一圈，犹犹豫豫指向秦元，问，"下午是三哥给我打的电话吗？"

"是啊，我给你打的。"秦元笑得勉强。

"那个……我没听错的话，你是说你买了辆车？"

"是这样的。"唐西周机灵，抢在秦元点头前说，"你三哥提议给你买车，钱我们一起出，你就挑吧，拣贵的挑。"

"多……多少是贵的啊？"江北北战战兢兢问，"给个标准。"

"三十万吧。"唐西周回头给其他几人挤眼，其他几人点头。

"太贵了。"

"反正不低于二十五万，我们跟店员说好了，二十五万以下的不卖给你。"

"一定要在这家店买？"

"对。"唐西周继续编，"这家店给你三哥有优惠券，是吧元儿？"

秦元只好点头："你挑吧，跟我们事务所有合作，会优惠。"

江北北："那……最后算下来多少钱，我不能一分不出，我们均摊吧。"

哥哥们点头赞同。

江北北："所以……暂时是刷谁的卡？"

秦元哀叹一声："我的。"

"那我们之后都把钱给三哥对吧？"

哥哥们笑眯眯点头。

江北北咬着嘴唇笑着，鞠躬："谢谢哥哥们。"

看车时，秦元还不死心，指着刚刚自己提的那辆红色车问北北："北北，这辆怎么样？"

江北北："哈哈哈哈……不要。"

好了，秦元认输。

最终，江北北选了一辆黑色的车，在秦元错愕的神情中，她坐在驾驶座上，敲定了自己的座驾。

“就它了！”

秦元回头问销售：“有别的颜色吗？”

江北北：“不用，就这个颜色，深沉，酷。”

果然如楚尧所说。

秦元挣扎：“这颜色不适合小姑娘。”

“怎么不适合？”江北北道，“颜色又没性别。”

楚尧：“听她的，掏钱。”

秦元心累不已，掏出卡问销售：“就它吧，我还得补多少？”

销售好奇问他：“你们是……”

“兄妹，都是她哥哥。”

销售惊奇：“亲的？”

顿了顿，秦元点头：“嗯，都是亲的。”

车倒是买了，怎么开回去是个问题。

宋朗说：“都别嚷嚷了，正赶上晚高峰，北北能开回去吗？找个人来开！其他人坐我的车回去！”

唐西周一脸看好戏的表情，待着不走，想看某两个人怎么决定。

严清明却分好了：“我跟西周坐宋朗的车回去，你俩看着北北把车开回去。”

江北北咬着手指头看向严清明。

大哥，你真会搞事。

唯一不知情的宋朗：“就这么定了！快点，天天磨磨叽叽的，我还得回去喂大喵呢！”

江北北站在车边不知该如何是好，她看了看左边，又看了看右边，两位哥哥都默不作声。

“那个……”江北北说，“三哥、尧哥，你俩……谁来开？”

两个人都动了一下，又停住。

“算了，我开吧……”江北北欲哭无泪，坐上驾驶座，想把脑袋埋进座里。

那么，谁坐副驾驶座？

江北北猛然发现自己犯了个错误。

她坐驾驶座，谁坐副驾驶座必然还要经过无声厮杀，她私心是想邀请楚尧坐，但明显可以看出，今天这车是三哥出的钱。

太明目张胆，三哥会奓毛吧。

江北北打开车门，又走了下来，讪笑道："我忘带驾照了，我坐后面，你们快点决定。"

楚尧果断拉开后车门和江北北坐到了一起。

秦元噎了一下，只觉得今天诸事不顺。

而在宋朗的车上，唐西周看着后车窗，说道："会不会打一架？"

宋朗终于悟出了点端倪。

"咋了？有情况？"

"有。"

"我就说！"宋朗激动地拍大腿，"秦元突然买车献殷勤，这绝对是有问题！跟北北？"

"四儿你说，你觉得尧儿跟元儿，哪个可能性大点？"

宋朗想了好久，刚要说，忽然又道："我说没用啊，又不是我挑，北北喜欢哪个？北北要没那意思，三跟五斗到如来佛祖面前也没用。"

"四儿，我发现你……"唐西周说，"有时候特哲学，你知道问题的关键在哪儿。"

严清明也点头："四儿有自己的哲学，挺好的。"

新车在楼下搁了三天，江北北没敢摸。

周六一大早，宋朗把江北北叫下来，说要让她练车。

"不敢开可不行，上车！一人五万呢，别浪费了，你不开我心疼。"

江北北打着哈欠，脸没洗，明显是从被窝里爬出来就下楼了。

她道："自从驾照拿到手，有五年没碰车了，我实在不敢。"

"这怎么行！上车上车，把我送到奶茶店你就出师了！"宋朗瞪着小眼说道，"大早上车少，抓紧时间开车练习。"

他越催，江北北腿越软："四哥，你别催我，我怕。"

“宋朗。”低沉清晰的声音传来。

江北北耳朵应声而红，抬头，只见楚尧撑在二楼栏杆处，俯视着他们。

宋朗招手：“尧儿，起得早啊！”

“嗯，倒垃圾。”楚尧手上拎着扁扁的垃圾袋，不仔细看，的确像是出来倒垃圾的。

江北北急忙背过身，偷摸整理刘海儿。

“我来吧。”楚尧下楼，扔掉手中的垃圾，拉开车门坐到驾驶座，“北北上车。”

江北北下意识和他拉开距离，往后排坐。

楚尧：“坐前面来，带你学车呢。”

江北北换到了副驾驶座，正襟危坐。

宋朗道：“尧儿，你让她开！”

“我先带她去车少的路段熟悉一下。”楚尧说，“你开店去吧，还要遛大喵。”

车开走了。

宋朗吆喝：“北子，练好了，晚上四哥给你做蛋糕吃！”

唐西周叼着烟出来，头发乱糟糟的，像是刚睡醒，连脸都没洗。

他伸了个懒腰，问宋朗：“四儿，北北练车去了？跟谁？”

“尧儿。”

唐西周笑着喷烟，趁机教育宋朗：“瞧见没，睡懒觉会错过机会的。”

他指了指楼上，耸肩。

秦元，是个休息日不睡到午饭时间不起床的人。

“就他们这事吧，我琢磨了好几天。”宋朗说，“没看出来秦元要搞什么鬼玩意，尧儿吧，我不吃惊，北北到省外上大学那几年，尧儿魂不守舍的，仔细想想是有苗头的，但秦元可真不是，太突然……”

唐西周笑：“你问他去，我不知道。”

宋朗搓着下巴上的胡楂，小眼睛盯着唐西周看，说道：“二哥你这一笑，我觉得你啥都知道。”

唐西周：“放你的宋大喵屁，瞎胡乱猜。”

可能是用宋大喵代替狗戳到了宋朗的笑点，他哈哈笑完，问唐西周：“值班吗？走着去？”

“两站路，两条腿足够了。”

他活动着筋骨，像个老大爷，颤悠悠走了。

宋朗想了想，拍了张空车位，发了个朋友圈，并提醒秦元看：“业精于勤荒于睡。”

而在二楼，楚妈起床后，隔老远朝垃圾桶里扔东西，垃圾碰到垃圾桶后，发出一声脆响。

这声音听着都不对，楚妈拍桌：“是谁？垃圾桶又不套袋子！楚扬，是不是你？！”

楚爸在卧室幽幽回答：“胡扯，我昨晚睡前刚换的袋子。”

有多年办案经验的楚妈立刻想到了楚尧：“一定是楚无常！嘿，臭小子，又借丢垃圾出去搭话！”

楚爸懒懒翻了个身，点评：“手段不行。”

手段不行的楚尧，把车开到了新修的一条路上停下，和江北北交换位置。

坐好后，江北北正视着前方，说：“尧哥，你就穿了件毛衣出来呀？”

楚尧这才发现，自己没穿外套。

早上他听到江北北开门的声音，太着急了，拎起垃圾袋就下楼，外套都忘了穿。

楚尧看向江北北，正搜寻着借口，忽然发现，江北北的羽绒服里面是睡衣。

这姑娘下楼也急。

“冷吗？”楚尧问。

江北北蚊蚋一般答：“车上不冷。”

不仅不冷，因为他坐身边，她紧张到满身汗。

“慢慢开，试试看。”楚尧说，“附近有家早餐店，我们去那里吃饭。”

让江北北试试看的结果就是，紧张到方向总打反，刹车踩太急，方向回太快。

总而言之，看起来，江北北的车技……稀烂。

明明之前不这样的。

江北北小声说：“尧哥，那个……如果我一个小时后才能让你吃上早饭，你有意见吗？”

楚尧微笑：“不敢有意见。”

“要是你不在车上……我会比现在稍微好点。”江北北说道。

楚尧问：“为什么？”

“因为车上有你，我紧张。”江北北找着合适的词，慢吞吞地说，“你在，我总惦记着你没见过我开车最牛的时候，想表演给你看，但又不敢……我怕你觉得我冒失，会更不放心……”

好半晌，她听见楚尧说：“我闭上眼睛不看你，你还紧张吗？”

江北北迅速瞥了他一眼，楚尧还当真闭上了眼。

江北北说：“尧哥……要不你睡一觉？”

楚尧：“那我就要紧张了。”

又过了一阵，遇上了红灯，江北北小心停好车，楚尧睁开眼睛，问她：“北北，谁在车上，你不会紧张？”

江北北很快就回答了这个问题：“大喵。”

楚尧笑了，他释然了。

练完车回家，江北北看到手机上好几个未接电话，全是秦元打来的。

她回了个电话。

秦元接到电话，幽怨地道：“北北，你抛弃我。”

“我哪里敢！”

“明天我预约了。”

江北北：“三哥……你起得来吗？”

“小瞧三哥是不是？”

“不不不……”江北北道，“但是明天不行啊，我明天值班。”

“那我现在下楼，咱再出去开一圈。”

江北北嗷嗷道：“不，打死都不去了！”

何况跟秦元一起，更紧张好吗？只要跟他之间的距离小于三米，她脑海里就浮现出秦元妈的脸，并附带六个字：江北北狐狸精。

这种不美好的体验，她才不要呢！

秦元撒娇：“答应我，不然我哭给你看。”

“三哥，你猜怎么着，我还挺想看你哭。”江北北皮这一下可开心了。

秦元轻笑起来，最终让步：“走吧，跟三哥到四儿的店里坐坐，喝杯奶茶。三哥有话想跟你说，你把三哥单独撇过去，三哥心里堵得慌。”

江北北妥协了。

到四哥的店里聊天，起码不是单独跟谁一起约会，聊聊也好。

江北北如此想着，可到了地方，她万万没想到，秦元开口就是表白。

“北北，我想追你。”

江北北正吸着奶茶，秦元一句话砸过来，奶茶悬在了吸管半截处，江北北觉得自己现在像只鸟，嘴巴一定是尖的，两腮一定是凹的，总的来说，整个人一定是囧的。

江北北松开吸管，抬起头，秦元比往常正经了些，脸上表情很严肃，眼神很热切。

“三哥，你是……怎么看上我的呢？”

“你挺好的。”秦元说道，“三哥累了，找寻了一圈，才发现，最合适的其实就在身边。”

宋朗叉着腰站在江北北身后，皱眉听着。

秦元依然注视着江北北，开口：“北北，你知道委屈的感觉吗？其实，车是我单独想送你的，最后成了哥哥送妹妹的礼物。我不想这样，我想男人送女人，你明白这个区别吗？”

宋朗也看向江北北。

江北北委婉道：“三哥，从高考结束那天起，我就觉得不舒服。那天你妈妈恭喜我，说以后就是大姑娘了，上学工作找男友。听起来应该是开心事对吧？但我不舒服。你知道意味着什么吗？就从那天起，我得和你们保持距离，我不能像以前那样跟你们打闹，其实这个时间要再早一点，从三哥你开始工作那年，我就知道，咱们之间有距离感了。”她说，“我不知道你听没听懂，三哥，最理想的，是这辈子，我们都是兄妹。但现实不是这样，咱们不是亲的，并且永远不可能跟亲兄妹一样，我们都在维持假象，越长大就越累。你们对我好，我当作恩情，但我心里有条线，这条线不能越过去。”

江北北深吸口气，说道：“三哥，我说实话吧。几个哥哥里，有一个，我一直想越线，但不是你。”

秦元摘了眼镜，疲惫地捏眼角，撑着额头，紧锁着眉不语。

江北北猛地站起来，推开宋朗，跑出店外。

宋朗："秦元，你不行啊，你连她想什么都不知道就表白。"

"不然呢？"秦元说，"我表白一次，你们拦一次，就让我一直堵着吗？"

沉默半晌，宋朗道："秦元，你这人很自私，连表白也是。"

秦元斜眼看他，眼神冰冷。

"说是表白，其实说的都是你自己，连为什么表白也是，因为你自己觉得不表白就难受，所以才开口，你怎么不考虑北北听见后会不会难受？你知道她不会接受，但你还是这么干了，你自问，是不是只在乎自己的想法？"

秦元轻喃："有吗？"

"用不用我给你概括一下北北的意思？"

"不用！"

"我不知道尧儿怎么想的，但是吧，我觉得你们应该中和一下。"宋朗一本正经道，"他太克制，你太冲动，他太在乎北北，你太在乎自己。"

秦元震惊不已。

宋朗："你什么时候对北北有想法的？"

"这能说清？"

"怎么说不清？"宋朗道，"但凡说不清的，都是假的。秦元，你不行。"

江北北快步走着，心乱如麻，路上碰到唐西周，都没反应。

唐西周诧异："丫头，怎么了？脸黑成这样，见我也不叫。"

江北北头撞在他怀里，被唐西周衣服上的扣子硌得生疼，泪一下就流下来了。

"二哥！我想大哭一场！"

唐西周笑："要二哥提供谈心服务吗？让二哥听听，是谁惹你哭了。"

第四章
睡在床上的公主

唐西周把她领到了局里的谈话室，还把保温杯里的枸杞茶让给了她。

“说说看，怎么回事。”

江北北泪没擦干，绷不住笑了起来：“二哥，你审犯人呢。”

“职业病，没办法。”唐西周点了支烟，笑她，“瞅瞅你这个样子，笑点低泪窝浅，又哭又笑小疯癫。”

江北北：“二哥，你是来安慰我的还是打击我的？”

“哪个说要安慰你了，我只是问问情况。”

江北北调整好情绪，噘着嘴，忍着泪，说道：“二哥，三哥他说要追我……”

“追你你哭什么？吓哭的？嗯？又想哭是不是？”

“我不知道，就是害怕。”

“江北北。”

江北北弱弱举手，答道：“有……”

“为什么怕秦元？”

“……二哥想听实话吗？”

江北北搓着手指，好一会儿才低声说：“其实二哥，我也怕你。”

唐西周一个鲤鱼打挺蹦起来，给了江北北一个脑瓜崩儿。

江北北捂头求饶：“二哥我知道错了！”

唐西周又坐下来，眯起眼睛，喷了口烟，说道：“我好像知道怎么回事了。”

“嗯？”

唐西周说：“你不怕哥哥，你怕男人。”

“呃……”江北北皱起鼻子，觉得点头也有问题，不点头也有问题。

“小的时候不懂男女之情，你把我们当哥哥。长大了，把我们当男人看，怕对你有企图的男人，对不对？”

江北北：“二哥，你这让我怎么回答？怎么觉得你这么一说，我跟有被害妄想症似的。”

“这样，你怕四儿吗？”

“不怎么怕。”

“为什么？”

“嗯……四哥一直是四哥，没怎么变过。”

“那你怕你大哥吗？”

“不怕……因为我跟大哥有年龄代沟。”

“所以说，你只怕我和秦元？”

“因为二哥跟三哥都不正经。”

唐西周差点咬到自己的舌头：“我什么？不正经？”

江北北坚定点头：“是啊二哥，你跟三哥一样，见我就想逗我，只要遇见我就拍我脑袋……”

唐西周按灭烟，说道：“二哥明白了，这次真明白了。北北，你分不清情感的差别，所以怕我们身为哥哥对你亲近是别有用心，是男女之情，会让你困扰，是不是？”

江北北想了许久，点了头：“有点。”

唐西周仰头感叹：“孩子一长大，好操心。你怕楚尧吗？”

江北北垂眼，好半晌，她说：“尧哥是最注意分寸的，一直像哥哥。”

从不越线，从不令她困扰。

所以，她不知道自己该不该自作多情。所以，她不敢越线，不敢造次，只能默默地想、默默地盼。

“我懂了。”唐西周又懂了。

严清明因为年龄大，北北上小学时，严清明已经成人，所以在北北心中一直是单纯的大哥形象，离得远，她也好区分。宋朗因为性子直，喜怒哀乐都表现在脸上，又最容易看透，在江北北心中，也没有危险感。

剩下三个，他跟秦元喜欢逗她，举高高、搂肩膀之类的肢体接触，几乎是他们见到江北北后的习惯动作了。

小时候还好，江北北想得少，哥哥就是哥哥，后来她步入青春期，而唐西周跟秦元刚好迈入工作岗位，转变为成熟男人，这种亲昵在江北北眼里，就成了危险信号。

能被称为哥哥的男人是安全的，但男人是危险的，成长过程中没有父亲陪伴的江北北缺少安全感，非常敏感，懂事后，原本处在安全区的哥哥们，就成了危险因素。

再加上，这些哥哥还都不成家，不结婚，单身成年男人，更危险。

怪不得……

唐西周暗暗顺着时间线，自打江北北上大学回来，尤其这两年，他一跟她亲近，这丫头就本能地躲，神情也不自然。

唐西周这次是彻底琢磨明白了，不仅明白了江北北的想法和处境，也明白了她跟楚尧之间迟迟未曾突破那条线的原因。

楚尧，或许是早就察觉到了江北北内心的不安，所以他做得很好，一直在安全线内，带些距离，礼貌地关心着江北北。

唐西周惆怅不已，眉毛拧成疙瘩，反复打量着江北北，末了，说道：“这还真是棘手。”

“是吧。”江北北叹气，“所以三哥一说要追我，吓得我……”

“不是，二哥是说你跟尧儿。”

“啊？”江北北一下红了脸，“为什么突然提起尧哥呀？”

她心跳如擂鼓。

“丫头，你分得清兄妹亲情跟爱情的区别吗？”

“噗……”江北北连忙捂嘴，“对不起二哥，就是……看着二哥这张脸听见突然说出这种话，我超想笑。”

“我正经的！”唐西周拍桌，“丫头，你告诉我，你能分清爱情的爱跟亲情的爱吗？”

江北北：“我直说自己的理解，你别骂我。”

“你说，你二哥见多识广，你吐出什么词我都不会大惊小怪。”

“盖一条被子，睡一张床。”江北北说，“爱情的爱。”

她又指着唐西周：“每天关心，但并不想盖一条被子躺一张床，如果想了会浑身难受，想以头撞墙让这大逆不道的想法滚犊子，这是亲情的爱。”

唐西周不知该摆出什么表情。

“二哥，我是不是出师了？”

“你是长大了。”唐西周说，“谢天谢地，没把你带歪。来，二哥做个调查，你说实话。”

“嗯。”

唐西周说：“秦元。”

江北北一愣之后，答：“浑身难受！”

“楚尧！”

“嘿嘿。”江北北咧开嘴笑了。

“二哥知道了。”

“可是……二哥。”江北北又问他，“我该怎么知道，他对我是哪种爱呢？”

“你是问尧儿吗？”唐西周笑着说，“我又不是他，我怎么知道他对你到底是哪种爱呢？不过，二哥还是要跟你说，以你现在对尧儿的程度，他就算爱你成疯，你也察觉不出。”

江北北蒙了，比画了个问号。

唐西周：“你连看都不敢看他，他哪怕把‘爱你’两个字写到脸上，我估计你也看不见。”

当然，也怪有些人埋得太深，一直在线的边缘徘徊，却怕惊到她，迟迟未肯表示。

“唐队，局长电话。”

“来了。”唐西周连忙搓脸，摆手让江北北回家，“快点回去吧，还有秦元，别怕他，他是职业病，给自己计较的利益太多了，对你放不开又心急，瞧那笨拙劲儿，没眼看。但怎么说呢，你三哥也不是危险的人，都是掏心窝地对你，你平心静气面对他会好很多。”

江北北回到喵了个咪，秦元还在。

江北北走过去，又㞞又要装胆大的，对秦元说：“三哥，咱把下午那段掐了，您再仔细想想看，成吗？我觉得你稍微些许好像似乎有那么点冲动，当然，我也是。”

秦元慢慢摇了摇头：“北北，是我太心急，但不是一时冲动。你之前一直在上学，三哥忙着立足，忙着工作，也没想过。但你现在工作了，成人了，忽然有一天，三哥看着你，想到了你可能会找男友、会结婚……从我在意这些的时候，你在三哥眼里，就变了。北北，一时半会儿，我知道你接受不了，但我认为，我对你这份感情的变化，你有权知晓。”

“是自私，我自私惯了……”秦元说，“但爱，不就是自私吗？”

“不是。”江北北说，“三哥，爱是互相的，三哥……在我眼里，你只是哥哥。”

两个老太太最终决定到国外某暖和的小海岛猫冬，宋朗爸妈全程陪同，出发这天，江北北起了个大早，自告奋勇开车送他们去机场。

原本挺顺利的，打开车厢，装好行李，把车开出停车位，江北北一气呵成。

然后，她余光瞥到了依旧是黑与白两色的楚尧，大衣笔挺，衣领雪白。他站在楼道口，微微笑着，等待着他们离开。

江北北一个激动，换了个倒挡，油门一踩，车飞了回去，等她反应过来时，已经撞上了安静停在后面的黑色车。

那是楚尧的车。

江北北看着倒车镜，觉得楚尧这辆车的车顶此刻正在散发着委屈的气息。

江北北奶奶愁得拍大腿：“妮子啊，你这个水平让我怎么放心！”

宋朗爸妈：“撞到谁的车了？是尧儿的吗？”

楚尧走过来，弯下腰，隔着玻璃看向她。

江北北打开车窗，尿得不敢去看楚尧，直视着前方，说道：“尧哥……意外，你的车还好吗？”

他出现，她就会紧张，总想表现得很坦然、很熟练，可结果往往相反。

楚尧温声道：“你没事就好，撞了一下，我的车没事。”楚尧说，“你快送奶奶他们去机场吧，路上不要急，静下心开。”

“哎！”

江北北手忙脚乱开走，楚尧这才检查车。

并无大碍，只前面的车牌被撞得紧贴着车身，留下一道凸起的痕迹，楚爸遛弯回来，盯着儿子的车牌看了会儿，忽然说道：“阳历生日。”

“嗯？”

“说你。”楚爸指着他的车牌，“今天生日，你二十八。”

“我不过阳历。”楚尧说。

楚爸：“自作多情，也没人给你过……晚上想吃什么？”

“晚上不回来。”楚尧说，“今天夜班。”

殡仪馆前停了辆采访车，侧边漆着A视的logo，在这里看到A视的车，楚尧内心闪过一丝不安。

江北北会爱屋及乌，他也一样，潜意识里，看到和她有关的事物出现在自己的工作地点，心都会提到嗓子眼。

好在只是采访，他看见了扛着摄像机的工作人员，一个高个子女人正与馆长在门口聊天，表情轻松。

馆长看到楚尧，激动地招手让他过去。

“金主编，这是楚尧，我们这儿最优秀的员工！拍他！可以拍他！”

高个子女人转过头，飞快藏起眼中一闪而过的亮光，保持着微笑，咬着字强调：“你好，我叫黄元宝。我是A视三套《身边的他们》栏目组的主编，您之前看过我们的节目吗？”

她把手伸了过来要握手。

楚尧目光落在她的手上，旋即收回，只是点了点头，手却没动。

“看过一些。”楚尧家的电视只要开着，基本停在三套。

虽然知道江北北不会出镜，但他们家人依然热衷于在各种新闻图标下，捕捉江北北的名字。时日长了，三套有哪些节目，楚尧比江北北都清楚。

黄元宝把手收了回去。

馆长解释："金主编，我们这个工作，考虑到大家的不便之处，一般情况下是不和人握手的。"

"我知道，来之前做过调研。"黄元宝道，"消弭偏见，破除固化印象，进行有意义的死亡教育，这正是我们做这期节目的意义所在，我希望有一天，从事这种职业的大家，都能够自然地与友人、陌生人握手问好。"

"做节目的就是不一样。"馆长感叹，"金主编说得太好了。"

黄元宝："我姓黄……"

午休时间，节目组对今日到职的员工进行了简单的谈话式采访。

黄元宝亲自上阵采访楚尧。

"来之前就知道你。"黄元宝说，"我跟新闻聚焦的江记者关系很好。"

"江北北。"楚尧微微笑了起来，"我妹妹。"

黄元宝恍惚中有种错觉，她觉得，"江北北"三个字一出现，楚尧比刚刚稍微接了点地气，不再那么生人勿近了。

要知道上午的取景，摄像师扛着机器在旁边，大气都不敢出，一来是因为这个工作场合的气氛，二来就是因为楚尧本人。

太冷了，像块冰。

"经常听她提起她的几个哥哥，台里的同事都很羡慕。"

闻言，楚尧噙着一丝苦笑，只是摇头，却不接话。

摄像师调试好了镜头，黄元宝正式开始了采访，说了工作上的一些记忆犹新的经历后，黄元宝问他："您结婚了吗？"

尽管她知道答案。

"没有。"

黄元宝笑："刚刚采访了您的好几个同事，我们问他们现阶段遇到的最难的事情是什么，他们都说，是找对象。您也是吗？"

"差不多。"

"那您现在，有喜欢的人吗？"

"有……"

"介不介意聊聊她？"

"有点。"楚尧回答。

“为什么？她不接受你的工作吗？”

“她应该会接受，她是个很好的姑娘。”

黄元宝设了个陷阱，笑着问道：“那为什么不结婚？是有其他原因吗？”

“喜欢是互相的。”楚尧也笑，“单方面的喜欢，会给她带来不必要的困扰。”

黄元宝没有再问，而是换了个话题。

采访结束后，黄元宝关掉录音笔，直接问了出来：“你说的是江北北吗？”

楚尧罕见地愣了。

“如果是的话……”黄元宝笑道，“她是喜欢你的，她说过很多次，我觉得你在她心里，应该是最特殊的那个。”

其实，此时此刻，黄元宝非常想对楚尧说，江北北整日念叨着要睡你。当然，当着这么多同事，她又跟楚尧第一次见面，她要脸，所以打死都不会说。

回神后，楚尧说：“谢谢告知。”

礼貌，得体，不过多显露情绪。

黄元宝道：“之前我很好奇，近水楼台应该更好得月，今天见了，多少理解了北北为什么只敢嘴上说说，却不敢行动。”她像调侃一样，对楚尧说道，“楚先生实在是……太冷了，像南极。”

黄元宝离开时，给江北北发了个短信：“等着请我吃饭吧，我只能帮你到这里了。”

收到这则消息的江北北并没有细想，也没回复，因为……她在发抖。

下班回来后，屋里冷得像冰窟，江北北手冻得发青，给物业打了电话，才知道二单元东边的暖气管道坏了，正在检修。

“要多久？今晚能修好吗？”

“今晚不行，最早也要明天上午。”

江北北缩在沙发里，连手机都不敢玩了，抱着手机就像抱着一块冰，手指都僵硬了。

老太太们刚走，家里只剩她一个人，又没热饭又没暖气，她一棵地里黄的小白菜，在冰窟里头，凄凄惨惨戚戚。

群里，宋朗发了修管道通知，好奇道：一个单元的，东边跟西边还不一个管道？

毕竟西边三户现在还正常供暖中。

二哥道：你要不要来我家睡？叫大哥一起，刚好能睡下。

大哥回：我夜班，今晚不回，让四儿去吧。

宋朗：我倒无所谓，扛冻，就是怕把大喵给冻着。

二哥：到我单位拿钥匙，只要宋大喵不上我的床，其他随便躺。

江北北有些委屈着道：我能插个话吗？为啥没人想起我。

唐西周：哈哈哈哈哈……忘了忘了。你下班了？

江北北：到家了已经，正在沙发上蜷缩着保暖。

她刚发出去没一会儿，秦元就打来了电话。

“去我家，我等会儿跟我妈说一声，你睡我屋，我晚上回去睡沙发就行。”

“不用了……”江北北尴尬。

敲门声响起。

江北北艰难爬起，哆哆嗦嗦地去开门。

“北北，来。”楚妈不由分说，拉着她就到了对门，“楚无常今天不回来，你睡他的床！”

秦元：“……”姚阿姨不愧是当初的刑警队标兵，行动力那叫一个强。

江北北：“三哥……”

“跟秦元打电话呢？”楚妈听觉灵敏，要过手机，替江北北回了话，“小元儿，不麻烦你了，那么大人睡沙发多不舒服，我家尧儿夜班，北北有地儿睡。”

我儿子真争气！楚妈愉快地挂了电话。

江北北有些不好意思，在楚尧的房门前扭捏着：“要不给尧哥说一声……私人空间不好意思占用，万一有什么秘密……”

楚妈回答得也很干脆：“他那屋啥都没，比他的脸都干净。老楚！把柜子里的新被子拿来！”

老楚同志火速把一床粉嫩嫩的新被子拿了过来，夫妻搭档干活麻利，迅速揭了儿子的被褥，换上了一床新被子，甚至还让江北北拿了几个娃娃，放在了床上。

楚妈退后两步，欣赏着儿子焕然一新的床："妈呀，谢天谢地，终于不是停尸间了，公主房！"

楚爸："顺眼多了……"

江北北："……"她总感觉他俩期待这天很久了。

晚上，江北北怀着激动的心情，矜持地躺在了楚尧的床上。

四舍五入，她这算是，睡过楚尧了吧？！

江北北蒙着被子嘿嘿发笑。

他房间的味道，像晴朗秋日清晨的味道，虽然冷冽，却令人安心，似乎温暖总会来临。

江北北陷进柔软的床，被他的气息包裹，一点点沉入梦乡。

楚尧从职工浴室出来，换了身衣服，还没吹干头发，就听到同事叫他。

"楚尧，今晚你值班？"

"嗯。"

"咱俩换一下。"同事说，"周末有点事，我想这周连休三天回趟老家，今晚让我值吧，下周三换你。"

"好。"

他收工，发动车，连夜回家。

到门口放好车，拐进便利店买袋面包，楚尧排队等付款时，打开手机，看到群里修暖气管道的消息。

她去秦元家了吗？

他面包也吃不下了，但是好饿。

楚尧拎着袋子慢吞吞挪回家，已经后半夜了，楼道里静悄悄的。

他开门，洗手，懒得开灯，脱掉外衣，推开屋门，边走边脱掉毛衫，解开衬衣扣子……

楚尧的手停了下来，他如雕塑般僵硬地立在床边，怔怔地盯着自己的床。

床上，躺着一位姑娘，睡得正香。

楚尧关上门，等了一会儿，再次打开——床上依然有江北北。

这远远超出了他的想象，令他束手无策，甚至无法思考，大脑停摆。

他的卧室中央，有一张粉色少女床，而在陌生的床上，躺着他梦寐以求的姑娘。

楚尧不敢想的，现在就在他的眼皮底下，无比真切，真切到梦幻。

楚尧的胃一阵抽搐，尖锐的痛感把他扯回现实。

大脑终于开始运转，眼睛告诉大脑，我看到她了，她在这里，她睡在我的床上。

是真的。

现在怎么办？

楚尧慢慢走过去，垂着眼看着床上的江北北。

他单膝跪地，缓缓伸出手，手指尖颤着，轻轻触碰她温暖的脸颊。

指尖的温度告诉他，她是真的。

她轻盈的呼吸像蝴蝶扇动翅膀的风，一下一下，打在他的手上。

楚尧的眼睛适应了黑暗，如此近的距离，他看清了她的每一根发丝和睫毛。

他第一次以这种角度，安静地看着她。

他另一只膝盖也跪在了地上，弯下身，给她掖好被角。

“北北。”声音很轻，像是心里的声音不小心偷跑了出来，带着些沙哑。

江北北……

他不敢触碰的江北北。

胃再次抽动，饥饿和心跳加速后的慌张感，让楚尧皱起眉，似要吐出无法安放的心。

他像戴着枷锁的怪物，与心中爱慕的姑娘同处一室，却动弹不得，恨着束缚，又感谢有束缚拉回他的理智。

一束光照进来，楚尧回头，回避着光芒，眯起眼睛。

“出来！”门口传来一声低喝。

楚尧回过神，试图站起来，但双腿跪到麻木，差点栽倒。

他摇摇晃晃走出来，脸上蒙着一层迷茫，嘴角却带着微微的笑意。

楚妈关上卧室门，一巴掌招呼过去：“你干什么呢！”

“妈……那是……北北吗？

“不是！是个锤锤！”楚妈压低声音却不妨碍呵斥儿子，她指着沙发说道，“你一个成年男人，自觉点不行吗？你多大岁数了，趴在小姑娘的床头想干什么？你自己看看你现在这个样子像不像变态？衬衣扣子也不系，北北万一醒了，你让我以后怎么做人！怎么回来了？”

她跟江北北说了楚尧要值夜班，现在楚尧却回来了，还扒在人家小姑娘旁边离那么近盯着人家看，这是北北没醒，她要醒了，该怎么想？一直安全的姚兰阿姨竟然也是个危险的人，打着这样的幌子，给自己儿子创造机会，不值得信任。

姚兰一直想让楚尧跟北北成为一家人，但家长再期盼，感情也是江北北跟楚尧两个人的，他们不能瞎撮合，要是八字没一撇前北北对她的信任崩塌，那就再也没戏了。

楚妈气不打一处来，很想现在把儿子按在地上揍一顿。

楚尧尚能回答问题，尽管反应慢了些：“换班了……我的被子呢？”

“地上，捡起来睡沙发吧。”楚妈回了房间。

楚尧蹑手蹑脚再次打开房间门，做贼一样拽出孤零零地堆在角落里的旧被子，不敢再朝床上看一眼。

沙发，是孤独男人的最终归宿。

楚尧家的沙发不够长，他蜷起来难受，只得把脚搭拉到扶手上。被子团成一团，沉甸甸压在身上，才把心跳压平稳，没刚刚那般难受。

他没来得及跟楚妈说饿，大晚上又怕拆面包袋的声音惊扰到江北北休息，楚尧就这样睁着眼睛望着自家的天花板，放空大脑。

热得不行，心浮气躁。

不知过了多久，楚尧听到自己的房间里传来窸窸窣窣走路的声音，门慢慢打开，楚尧闭上了眼睛。

脚步声走到一半，忽然顿住，朝这边而来。

他听到了江北北的呼吸声，在寂静的夜里很清晰。

耳边是血流的跳动声，楚尧觉得自己马上就要崩溃了，他强撑的平静似乎随时会被撕裂。

血液中的怪物扯动着锁链，蠢蠢欲动。

他听到江北北靠近了他，很近。

“尧哥？”

像是好奇，不像是试探他是否熟睡。

楚尧僵硬着，呼吸几乎要停止。

“哎……尧哥回来了？”她轻声自语，好一会儿，楚尧觉得，她离得更近了，就在他的耳边。

热源逼近，呼吸声也大了些，江北北近在咫尺，呼吸骚动着他的耳根，楚尧藏在被子下的手，抑制不住地颤抖了一下。

发尾轻轻拂过，痒痒的，楚尧还未猜出她要做什么，唇边便多了一记暖暖的、软软的、温热的触碰。轻轻的吻，如同雷霆闪电，重重劈下，正中红心。

楚尧觉得自己死在了那一刻，什么都不知道了。

大脑好像也不相信这是真的，提前进入了走马灯状态，他所有的器官包括血液都不听指挥，浑身乱窜，重重撞击着他的心。

“楚尧。”江北北轻轻叫他的名字，之后，又叫了一遍，“楚尧……亲一下也没醒。”

她的语气中带着得逞的笑，楚尧能想象到她此刻，肯定是掩着嘴偷偷笑着。

好久之后，楚尧才听到她的脚步声渐远，她回了房间，合上了门。

楚尧这才睁开眼睛，墨黑的眼含着幽光，脸上是难以置信的表情。

他身体里的怪物，也一脸怔然地看着他，无声地询问着他，接下来该怎么办？

是他用锁链囚禁了怪物，从它出现在自己体内的那一刻，随着时间的增加，锁链也越来越多。

他怕有一天，怪物会不受控地挣脱束缚，吓跑坐在他心尖上的那个姑娘。

可现在，怪物却像个被冒犯后没主意的小孩儿，委屈巴巴地看着主人，问他怎么办。

江北北刚刚……是亲了他吗？

怕是自己的错觉吧。

楚尧胃疼得不行，头也开始凑热闹。

他坐起身，深呼吸，之后抓起钥匙，离开了家。

风从走廊吹进楼道，透心凉，却无法抚平他内心的燥热。

楚尧徘徊在楼道口吹风，尽管表面波澜不惊，但脑袋里一团糨糊，无法冷静下来思考。

身后的门突然开了，楚尧回头，与唐西周碰个正着。

“尧儿？干什么呢，大冷天无家可归了？”唐西周裹着军大衣搓着手出来，见楚尧只穿着衬衫，立刻把他请进屋，“北北在你家？”

有经验的老警察就是厉害，楚尧点头。

“这就没处睡了？有那么可怕吗？会吃了你啊？”唐西周幸灾乐祸，“沙发也盛不下你了？”

楚尧问：“几点了？”

“不到四点。”唐西周说，“你来我家睡一会儿，就四儿跟大喵在，四儿睡我的床，你跟大喵睡主卧吧，我不睡了，队里接了个大案要我去一趟。”

唐西周离开后，楚尧关上门，温暖的房间使他慢慢有了知觉，后知后觉才感到冷。

狗总是比人灵敏，宋大喵跳下床，从主卧跑出来，跳上沙发，把狗头搁在楚尧的肩膀上，爪子扒拉着让他睡。

宋朗四肢摊开，躺在唐西周的床上，鼾声震天响。

楚尧与宋大喵湛蓝色的狗眼对视许久，忽然笑了起来。

“还都说准了。”

生日这天，喜欢的姑娘就躺在床上，而他抱着宋大喵，睡到天亮。

他再次醒来时，阳光刺眼。

客厅里电视开着，播着球赛，楚尧听到宋朗开易拉罐的声音。

楚尧起身，刚要喊宋朗，却听见了江北北的声音。

“四哥，我想吃炸鸡……”

“饿了？你二哥说冰箱有鸡肉，等中午我给你炸一个。”

江北北真的在。

楚尧走出来，越过宋朗那个大块头，一眼看见江北北。

她抱着沙发靠垫，牙齿咬着嘴唇，紧张地搓着手指。

“你昨晚啥时候来的？”宋朗好奇道，“今早起来看见床上躺的是你，我还以为我眼花了。”

“不知道……”

“刚才也没管你，你今天不上班？”

“去的……几点了？”楚尧深知，已经迟到了。

“十点半了。”江北北回答。

宋朗说：“你要不请个假？”

他转头问江北北：“北子，你听尧儿的声音，是不是有点像感冒了？”

江北北转过头看向楚尧，眼睛睁大了，像颗杏仁核，圆溜溜的。

“尧哥，你出声嘛。”她的表情很平静，仿佛昨晚那个偷偷溜到他身边亲他的女孩不是她。

楚尧温柔地看着她，慢慢笑了。

“北北，你不去上班吗？”

“我们下午有街访，我吃完午饭直接过去。”江北北回答完，说道，“尧哥，你说话带鼻音了，请假好了。”

宋朗去厨房煮姜汤，楚尧洗了个杯子倒上水，先递给江北北：“记得多喝水。”

江北北接过杯子抱在怀中，过了会儿，她悄声问：“尧哥，你昨晚什么时候回来的啊？”

她的目光落在楚尧的衬衫上。

楚尧说：“三点吧……很晚了。”

江北北又问：“你怎么到二哥家睡了？”

“回来的时候，碰见二哥出警……”楚尧慢慢搭接着逻辑链，试图让它无懈可击，“太晚了，没带钥匙，就到二哥家来了。”

江北北眼中泛起笑意，她看着楚尧身上的衬衫，抿嘴一笑，说道：“尧哥，昨天暖气管道坏了，我在你家睡了一晚。”

“是吗？”楚尧喝了口水，慢悠悠地接话，“睡得好吗？”

“睡迷糊啦。”江北北说，“看见尧哥了呢。”

“做梦的？”

“是呢。”江北北说。

静默了一会儿，楚尧回过味来，觉得不对，心莫名慌张。

只听江北北说：“尧哥，你怎么只穿着衬衫呀。”

楚尧愣了，想起了自己脱在卧室的衣服，搭起来的逻辑链瞬间塌方。

江北北盯着他，心也怦怦直跳。

她早上起来，像做梦一般，哪知穿衣服时，看到了楚尧脱在床尾的毛衫和外套，压在自己的衣服上。

那一刻，江北北的心差点飞出身体。

楚尧回来过，楚尧还进来过，他把衣服脱了一半，就差掀开被子了！

他一定是进了卧室发现她在，才去客厅睡沙发。

可为什么她一觉醒来，尧哥会在二哥家？

江北北不敢再往下想，她想知道楚尧是什么时候从自家的沙发上转移到了二哥家的床上。

是她……之后吗？

那她，那她昨晚偷偷亲他时，他醒着吗？

江北北盯着楚尧的脸，不放过他表情的任何一丝变化。

楚尧始终垂着眼睛，他稳稳端着水杯，不说话，也没有表情，他的大脑思考区域从昨晚的那个轻吻后，就已罢工。

江北北却跟他恰巧相反，此刻无比神清气爽，头脑无比清晰，而且她很想知道，自己偷亲楚尧时，他到底是睡着了还是醒着。

她问："尧哥，你睡觉容易醒吗？"

"不容易。"宋朗端着一大碗姜汤出来，接道，"宋大喵在他身边跳来跳去，他都没感觉。"

楚尧松了口气，谁知江北北跟了一句："不容易醒的人，亲一下应该能醒吧，亲一下，睡美人都能醒。"

都暗示到这个地步了，江北北紧紧盯着楚尧。

如她所料，楚尧没能平静到毫无波澜，他的眼眸猛地一下紧缩，用喝水掩盖着失守的情绪。

宋朗一无所知，还在说笑："那是，亲一口宋大喵，这二货都能变成狗王子。"

楼上，楚妈喊江北北上去接电话。

"咦，手机没拿。"江北北跳起来跑上楼。

宋朗关上门，转身扳着楚尧的肩膀，急切问道："有事，你俩绝对有事！你们的表情有猫儿腻！"

"我现在有点乱……"楚尧说了实话。

"昨天你趁机偷香了？然后没脸在家待，跑二哥这里自首来了？"

“没有……”楚尧摇头，神色复杂，“宋朗，你觉得我能跟北北说我想跟她……”

“你问谁呢！你觉得我知道答案吗？你问我不如问墙。”

“抱歉……我问错了。”楚尧坐下来，始终蹙着眉，“怎么办……”

他完全失去了主意。

他感觉，自己内心的怪物已经磨起了锁链，只要自己再松动一些，就要不管不顾了。

“你昨晚是不是出了什么问题，跑下来了？”

“差不多，我昨晚要是在家，可能就出事了。”楚尧说完，又站起来，像自言自语一般轻声道，“我得去上班……我这几天不能见她。”

“放一把火就跑啊？”宋朗说，“你要这样，那你还不如元儿，元儿人家想干什么就说出来了，人不当逃兵。你藏什么藏？你问问咱单元的，除了北北，还有谁不知道你想干啥？你昨晚是不是亲了人家？是不是？那你还想跑？”

“……”楚尧叹息。

他现在丢盔弃甲，溃败不堪，想要冷静一下，从头思考，狗头军师却说他要做逃兵。

楚妈打开厨房窗户，敲着锅喊：“楚尧！”

“我先上去……”楚尧说，“我等会儿请假，去你店里。”

“行，你得找个人帮你分析分析，闷着不说那也叫追女孩子？”

家里没什么事，不是叫他上来吃饭，而是叫他帮忙把被子放进高处的柜子里。

被子还带着余温，楚尧重新把它叠好，塞进顶柜。

江北北在旁边仰着脸看着，突然说道：“楚尧我昨天亲你了。”

楚尧僵了。

“开玩笑的，我去上班了，拜拜。”

江北北逃了。

她才是放一把火就跑的逃兵。

楚尧回神，跑出房间，打开门，“北北”两个字还未叫出口，见楚妈吮着筷子头，站在家门口，乐道：“一脸小媳妇样，嫁对门了？早啊，回娘家吃饭吗？”

楚尧哑声道：“我快死了……”

“就睡一下你的床就把你弄蒙了？看你这表情……”

楚尧道：“谁都好，救我……”他苍白着脸，说道，“我胃好疼……”

“那是饿的。”楚妈翻了个白眼，“回来吃饭，替人家关好门。”

楚尧捂着心，垂下眼。

他从未想过，他束缚着怪物的第一道枷锁，竟然是被江北北打开的。

而此刻，饥饿的怪物蠢蠢欲动，盯住了江北北。

要完了，我控制不住它了……

他维持多年的平静假象，即将破碎。

“金元宝！”

“我姓黄！”

“黄姐……”江北北有求于她，立刻改口。

黄元宝稀奇道：“嘿，江北北，面色红润气色好……你昨晚干吗去了？”

“色鬼！一眼看穿。”江北北嘿嘿笑了笑，搓手道，“遇到点问题，想请教一下。”

“我，两性话题专家，竭诚为您服务！咨询吧，我看情况收费。”

“我昨天亲了楚尧。”

黄元宝：“当面强吻？！是不是他昨天跟你表白了？我就知道！你激动了？然后你把持不住把他亲了？！是不是定了？我觉得这里面有我一份功劳，不行，今天的咨询费，你要给双份的，我要吃龙虾自助！”

江北北一腔倾诉的热情瞬间被拐跑，大脑喊了暂停，问道：“元宝，你在说什么啊……表白？”

“他没表白？不可能吧？我都点到那个份儿上了……”

江北北拉着她的手：“来，我们坐下，慢慢捋。你说的表白是什么？”

黄元宝想敲开她的脑壳看一看她的脑回路：“祖宗，我昨天给你发的短信看了吗？”

“看了……一眼。”江北北掏出手机，找到那条短信，大脑飞速分析着黄元宝这条短信的意思。

“我昨天跟着拍摄组到他的工作单位了，见了本人，还采访了。”黄元宝解释，“我问他有喜欢的人没有，他说有。”

“然后呢？”江北北紧张地咽了咽口水。

“我就觉得他说的是你，我直接问了，问他说的是不是你，他没否认，然后我跟他说，他在江北北眼里是最特殊的。”

“尧哥怎么回答？”

“他说谢谢告知，虽然没笑，但眼神挺高兴的，看起来。”黄元宝摊手，“原来你喜欢这种高岭之花。”

“等等……我现在心里有点乱。”江北北说出了和楚尧相同的话。

心有点乱，剧烈跳动，惴惴不安。

难道尧哥对她也有……非分之想？

江北北在心中飞快地鄙视了一下自己的用词。

黄元宝：“乱了就先别想，你刚刚要说的是什么事？”

“我，亲他了。”江北北说，“而且我觉得他应该知道。”

“仔细说说，我给你分析分析。”

“昨晚我家暖气坏了，我在他家睡的，睡他的床。”

“他睡沙发？”

“我半夜起来上厕所，看见他在沙发上躺着。”江北北捂着脸，悔不当初，“你看……他那么个人，活生生躺在沙发上，又睡着了，这么好的机会……你觉得我能把持住？”

黄元宝惊呼：“于是你亲了？！”

“起初没想过要亲的……我只想过去看看他睡着没，然后吧……就……”

黄元宝嫌弃地挥爪子：“噫，色女。”

“关键是，我早上起来，发现他跑楼下睡了。”江北北说，“你说是不是我偷亲他被发现了，他想避开我，所以跑楼下去了？”

“我不知道……你俩这个太复杂了，对不起，我的脑细胞解答不了。”

江北北：“要你何用！”

“但是啊，江北北，我搞不明白，你要是喜欢，你为啥不跟他说？说出来会死人吗？还是说出来就世界末日山崩地裂了？”

“差不多……”江北北下巴戳在餐桌上，蔫蔫地道，“从小一起长大的，对你好的哥哥，说出来如果被拒绝了，很尴尬的，跟我和三哥一样，我最近都躲着三哥走，三哥可能也觉得尴尬，几乎没怎么回家。”

“你三哥？那个风流俏律师？江北北！这又是什么情况？怎么不跟我说！”

“……”江北北努力白她一眼让她看见，叹了口气，“我跟尧哥怎么办啊……脸都没了，元宝，今晚让我去你家睡吧！”

“其实没啥事。”黄元宝说，“装没发生呗，装傻还不容易？”

江北北傻笑着告诉她：“那个……后续是，我跟他说了，我说出来了，我说‘尧哥我昨天晚上亲你了’……来之前这么跟他说了……虽然我说完就跑了。”

黄元宝目瞪口呆。

“江北北，我服了你了……你说话不过脑子啊？！”

江北北小拳拳砸着桌子，哭诉自己不受控的脑子：“我能怎么办！我又想知道他知不知道，又不敢跟他说喜欢，我又想让他知道我喜欢他，又不敢说出来！有时候嘴比脑子快也是没办法的事！我就想皮一下，你不懂！我每天都在纠结，纠结死了，我真佩服有的人能脚踏N条船！我心里就揣了一个还搞不定，我真的好想哭！”

与此同时，楚尧也在做感情咨询，咨询对象是完全没有感情经历的宋朗。

宋朗：“不是……我好像幻听了，你刚刚说什么？能再说一遍吗？”

楚尧微微动了下眉，为了自己的感情大业，只好厚着脸皮又说了一次：“江北北喜欢我，她同事说的。昨晚江北北好像亲我了，可能是真的，如果我的感觉没出错的话。然后她今早跟我说，她亲我只是个玩笑，就这样。你觉得这是什么意思？”

宋朗现在跟宋大喵一个表情。他说：“等等，我也有点乱，你让我再捋一遍。”

楚尧心累闭眼，宋朗扳着指头开始顺。

他自言自语顺了一遍，惊道：“尧儿，这都是你的幻觉吧？”

楚尧：“我错了，我不应该来问你的。”

宋朗连忙挽留：“不不不，我只是太吃惊了……那你现在打算怎么办？”

“去接她下班。”楚尧说，“跟她坦白。”

“像元儿那样？然后北北哭着再去找二哥谈心？”宋朗挠头，“尧儿，北北才刚出校门，但你不是，我现在担心的是你们不是一个感情层次的，你懂我这个意思吗？”

他笨手笨脚比画着：“小女生的恋爱幻想跟你一大老爷们对人家的想法……万一不一样，咱自作多情会错意了，那你这样就跟元儿差不多了，一夜之间两个哥哥都撕破皮嗷嗷叫着要吞掉人家小姑娘，你叫人晚上怎么睡安稳？”

就是怕这些，楚尧才一直没说。

宋朗再次强调了之后，楚尧陷入沉默。

“而且之前是你妈说出来的。”宋朗道，“要么就好好当哥哥，有担当有责任，要么就老老实实规规矩矩追人家，但前提是不要让小姑娘因为咱们困扰。北北没爹没娘的，孤苦伶仃一个小姑娘，她要委屈，那可真没人当后盾。”

江北北大学毕业前，楚妈把单元里的男孩子们叫到身边交代过。大意是说，北北出了校门，就是大姑娘了，如果这些哥哥当中有人有想法了，也是正常，大人们批准行动。只不过有一条，必须谨记，没想法就安分当哥哥，做江北北的后盾，有想法的，如果不成，那就不要强求还能回到哥哥角色，后果自负。

宋朗说：“我觉得元儿是没听懂，所以前几天想说就说出来了，完了这几天又死皮赖脸想什么都没发生过，还让人姑娘叫他三哥。‘前车之鉴，后事之师’……这话是这么说的吧？你要也想了，你就果决一点，可最后要是证明这都是你一厢情愿会错意，你可别跟秦元一样不要脸，还想让北北叫你一声哥。”

楚尧忽然笑了起来，尽管很轻，却还是把宋朗吓到了。

“干什么呢？吓唬人，我刚刚说的话笑点在哪儿？你说出来！有什么好笑的。”

“笑你比宋大喵强。”楚尧起身，喝干了茶水，披上外套，慢条斯理地戴上黑色皮手套。

“哪去？”

楚尧：“去跟北北表白。”

“想好了？要是不成呢？”

楚尧微微扯动嘴角，说道：“那就在殡仪馆加班到明年。”

第五章
摩天轮上的浪漫

下雪了。

从演播楼出来，江北北停住脚步，目光看向站在路边树下的楚尧。

他穿着黑色的风衣，腰带散着，垂在后面，雪花飘落在他的肩头，融化。

“尧哥……”

江北北定了定心，快步跑过去，戴着毛茸茸手套的手艰难拉下嘴前的围巾，又叫了一声：“尧哥！”

楚尧摘掉手套，牵住她的手，很温暖，他问：“游乐园夜场去吗？”

江北北眨巴两下眼睛，没反应过来，本能问道：“都有谁去？”

“你和我。”

楚尧说完，看向远处挂着彩灯的摩天轮。

今夜无风，有小雪，路灯亮了起来。

江北北仰起头，看着楚尧。

呼出的白色热气柔和了眼前的画面，或许正是如此，江北北眼中，今天的楚尧，看起来比往常要温柔许多。

江北北顺着他的视线，看到了摩天轮。

收回视线，发现楚尧盯着她笑，亦和往常不同，温柔得像融了冰的春水，让她止不住地抖。

“尧哥……”他是失忆了吗？为什么不问今早的那句“玩笑”？

“北北。”

“哎，尧哥，你是不是想说什么？”

“走吧。”他握紧了江北北的手，暖光在眼中闪烁着，“我有很多很多的话要跟你说，希望你准许我借用你的时间，听我把话说给你。”

他侧过头，轻轻扯动嘴角，眼中含笑。

江北北的心，漏跳了一拍。

江北北有个小爱好，就是下雪天吃冰激凌喝冷饮。每见雪落，大脑就被吃甜食的信号占据。

刚进游乐园没多久，江北北就走不动路了，她的视线飞到了旁边的小店，像宋大喵盯狗粮一样，眼巴巴地盯着冰柜。

楚尧拉不动人，转过头，看见她那个眼神，问：“要吃吗？”

尽管是问，但楚尧已经把手伸进了口袋，且脚尖转了方向，这个反应，势必是要给她买的。

江北北点了点头，飞快且小声地说：“谢谢尧哥。”

楚尧走向小店，江北北则像个㞞包小色魔，等他走远了，才敢直勾勾看他，看他直挺的脊背、赏心悦目的腰线，看那简单又让她心跳加速的黑与白，品他令人莫名沉静的气质。

楚尧多买了一个红色的气球，系在了江北北的手腕上。

他动作温柔，漂亮纤长的手指搭线绕结，末了还扯了扯气球，检查是否牢固。

江北北转了个圈，气球也跟着飘了个圈，楚尧就这么看着，眸中带笑。

江北北咬了一口冰激凌，让它在舌尖上融化，冰的触感麻木了舌尖，她咂巴着嘴，抬头，对楚尧笑：“尧哥。”

“嗯。”

“我幼稚吗？”

“没觉得。”

江北北说：“尧哥，要去坐摩天轮吗？”

他答：“你想玩什么，都可以。”

江北北想，好神奇，虽然每次跟楚尧单独待着她都会紧张，会失语，会语无伦次，会在脑中打好腹稿，却在要说出口时全部忘掉，虽然总是尴尬，却总会在回想起来时，觉得甜蜜。

甜蜜的尴尬，会让她不由自主地面带微笑，内心的万千子民为她又与楚尧说话，又能与他单独一起而欢呼雀跃。

江北北有时候会想，自己作为内心戏的一方领主，气场应该再强一点，为了造福王国，造福子民，也要鼓起勇气押个皇后回来才是。

江北北偷偷打量着面前她相中的“皇后”，“皇后”如大家闺秀一般，跟她隔着礼貌距离，不远不近，站在一旁，笑着看她，像看护孩子。

江北北打了个战，咳嗽了几声，冰凉的舌头缓过劲，回了温。

“吃不了了吗？”楚尧问。

江北北点点头，把手中的冰激凌举高，递了过去。

他自然地接过她吃了一半的冰激凌，三口解决了。

可能是太凉，他蹙着眉闭上眼，手捂着嘴，仰起头。

江北北看着他咽了最后一口，露出的喉结动了下，江北北下意识抓住自己的衣角，目光凝住不动，贪婪又小心地看着。

“好了。”果然是太凉，他立刻哑了声，缓了缓，手伸过来，抓住江北北的手，隔着她的毛线手套。

江北北又在纠结她的手套。

她现在万分后悔刚刚为什么不把手套摘掉，可转念一想，如果摘掉手套，楚尧一定不会像现在这样毫不犹豫就牵她的手。

楚尧好久没牵过她的手了，她能想起来的最近一次是在中学。

初中二年级的冬天，楚尧放寒假回来，接她下自习，因为下雪，路面结冰，路灯也坏了，他才拉着她的手回的家。

明明小的时候，他总是牵她的手。

那些年，她在文化宫学跳舞，一直是楚家帮忙接送，楚爸不来，就是楚尧，他一只手牵着她，一只手帮她提着装衣服、鞋子的袋子，背着画夹，慢悠悠和她一起走在林荫道上。

她最喜欢秋天，那时树叶落满地，她就踩着那些叶子，跟在他身后，跳着走，听落叶发出的脆响声，她永远也不用担心会摔倒，楚尧负责拉着她，给她引路，帮她看路，照顾着她。

长大了，就再也不能了。

即便还叫着他哥哥，可牵手是不行了，她没有理由再要求他像从前那样亲近自己。

她要注意距离，注意礼貌，楚尧也是如此。

江北北看着他拉着自己的那只手，忽然加快了步子，手套中，她的手指慢慢合拢，握住了他的手。

她悄悄观察着他的表情，楚尧忽然停了一下，转过身，黑色的眼睛静静看着她。

江北北又怂了，慢慢地松开了手指。

“北北。”

“啊？”她慌乱地应着。

他抬起手，指着她身后，脸上带着浅浅的笑：“刚刚过去的，你最喜欢的。没看到吗？”

“哎？”

江北北顺着他手指的方向回头，看到一只笨拙娇憨的大熊人偶慢悠悠地走着，打招呼卖萌，被许多孩子围着拍照。

这是她最喜欢的卡通玩偶，家里有好多，床上、柜子里全都是阿姨伯伯们或是哥哥们送给她的。

除了一只穿警察制服的熊，那是爸爸送她的，也是她能记起的唯一一次和爸爸妈妈的游乐园之旅。

记忆也遥远了。

时光就是这样，像梦一样，从回忆里出来，她已不再是那个抱着小熊玩具的小女孩儿，身边的那些关心依旧未变，但她站在这里，已经成人多年。

她不再是一无所知无忧无虑的孩童，有些情感变了，变得说不清道不明，每日都让她的心茫然失措，无处可依。

江北北垂眸，低声道：“尧哥，我在你眼里……长大了吗？”

楚尧没有回答，他看到了江北北的表情，那双眼里，是让他揪心的悲伤。

“尧哥。”她挣脱掉楚尧的手，抬起头看着他，“我一直想弄明白，人都是怎么区分感情的变化，怎样是可以的，怎样是不行的……但我总是得不到答案。”

楚尧的声音有些沙哑，他轻声问：“你……想弄明白，什么感情？”

“我喜欢尧哥。”江北北说，“我能区分出，对你的喜欢跟其他人不一样。但我……但我没办法确定，这份不一样的喜欢是不是爱。”

所以……我说不出口，即便现在说出口，说爱楚尧，那也是没有重量的。

“我总是害怕，我在尧哥眼里，还是个孩子。你照顾我、关心我，跟以前没什么不同，但我对你有不一样的感情……我很害怕……我害怕我说出来这份不一样，就没办法再和你像以前那样相处。”

江北北说：“可一想到尧哥把我当长大的女人看，我也会害怕……害怕你疏远我，害怕你不喜欢我，害怕我失去做你妹妹的资格，再也得不到那份关心。尧哥，我是不是很矫情还很自私？你看，我什么都不想失去，还想得到新的。我想喜欢尧哥，又不愿失去尧哥，我贪图的东西太多，还不愿付出代价……”

自私的江北北，真实的江北北，她把心里话都翻出来说给了他，把自己想要的，毫不掩饰亦无美化地，摊开给他看。

“我想要尧哥把我当女人看，还想让尧哥对我的好不会减少，如果不行，我还想让尧哥忘掉今天，仍把我当妹妹关心着。”

江北北耷拉着嘴角，哀哀地叹了口气：“尧哥，我是不是很贪心？”

这就是我贪心的嘴脸，想要你更多的关爱，更多的温柔。

楚尧静静听完，脸上没有任何表情。

江北北向后退了一步，想逃。

你看，她总是不经大脑思考，想说就说，说出来后，又想反悔、想否认、想逃避。

楚尧走过来，慢慢抱住了江北北，把她拥入怀中，在她头顶，轻声说道：“北北……我也是，我和你一样。”

江北北愣住，倏地睁大了眼。

她听到楚尧在她头顶叹息，用低沉的嗓音慢慢说道：“我也是这样的人……辗转徘徊，以没做好准备不愿让你困扰为理由，一直等待、退让……是我的错。”他松开手，看着惊愕的江北北，“有句话，应该由我来说。”楚尧轻启唇，江北北甚至听到了他的吸气声，浑身战栗起来，睁大了眼紧张地等待着，像等待审判，尽管内心已有答案，已知道天平会朝哪边倾斜，但她还是紧张不已。

楚尧垂眼看着她，黑色的眼里，压抑着汹涌翻动的情绪：“江北北，我准备好了，我会试着用与之前不同的情感来爱你，从前的那些，只增不减。”他眉眼沁着点点笑意，低沉而深情地说道，“是哥哥，也会是爱人。北北……你接受吗？”

以前的角色，并不会改变，如兄如父，一成不变，纯粹地关爱着她。以后的角色，是伴侣，也是爱人，他会尝试着添加更深沉、更有重量的感情去爱她，如他所说，只增不减，不必害怕失去之前的那些情感羁绊。

江北北愣了许久，忽然挣脱他，飞快地跑走，楚尧慢慢放下手，闭眼苦笑。

所以，还是他……会错意了？

然而没多久，江北北又一头扎进他怀里，急匆匆地说：“你待着别动，我去去就来。”

江北北说完，又跑了。

她跑远，拐过这条道，在楚尧看不到的地方，在路人不解的目光中，跺着脚嗷嗷叫：“啊啊啊啊！要死了！！救命！！”发泄完，她又撒腿跑回去。

楚尧还在那里站着，就在道路尽头，像她的支柱，注视着她。

雪花静静飘落，在灯光下闪烁着，洋洋洒洒，片片晶莹。

红色的气球再次飘回来，江北北说：“所以你是什么意思，我们再确认一次好不好？！”

楚尧微微歪头，不知道她去干什么了，也不知道她会如何回应。

轮到他紧张了。

江北北说：“就，你的意思是，我可以喜欢你，你也接受了，对不对？！”

楚尧仔细听了，微微点头。

可以这么说。

但他明明……要表达得更多一些。

江北北：“我有个要求。”

“嗯，你说。”

“我能再亲一下吗？”江北北踮起脚，凑近他，楚尧漆黑的眼怔怔盯着她，一眨不眨。

江北北舌头打结了，好半晌没敢下嘴。

最后，她气急败坏地上了手，盖住了楚尧的眼睛：“你闭眼！”

“北北……”所以，她的答复是……

柔软的唇战战兢兢在他的唇的边缘处飞快啄了一下。

“尧哥，我这算是表白成功吗？”江北北说。

掌心痒痒的，楚尧在眨眼睛，看他的表情，可能很迷茫。

楚尧想：刚刚……不是我在表白吗？

他们两个坐上了摩天轮，安静地看着夜景。

好像，梦幻般的表白成功后，就卡住了。

除了那个轻轻的亲吻，别的和从前没啥区别了。

看起来楚尧很高兴，然而，江北北冷静下来后，发现自己不敢再皮了，她甚至不知道自己刚刚怎么就稀里糊涂地表白成功了。

恢复理智后，她做了个小试探，当着楚尧的面摘掉了手套，跑过去抓住楚尧的手。

他的反应跟之前比也没多大变化，只愣了下，回握住她的手，很自然。

但，他的重点跟江北北在意的完全不同。

楚尧愣那一下后，问她：“不戴手套冷吗？装好，不要丢。”

江北北此时才知道，他是完全没能注意到自己摘下手套牵他的手的含义。

摩天轮缓缓升空，离开地面，此时此刻，当真只有他们两个了。

江北北不敢再次试探，她看着窗外的景，余光却留意着对面的楚尧。

他也在看着窗外，胳膊抵在窗框上，托着下巴，很安静。

他的睫毛垂着，窗外洒进来的光勾着朦胧的边，光影缓缓在他身上流淌。

楚尧……他有一种独特的气质，江北北一边长大，一边找寻着与他有相似气质的人，却从未再遇到过。

一种静态的美，冷漠又温柔，这两种相反的感觉在他身上拉扯着，随着他的长大成人，慢慢沉淀出一种微妙的平衡，渐渐糅合到了一起，在他身上成就出了特殊的距离感。

不高傲，却令人不敢触碰。

有人说，他像南极，但江北北固执地认为，楚尧是北极，因为他本人要比表面呈现出的冷要温和些，那不经意间流露的温柔与细腻，似平静的海水一般。

不过……她的表白被接受后，他就原地不动了。

江北北一急之下，想起好多部电影的结尾，甚至想到了童话故事，许多故事的结局都是两人相爱了。

之后呢？也没个说明指南！

长久以来，她把她与楚尧的距离，比作地面到云上的距离。她需要一把梯子，楚尧就在云端站着，她想够到他，就需要这把梯子。之前她以为表白会是这把梯子，现在看，表白仅仅是站在下方的喊话。

高兴的是，她喊了出来，他听到喊话给了她回应，说“好”。

不高兴的是，她还是上不去，楚尧也没从云端飘下来，拉着她飞上去。

江北北正胡思乱想着，楚尧轻声叫她的名字，她回神，看到他伸来一只手，笑望着她，他眼睛里的光如碎了的珠玉，在窗外灯光的变换中闪烁着。

“北北，来。”

那声“来”，像是床上低语，不愿吵醒梦中人一般，轻柔地从唇齿间飘进江北北的耳朵。

闻声立酥。这股酥麻劲如好酒上头，一口即醉，江北北脑袋轻飘飘的，伸手过去。楚尧紧紧握住她的手腕，一把将她拥进怀抱，低声笑，有一种满足的开心。

“看这边。”他指向窗外，在江北北的耳边低语，“看到了吗？”。

江北北脸红透了，身体一动不动，只脖子僵硬地扭动，顺着他的手指，看向窗外。

一条灯火辉煌的街道，离他们越来越远，越来越小，明亮流动着。

江北北是看到了街道尽头的标志性建筑，才意识到这是市区最著名的商业步行街，而楚尧指的那家淹没在光影中的灰色小点，正是宋朗的店。

江北北从半空中看着宋朗的店，扒在窗上，说道：“尧哥，过这样的生活，四哥开心吗？”

“可能会有遗憾，但现在的生活也是他的选择，我想应该是开心的吧。”

“那，尧哥……你开心吗？”江北北忽然问道，“那份工作，尧哥打算做一辈子吧？”

楚尧轻轻点了点头。

江北北转过去，看向他，问道：“尧哥，如果我和你的工作不可兼得，就跟鱼和熊掌一样，你只能选一样，你该怎么办？”

楚尧微微惊讶，他没想到江北北会问这样的问题，可惊讶之后，他却笑了起来。

“尧哥你笑什么？”

“我想起我妈了……”楚尧说，“那个经典的问题，妻子和妈妈同时掉进水里，作为男人，会先救谁。我妈为了不让我为难，很早以前就告诉过我答案。”

江北北好奇道：“阿姨说什么？”

“我妈说，她是警察，保护公民是她的职责，如果我妻子掉进水里，她会第一时间和我一起救她，所以不用怕。”

江北北愣了好久。

楚尧笑着说：“你知道吗，我一直记着这个答案，等将来，我妻子问我的时候，就这样告诉她。”他撑着头，笑看着江北北，“可没想到，你却换了问题。”

“其实，尧哥……”江北北低声说道，“这个问题，我没想让你回答。我只想告诉尧哥，我希望尧哥不管是鱼还是熊掌都能拿到手，因为我喜欢尧哥，也喜欢尧哥的工作，你永远不会有这种需要艰难取舍的时候。”

“我知道……”楚尧温柔地看着她，将她抱入怀中，梦呓般轻喃，“我知道的，北北。”

江北北抬起头，突然一笑，凑过来，再次偷袭，舔了楚尧的唇。

就是那一瞬间，江北北看到了楚尧眼眸里一闪而过的光。

毫不掩饰的占有欲，烈火一般灼亮了他的眼睛，危险又迷人。

江北北立刻吓得奓了毛，她的大脑正在嘲笑自己的冲动：你完了。

具有侵略性的目光即便只有一瞬，也足以让她明白目前的处境。

她听见楚尧低声说："终于……"

他撕掉了往日温文尔雅的皮，将她按在怀中，吻下去。

江北北本能地挣扎了两下，被楚尧牢牢囚在怀中，他修长的手指穿过她柔顺的发，唇齿不似她熟悉的温柔，攻城略地般占有着，甚至不放过一丝一毫，掠夺她的芳津与气息。

江北北紧紧抓着他的后背，完全丧失了主动权，大脑内放起了烟花。

窗外不远处，烟花绽开。

这里近得能看到色彩消逝后，烟花留在空中的灰迹。

江北北被他夺去呼吸，在伴随着窒息体验的甜蜜心情中，江北北开心地想：赚到了。

而且，楚尧进攻性极强的吻，让她知道为什么高岭之花、有距离感的冰美人可远观不可亵玩了。

皮一下，太危险了。

一吻过后，楚尧松开她，笑了一下，手伸进大衣里拿出钱包。

江北北一脸茫然。

"尧哥……"

楚尧从钱包里抽出一张银行卡，递给江北北："拿着。"

"嗯？"江北北不明所以。

"我的工资卡。"楚尧说，"以后归你了。"

江北北笑他："尧哥，突然给我工资卡，特别像结婚……"

明明她刚刚表白成功，恋爱的感觉还没体验多少，怎么能一步跨到结婚去呢？

楚尧到底考虑得多，怕现在点头说"就是奔结婚去的"显得他急躁轻浮且不靠谱，于是他斟酌再三，慢慢说道："我们慢慢来。"

"慢慢来。"江北北笑道，"那我……就先打卡计数了。"

回家时路过洗衣店，楚尧说："在这儿等我一下。"

单元里的男士们，基本都在这家洗衣店干洗西装，回家前，会把洗好的衣服也捎回去。

楚尧推门进去，秦元也在。

“哎？”秦元的胳膊立刻搭了上来，“你下班了？”

楚尧沉默了，他应该怎么说？

秦元诉苦：“我今天出门没看皇历，撞车了……看群里的消息了吗？你们今天都好忙啊，四儿也是，今天要到半夜才能关门。”

楚尧见他精神还好也没受伤，问他：“你的车呢？”

“扔法院门口了。”秦元道，“估计拖走了。”

“你走着回来的？”

“从四儿那里走回来的。”秦元道，“你开车了吧？待会儿载我一程。”

楚尧沉默片刻，诚实地回答：“我没开车，坐北北的车来的。”

秦元眯着眼睛看他，低声咒骂了一句。

秦元拿到衣服出了门，果然看见北北的车停在路对面，车灯亮着，江北北打开门，慌张地跑出来，朝车后跑去。

“二哥！”她的语气很焦急。

秦元没来得及叫她，见到车后摇摇欲坠走过来的唐西周，也慌了神，两步跳下台阶，跑到街对面。

江北北吃力地扶着唐西周，问他怎么了，唐西周这会儿头晕，说不出话，只想往地上躺，沉得很。

秦元奔过去搭把手，唐西周还有意识，推开江北北，靠在秦元身上。

秦元回头喊楚尧：“尧儿！你快来！”

单元楼里，要说学医的……楚尧跟他爸也算，毕竟法医也懂医理，比他们要好点。

几个人把唐西周扶上车，秦元这会儿也顾不上多想了，等着楚尧下判断。

“低血糖。”楚尧说完，翻唐西周的衣服找糖。

唐西周是个拼命三郎，破案容易，按时吃饭休息难，又是个低血糖患者，早先被严清明诊断后，口袋中常装着高糖类小零食以备不时之需。

唐西周似乎想说什么，又没力气，只是胡乱摇着手，楚尧没从他衣服里搜出糖，明白了他的意思是今天没带。

好在江北北从自己包里翻出来一块巧克力，抖着手撕开塞给唐西周：“二哥，感觉怎么样？”

好半晌，唐西周缓过神，找了个舒服的姿势躺在后座，说道：“再来点热水就更好了……”

“先回家。”楚尧系好安全带，负责开车。

江北北坐在后座，负责照看唐西周，见他现在没事了，才愁眉苦脸地道，“二哥，你整个人都馊了，刚刚把我给熏的……差点把你扔掉。”

唐西周一脑门虚汗，有气无力地笑，眼睛睁不开但不耽误说话，他故意扇着外套，让江北北再次感受一下这感人的味道，慢悠悠说：“好些天没顾得上洗澡刷牙了，要还能是香的，那你二哥就是香妃转世。尧儿，家里有瓶葡萄糖，你能给吊上吗？大哥今晚值班不回，没医生了……”

“好。”

“我说今天怎么没一个人理我！”坐在副驾驶座，感觉哪里不对劲但说不上来的秦元这下终于找到了被大家集体忽视的原因，“咱这一家子，都是加班狂。”

“元儿，我们加班的性质跟你不一样。”唐西周道，“我们是舍小家为大家……没看我舍生忘死得差点挂在回家的路上吗？这玩意，说昏就昏，还好丫头把车停了个好位置。丫头，你下次记得先托二哥的后脑勺，可别让二哥摔傻了。”

他慢慢睁开眼睛，打量着江北北脸上的表情，又看了一眼倒车镜中楚尧的表情。来回看了一会儿，他露出了然的笑，对江北北说道：“这下开心了？”

江北北惊奇不已：“二哥，你真牛！”

唐西周又瞥了眼秦元，闭上眼睛，笑道：“那个还在状况外呢，哈哈哈……”

回到家，江北北撸起袖子给唐西周做饭，楚尧尝试着给唐西周输葡萄糖。

唐西周看着楚尧面色平静地排空气，说道：“手稳点，就把我当尸体，最好一次成。”

楚尧点头，干脆果断，手稳得如从业数十年的老护士，唐西周没来得及眨眼，针已经扎进去了。

“可以，赶得上老严了。”唐西周松了口气，“以后不愁病倒在床没人管了。”

楚尧忽然问道：“你怎么看出来的？”

“你跟北北？还没恭喜你，运气比三儿好。”唐西周说。

楚尧说：“很明显吗？”

唐西周便道：“那得分人，我的话，很容易。我可是从太上老君的炉子里爬出来，跟孙悟空拜过把子的人，熏出来一双一模一样的火眼金睛，一瞧一个准……你俩打算说吗？”

楚尧点头：“这周找时间，跟大家都说一声。”

“你先别急。”趁着江北北在厨房炒菜，唐西周说道，“万里长征才刚开始，等关系稳定了再公布也行。结婚容易离婚难，恋爱也是，所以先耐下心相处一段时间看看。尧儿，我肯定是为北北考虑得多一些，你也别觉得不舒服。”

楚尧没说话，似是在认真考虑。

唐西周又道：“别太早撒欢，慢慢来……也别嫌我多话，我就是操心命。唉，前些日子看你没动静我还着急，这一眨眼竟然成了……四儿说的没错，到底还得看北北的意思啊，你比三儿幸运。”

楚尧笑道：“嗯，很幸运。”

江北北端着饭过来，搬过凳子，坐下来喂唐西周吃饭，唐西周感慨：“提前过上退休生活……尧儿，帮我拍照发朋友圈，我得炫耀一下。”

楚尧笑了一下，接过手机，拍了张照，问他：“写什么？”

“年底案件多如山，虽然病倒了，但依然不忘报效祖国。”唐西周口述，“破折号，等我吃完这碗饭，还能再战五百年。”

江北北：“我呢？怎么不感谢我？”

唐西周得意道：“越不说重点，那群崽子越能看见重点，尧儿，就这么发，哈哈！”

从唐西周家出来，到二楼家门口，江北北打开门，回头见楚尧还站在身后，面带微笑看着她。

江北北回想起那个吻，又来了劲，热血一冲头，比宋大喵都二，嗷呜一下搂着楚尧脖子啃了一口。

她原本计划好了路线，亲一口，迅速回屋，关上门，不给楚尧偷袭的机会。

哪知计划赶不上变化，她家的门在风的作用下，慢悠悠地合上，她饿狼扑食完，转头回屋，一下撞在了门上，大脑如铜钟，叮咣响。

疼倒不是问题，丢人才是问题！

江北北委屈，捂着脑袋，差点当场哭出来。

楚尧给她揉着脑袋，敲开自己家的门，拉着她进去。

江北北泪水蒙眬，满心羞愤，想挖个地缝钻进去。

楚尧拉着她进了厨房，问正在剖鱼的楚爸要了香油，倒在手中，帮她揉着包。

这个是老法子了，江北北小时候调皮，有次在楚家门口玩单腿跳，结果从楼上滚了下去，胳膊腿没问题，脑门上磕了个大包，她爸爸下班看见，见没大碍，回家倒了点香油抹上，一边抹一边笑，觉得那么小一个小孩摔了，脑袋肿个包嗷嗷哭着，又心疼又好笑。

江北北忽然又笑了起来，抬头看着楚尧。

楚尧轻轻给她揉额头，低声道："跑那么快……"

江北北想，这确实是她活该。

她本来是想偷袭完，给楚尧留下她优雅又矜持的背影，这下好了，丢人丢对门来了。

"那个哄小孩的儿歌还记得吗？"他又说道，声音很轻，"痛痛飞。"

江北北扑哧一声笑出来，眼睛一斜，刚巧看见楚妈拿着遥控器，嘴半张着，一脸呆滞地望着她跟楚尧。

江北北脸一红，也顾不上卖萌了，推开楚尧的手，又逃了。

这次倒是没再碰到门，她顺利逃回家，关上门，内心后知后觉尖叫：我尧哥手腕好好看！

楚尧收回手，关上门，面对爸妈审问的目光，自觉承认："我今天说了。"

楚妈紧张："说什么了？"

"就跟北北说了……"楚尧脸皮薄，没办法跟家长说他今天都说了些啥，只能期盼他们自己意会了。

楚爸："她答应你了？"

语气多少带点好奇和不相信。

楚尧点头。

楚妈皱眉，满脸不信，自言自语道："你这狗屎运气，打小抽奖绝缘体，怎么一开口北北就答应了？"

"可能是把运气都攒到今天了吧。"楚尧笑着点头。

江北北同学还是很幼稚的。

她连夜赶制了一张恋爱打卡表，第二天一早，听见对门的门响，立刻开门。

楚尧收回正要敲门的手，笑。

"尧哥，签字。"江北北把表给他。

"这是什么？"像是个日历，标好了这个月的日期，也像个任务表。

江北北踮起脚，在他脸颊上亲一下，回答道："打卡表。"

她这么示范，楚尧很快就领悟到了精髓，他单手抱住江北北的腰，低头一吻，从口袋里掏出一枚签名章，在今天的日期下，盖上章。

"尧哥，你要来一张吗？"

"你的吻在这里。"楚尧指着心口，轻声说，"不会忘。"

这种话，他没经验也能很顺口地说出来。

确定关系的第二天晚上，楚尧下班回家，到楼道口，感觉到目光注视，抬起头，看见江北北趴在栏杆那里，冲他招手，轻轻叫道："来。"

楚尧走路原本就没多大动静，这下刻意放轻脚步，更是无声无息。

他像身穿晚礼服的鬼魅，潜入夜色，一把揽住心爱之人的腰，深深一吻。

江北北比了个手势，跟做贼一样，蹑手蹑脚地拉着他回到家，关上了门。

对门楚妈和楚爸都在，而自己，就在他们眼皮底下，拐走了楚尧。

江北北暗笑，回头看楚尧的表情，楚尧像个乖宝宝，好整以暇地倚着门，笑看着她，还问她："下班回来也要签章吗？来吧。"

他在她额头上落下一吻，抱住她，在江北北的耳边说道："北北……小孩子一样。"

明明不是不知人情世故，但江北北对于情爱的理解，却天真得不像成人，她心中对爱的定义，恐怕还停留在爱慕那一层，不知如何恋爱，不知表露心意被对方接受后，该走向何处。

她把表白成功当作终点，却不知，自己只是刚刚起步。

“你嫌签到表幼稚吗？”

楚尧摇头：“不，我是说你像个十六七岁的高中女生，不知道恋爱是什么。”

“尧哥……”江北北终于说出了这句话，“你也看出来了，我真不会谈恋爱。”

“不难。”楚尧说，“我们一起学习。”

门口传来敲门声，秦元在门口叫道：“北北，开门，你看这是什么！”

江北北立刻吓没了声，下意识捂住楚尧的嘴。

楚尧任她捂着，戏谑地看着她。

江北北手忙脚乱手足无措，把他按到床上，像是被捉奸，在屋里急匆匆转了两圈。

“你别出声！”最终，她对楚尧这么说道。

像错觉一般，楚尧有一瞬间的眼神很是幽怨。

江北北跳到客厅开门，门也只敢开一小半。

秦元还不是最吓人的，吓人的是，对门听见动静，楚爸探出脑袋来查看情况了。

那个眼神……啧。

江北北不敢再去看楚爸，定了定神，问秦元：“三哥，怎么了？”

“好东西，我们事务所的吉祥物。”秦元提着一个筐子，从里头抓出一只猫来，“老板的，今天他出差，托我养一阵子。”

猫是只大肥猫，眼神不羁，刀眼面瘫脸，神情甚是不屑。

江北北愣是被这突如其来的猫惊到没了声。

“我妈怕这些，不让养，新房子那边又没人住，不放心。”秦元说，“放你家了。”

“放我家吧。”楚爸忽然来了一句，“我家一直有人。”

秦元回头，半开玩笑半认真道：“不是，楚叔……我怕你给解剖了玩。”

“那你……放我这里吧。”江北北连忙接过猫，采取速战速决政策。

她屋里还藏着人呢！

然而秦元还是不走，想借着照顾猫，在这里多腻歪会儿。

奈何楚爸也来凑热闹，饶有兴致地看着这只猫。

为了事务所吉祥物的安全，秦元只好掐灭了“借猫献佛”的念头，拎着猫回家去了。

秦元走了，楚爸倒没走。他问：“楚尧在吧？”

江北北：“楚伯伯……”你是靠闻的吗？

楚爸笑了一下，动作比猫还矫捷，几乎是瞬间移动，在江北北的惊呼中，推开了屋门，瞧见了儿子。

“怎么，在这里孵蛋抱窝吗？”

楚尧表情倒没多大变化，大大方方地出来，跟江北北礼貌道了别，跟着楚爸回家。

关上门，又过了会儿，楚尧发来短信：这周六约会，有空吗？

江北北抱着手机，像抱着情人的心，激动回复：约！

第二日一早，唐西周打开门，唱着自己编的小调出门上班。

“迎接又一个晨曦……鼓起勇气上班。”

天冷得像冰柜，明明穿着厚厚的衣服，打开门的那一瞬，却依然像光着膀子开冰箱。

严清明回来，两个人在楼道口打了个照面。

“哟，大哥，回了啊。”唐西周看见他，精神一下子抖擞了，手不安分地勾上他的肩膀，低头看着他手里提的袋子，“今儿是煎饼馃子啊？”

严清明问：“吃早饭没？”

“没呢，顺走了啊。”他钩过袋子，拍了拍严清明的肩膀，顺手把他卷进去的衣领拽出来，一边走一边吃，还不忘吐槽，“你那脖子长牙了，总吃衣领。”

“家门钥匙给我。”严清明说。

唐西周扔给他，无耻笑道：“脏衣服挺多的，你全扔洗衣机就行，谢了，大哥。”

江北北从楼上下来，严清明便收回目光，跟她笑了笑，打了声招呼，回家去了。

江北北听见她这个大哥也碎碎念着：“连澡都不洗，臭死了……”

江北北追上唐西周，给他塞了袋牛奶，嘱咐他到局里热热再喝：“二哥你还要忙多久呀？”

“别拐弯抹角的，我明天就洗澡换衣服。”唐西周叼着煎饼馃子说。

江北北哈哈笑着跑了，到街对面上了新闻采访车。

唐西周停下，喊住她：“到哪去？”

“市郊采访！没事的，二哥，拜！”

唐西周咬着煎饼馃子，只觉得今天的心跳，有点不规律。

采访车上，江北北接到了黄元宝的电话，上来就单刀直入：“你哪个哥是退役军人？”

“有什么事吗？”江北北说，“退役军人的话，四哥啊。”

“受伤退伍吗？”黄元宝又问，“各方面补偿都到位了吧？现在日子过得不苦吧？”

江北北似乎明白了她的意图，问道：“是台里有制作要求吗？什么条件？退伍军人吗？”

“没错，因伤退役，现阶段事业状况良好，性格乐观开朗的。”黄元宝说道，“要做新春送温暖专题，台里要求采访，你四哥是什么伤退役的？”

“长高……”

“啊？”

江北北再次说：“因为长高。”

别说黄元宝了，车上的同事们都沉默了。

江北北解释道：“我四哥之前是国家散打运动员，后来入伍接受特种兵训练，训练时摔伤的，外伤没多大问题……就磕到头了，后遗症就是……半年时间突然长高了将近二十厘米，没办法做特种兵了，就……退伍了。”

黄元宝想了半天，没能找出合适的词来形容她的听后感。

江北北轻咳一声，道：“要不你再找找其他合条件的？虽然，当时训练确实伤得不轻，昏了好久都没醒，但是吧，退伍是因为长高这种理由……我觉得播出来大家会笑吧？”

黄元宝只说：“行吧，你让我再想想，做不做这周给你个信儿，你先把他的联系方式给我，他的奶茶店在哪？地址一并发给我，回头聊。”

江北北他们采访的是市郊的一家官司缠身的小饭馆，因为房东陷入家产纷争，波及了小饭馆老板的生意，无奈之下，小饭馆老板只好求助媒体。

房东一家采访完，又到小饭馆老板那里采访，老板留他们吃了饭，一边吃一边聊房东的事。

“老爷子挺能干的，我们这一排门面，包括旁边那个带地下九十平方米仓库的网吧，都是老爷子留的，老爷子走得早，留下三个儿子两个女儿，要说都有工作，但现在老太太一闭眼，兄弟们就争起房子来了。我是个小生意人，房租一直是交给大女儿的，但现在小儿子要我补交，以后交给他们，不然就让我搬走说是要转让房子……你说这怎么行？合同还没到期呢……我是跟大女儿签的合同，但小儿子说房产证上是他的名字，他都把房屋转让的广告打出去了，偏要让我搬走……”

小老板佝偻着背，老实巴交的样子，苦着脸给摄制组倒苦水。

“你吃，那边那个小姑娘，尝尝这个，这糖蒜是自己腌的，你吃……”小老板把糖蒜推到江北北那里，“姑娘看着没多大，都当记者了……你有二十吗？”

江北北剥了颗糖蒜，就着面吃了，回答：“快二十四了。”

“比我闺女还大两岁呢……”小老板不好意思地笑，挠头，“看着跟小孩儿一样。”

这时，隔壁传来一阵嘈杂声，好多男人吆喝着跑进跑出，动静极大。

江北北咬着筷子回头，翘着凳子往外面看。

路边停了辆半新不旧的越野车，块头极大，一看就像来找事的。

摄影说：“打架吧？网吧这种地方，聚众打架的不少……”

小老板站门边儿看热闹，说道：“也不是经常打架，我接这间门面营生的时候，旁边是个服装店，前几年改成了网吧，本来怕网吧打架多影响生意，后来生意还好了点，那里头好多小崽子懒到不行，记着我的电话号码，饿了就给我发个短信，我就下碗面送过去……网吧打架的也不多，一年到头见不着几次……”

他话音刚落，看到几个眼神凌厉不似混混的中年男人，押着两个精瘦的人出来，衣服翻过来罩在这两个人的头上。

“哎！是警察！”老板看到了他们腰间鼓鼓囊囊的，形状像枪。

江北北也凑过去看，说道："抓嫌犯吧，好多嫌犯都会藏……"

"藏在网吧"这句话还没说完，江北北就看后面一个人弯着腰，连背带扛地驮着一个人快步出来，旁边几个人簇拥着，神色慌张。

背人的那个年轻人一边走一边骂："你大爷的！小林！车！快叫车！你脱衣服啊！衣服！给捂着，你按紧点！"

他们的对讲机"刺啦"响着，乱哄哄一片。

江北北说："肖副队？"

刚刚骂人的是唐西周的副队……是有人受伤了吗？

江北北还未想明白，就见到后面跟着的人摘下对讲机说道："人抓了，三队收队中。唐队受伤了……对，唐队，受伤了！"

大衣掉落，江北北看到了肖副队背上的那个人，半身深色的血，左侧胳膊上扎着一把水果刀。

等江北北看到那张熟悉的脸，她的心跳停了。

那是唐西周！

她瞳孔猛缩，颤抖着拉开门把手奔了出去："二哥！！"

江北北一个趔趄，短短一截路，脚下直打绊。

后来，她好像丧失了这段混乱的记忆，再回过神，她人已在医院，她茫然片刻，看向一旁。

唐西周的几个同事也在，表情都不是很凝重。

江北北低头看着自己的双手，手上、袖口上蹭了血，颜色很深，已经干涸了。

她记起来了，她当时不够冷静，冲了过去，好像是被肖副队认了出来，一并把她扔上车送到医院。

执行任务，嫌犯抗捕，唐西周被网吧的椅子砸了，还被刀扎到了手臂……

江北北神色恍惚，听着医生语速极快简要报告了情况。

血够用。

不急。

手术看情况，正在取刀。

钱……钱也够，没事，都没事……

江北北的同事拍了拍她："江北北，有电话。"

江北北掏出手机，手却无力，手机差点掉在地上。看到屏幕上闪烁的“楚尧”两个字，泪立刻就下来了，她颤抖着手接起电话，未语先哭，泣不成声：“尧哥……”

楚尧是在午休时给她打个电话，本想听听她的声音，没想到电话接通，听到她在哭。

江北北磕磕绊绊地把唐西周出警被嫌犯扎伤的事说了，楚尧的声音给了她一定的安慰，他听起来不像她这么惊惶无措，冷静地嘱咐她先给宋朗打电话，让他带着钱过去。

“别着急，我现在就请假过去……北北，二哥身体素质好，没事的。”

挂了电话，江北北整个人蜷缩成一个球，靠着墙边嗷嗷哭。

江北北无论闭上眼还是睁开眼，眼前都是唐西周胳膊上扎进去的那把刀和一脸的血。

那把刀扎在唐西周身上，就跟扎在了江北北心里，疼得不行。

她像失去了主心骨，茫然又可怜，无助地哭着，她的同事和几个警察留下来等待情况，负责缴费照顾队长的警察们七嘴八舌安慰着她，可江北北的耳朵就像塞了棉花，一个字都听不进去，无论说什么，心中那种山石崩塌、宇宙沦陷的慌乱感依然压不下去。

她擦了鼻涕，挨个给哥哥们打了电话，几乎全是喊一声“哥”，泪就流下来了，“二哥在医院抢救”这句话，都说不完整。

黄元宝跟宋朗约了个时间，午休时到他的店里坐了会儿，顺便了解情况。

宋朗意料之中的好聊，人非常实在，江北北的描述十分靠谱，宋朗是个特别耿直的男人。

“采访就不用了，我不是在战斗中受伤的，特丢人。”宋朗说，“训练时手滑，一下摔在水泥地上磕昏过去的，我们整队的战友还有指导员都在，特丢人，那天还是汇报演习，所以还留下了影像资料，特别傻。我出院后看了一遍，没敢再看，简直是噩梦。”

宋朗给黄元宝调了杯奶茶，他的那只哈士奇确如江北北所言，傻出了一定的境界，从黄元宝进门开始，那只大狗就开始绕着她撒欢。

“听北北说，是受伤后开始长高的？”

“那什么……脑垂体什么玩意儿的。”宋朗大手一挥，跟她比画着，比了个距离出来，“半年长了这么多，就是一下子，我原先一米七三，我们单元里最矮的就是我，半年时间，长到了一米九一，皮都撑裂了，我大腿、屁股上全是红纹，都是长太快撑坏的，跟鞭子抽的一样。”

“你转业退伍，部队没给你安排？”

“给了，但咱这不是不好意思吗？我又没立过功，再者我这个后遗症也没影响生活。”他说，“我原先是想开个美甲店，还跑美妆学校学了半个月，后来审美不行，北北总说我，我就放弃这个理想了。天赋不行，开奶茶店算了……”

“哈……”黄元宝眯着眼睛，吸了口奶茶，挺好喝的。

“我开奶茶店很厉害的。”宋朗说，“几乎都是回头客，跟那群小姑娘可熟了，来了还都会给我带吃的。跟你讲，我这样的往店门口一站，想干坏事的都不敢进，所以可安全了！我兄弟、战友们还有北子，整天没事就往这儿跑，都把我这里当基地。”

黄元宝：“哎，我发现你特会聊天，不是那种会，是那种……跟你聊天特轻松，你这人简单。”

“是吧，说我笨吧。”宋朗哈哈拍腿笑，“我先接个电话啊。”

电话是江北北打来的，黄元宝看见宋朗的笑立刻消失不见了，瞪着小眼睛，皱着眉说：“北子你别哭，我听不清，你在哪个医院？谁？二哥受伤了吗？”

黄元宝奶茶喝不下去了，也紧张地盯着宋朗，屏住呼吸，一个恍惚，发觉那只叫宋大喵的狗也老老实实地蹲着，蓝色的眼睛看着主人，尾巴有一下没一下地扫着她的高跟鞋。

电话刚挂，又一个电话打了进来，黄元宝听到宋朗说：“尧儿……北子刚给我打完电话，我知道了，行，我带着呢，钱够，我现在就去。”

他挂了电话，对黄元宝说：“那什么，我家二哥出警时受了点伤，对不住啊，我得去趟医院。”

“关店吗？”黄元宝问，“你这里有人帮你照顾生意吗？”

“没，我自己一个人。”

“我帮你看着，你先去。”

“你不会弄。”宋朗说，“小黄，你还有工作，咱下次再聊。”

宋朗赶到医院后，先了解了情况，得知没事，这才蹲下来，很是无奈地看着江北北。

“北子，至于吗？你这个反应，我以为二哥英年早逝了。”

明明健在，醒了之后一定精神饱满，活蹦乱跳。

“闭……闭嘴不许说！”一个鼻涕泡挤出来，破掉，江北北用袖子擦了，恶狠狠看着宋朗。

队里的那些警察简要说了情况后就离开了，宋朗把江北北拽起来，按在座位上，拿着药单下楼缴费。

“刚刚钱谁垫的？”

“小林哥。”

宋朗笑：“还行，没傻到只顾哭鼻子。”

楚尧赶来时，严清明跟宋朗都在，刀取出来了，人也转移到了病房，目前清醒着。

病房里地方小，床位满了，病人都有家属陪同，他们几个，尤其是宋朗，站在里头特别占位置。

楚尧就站在门口默默看着。

唐西周状态还好，正在边骂边讲自己怎么中招的，搞了半天，他的伤不是嫌犯抗捕造成的，而是一个网吧小混混帮哥们儿出头弄的。那小混混也就十四五岁的年纪，血气方刚头脑简单，辍学来网吧打游戏，跟嫌犯在网吧里头称兄道弟后，看到有人来“找事”，提起凳子替兄弟出头，上来就朝领头的唐西周脑袋上敲。

这个年纪的孩子，若没人教育或是其他的束缚，做起事来通常是不考虑后果的。就算他们当时亮出了警察身份，少年人也不惧怕，一句“警察”反倒激起了他的反抗欲，扔掉凳子抓起旁边的水果刀就捅。

当然，最后被一起抓获了，一个是袭警，一个是砍了邻居一家四口后潜逃的杀人犯。

不知道那个少年知道他新结识的哥们是灭门大案的主犯后，会有什么反应。

唐西周心有余悸：“还好那小子没把刀再拔出来，幸运……”

刀拔出来的话，血止不住，他这条命，现在恐怕已经交待在那里了吧。

讲完，唐西周看见江北北鼻尖粉红，眼肿得像桃，可怜巴巴地站着，笑道："来，丫头，二哥抱抱。哭什么，闭着眼就听你一个人在嗷嗷，跟宋大喵似的。二哥没事，这是工伤，命还在，也没缺胳膊少腿的，不用哭啊，表情好看点，别皱着眉。哎，来这边嘛，抱抱你，二哥这条胳膊还能动。"

江北北扑过去，砸得唐西周叫唤了半天，一只手轻轻拍着她。江北北抽了抽鼻子，又嫌弃又心疼道："二哥，你臭死了……"

"嘿呀！"唐西周道，"惨咯，这阵子洗不了澡，要发酵出酸味了。"他那只没受伤的手拍了拍江北北的脑袋，又看向宋朗，"四儿，来，让哥也揉揉你的脑袋。"

"得了吧您嘞。"宋朗摆手，"你当哄小孩呢！"

"快来……"唐西周伸着手，"一个都不许少！"

江北北起身，一把拽过宋朗，唐西周哈哈笑着揉了揉他的大脑袋，看向严清明："大哥来。"

严清明愣了一下，道："你手闲着没事干了？"

江北北啧了一声，把严清明推过去："让二哥摸一下！死里逃生，这能旺一整年呢！大家都有份！"

"丫头说得没错。"唐西周开心道，"开年没多久就光荣负伤，这运气，被我这只手摸下脑袋，等于开光，你也能旺一年。"

严清明轻咳一声，却伸手摸了摸唐西周的头，说道："我是老大，还是我给你祝福吧，快点好起来吧。"

"哟，老严，这可真宝贵。"唐西周笑了，"能有你们这些兄弟……我运气真好。"

然而煽情不到三秒，唐西周指着江北北道："老大，弹她一个脑瓜崩儿，这丫头，把鼻涕抹在我的毛衣上！"

他胸前有一道亮晶晶的水印，唐西周龇牙道："没洗澡也不是让你这么糟蹋你二哥的。"

严清明转身屈手指，江北北哈哈两声，猴一样蹿了，出门就撞进楚尧怀里。

唐西周单手拍床单，啪啪鼓掌："撞得好，来了也不吭声，暗暗地扒门边看什么？"

楚尧顺势抱住了江北北，笑声轻得像羽毛拂耳。

“尧哥……”不知怎么回事，闻到他身上的气息，感受到他的温度，江北北鼻子一酸，当即就想哭。

宋朗小眼一斜，叫道：“哭包，省省啊！今天哭多少次了！”

唐西周也道：“我流的血还没你流的泪多。”

他俩三言两语，把江北北的哭意全给堵了回去，憋得她打了个嗝，不服地道：“我就想哭，管得着吗！”

楚尧松开她，拍拍她的脑袋，拉着她的手走进病房，地方小，宋朗撤了出来，说到楼下买喝的给江北北补充水分。

楚尧进病房来，问道：“二哥没事吧？”

“容光焕发！”唐西周扯出一丝苍白的笑。

江北北牵着楚尧的衣角，可能有了后盾，就有了怼二哥的勇气，小声说道：“胡说八道，我听见你哭了，肯定疼。”

唐西周噎了一下，只好比画着说：“行行，你说的对，疼上天，行了吧？你还打电话把他们都叫回来……唉，尧儿，你请假了？耽误工作。大哥你下午是不是要上班？”

严清明点了点头。

“我们留下照顾。”楚尧说，“大哥上班去吧。”

“其实没什么。”唐西周说，“阵仗这么大，太丢人了。队里的小屁孩们要是来探病，恐怕以为我是阿联酋王子，划了道口子这么多人来伺候，用不着啊……尧儿，你这周请两次假了吧？工作重要，怎么这都不知道呢！丫头，你工作呢？”

江北北回答：“没二哥重要。那破玩意能跟二哥比吗？”

“哈哈哈哈……”唐西周畅快地笑出声，“虽然不能这样，但是二哥听了你这话，舒服！”

严清明忽然道：“别笑了，省省力气……养伤才难熬。”

“行，听大哥的。”唐西周笑着应下。

傍晚，江北北带着饭来和下午留下照顾唐西周的楚尧换班，本来想抱一抱楚尧，结果看见秦元也在，想趁着抱楚尧顺便揩油的念头立刻破碎了。

"三哥吃。"江北北分了食，三个人边吃边商量怎么给唐西周洗个澡。

秦元抽出卡："找护工，反正我不给他洗。"

楚尧一筷子把他拿卡的手按下去："用不着这么积极掏卡，掏卡很过瘾吗？"

秦元："不怼我你是心里难受吗？"

江北北端着饭碗在一旁乐，一抬眼，看见唐西周睁着眼看着他们。

"二哥醒了。"江北北问旁边的两位，"谁来喂？"

唐西周幽幽道："你说呢？"

江北北："我们手心手背好啦！"

楚尧和秦元都表示赞同。

唐西周大惊："喂我吃饭这种美差，还用你们手心手背？不应该抢着来吗？"

江北北捏着鼻子，叹气道："二哥，你好多天没洗澡，已经馊了。"

二单元的兄弟情，全是塑料情，也就严清明老实，唐西周说想洗澡，只有他应下了，下班后端着盆水来了。

唐西周惊讶："你不嫌弃我？三儿跟尧儿可都没搭腔。"

"北北说你都有味儿了……"严清明道，"你不洗我难受。"

严清明是个洁癖，既然能帮忙给唐西周收拾房间，洗澡肯定也不能落下。

"那是烟味，不是身上脏。"唐西周解释，"队里都是烟鬼，为了抓那个丧心病狂的杀人犯，估计抽了有十条烟……"

"要不要我给你看看水？"严清明端起水盆，"北北可没诬陷你，半点不夸张，你看这水浑的。"

唐西周笑了起来："得，还是嫌弃我。"

严清明又问他身体状况："晚上吃的都吐了？现在感觉怎么样？"

"头晕……"唐西周摆摆手，无奈道，"要不谁乐意在病房待，特没意思。"

"明天还有个检查，脑袋的事都是大事，你再忍忍，没事了肯定不会让你住这儿，现在床位都紧张，你当医院想让你在这里长住？"

唐西周嬉皮笑脸开玩笑："这不是想让你伺候呗，按顺序来，擦身喂饭悉心照顾，我得享受一下二单元的兄弟情再出院。"

严清明白了他一眼："早点睡着梦里有。"

"大哥，看来看去，还是你好。"唐西周感慨，"其他的小家伙都靠不住，一说洗澡全跑没了。"

严清明："记住我的好，来日报答。"

唐西周哈哈道："兄弟肝脑涂地，衔草结环，报答你一辈子！"

第六章
他的公主抱

江北北从医院回来，便迫不及待地告诉了奶奶她和楚尧交往的事。

等了半天，奶奶没有多大反应。

“奶奶你听见我说话了吗？”江北北趴在她耳朵边扯着喉咙喊。

奶奶：“听见了，楚尧。”

“你怎么没反应？”江北北问道，“你觉得我不当真？”

“你想好了？”奶奶瞥她一眼，“前几天在外头时，你刘奶奶说，她女儿，就是你潇潇阿姨要给你介绍个华侨，过年带回来让你见见。”

老太太转话题转得也挺快的。

“嗯？”

“你潇潇阿姨前几天给你刘奶奶打电话了，问了你有没有对象，前几天你不是还没对象吗？你刘奶奶就说没，潇潇阿姨听了要给你介绍她国外的同事，今年过年也跟着回来，老家也是本市的，说要回来一起去看你爸妈跟萧叔叔时，顺便见见你，聊聊这事，万一有缘分呢……”

“烦不烦？”江北北肩膀耷拉了下来，“我有男朋友了。”

奶奶叹气道：“你要不喜欢，见了也别吭声，你又不是不知道你潇潇阿姨，连她妈的话都不听，现在人家主动给你介绍对象，还把人带回来了，你心里再不舒服，也别摆在脸上。”

江北北不服：“就是前几天我说没男朋友但我也跟你和刘奶奶说了，说我喜欢尧哥，她怎么这样啊！不把我的话当真吗？还有，咱家过年去扫墓，那个相亲的难道还想跟着去？我是去看我爸妈，他呢？还想在墓园摆个相亲宴吗？真是讨厌……”

“行了，歇歇嘴吧。”奶奶四两拨千斤，淡淡一瞥，根本不接她的话，“就你能说。”

“我不喜欢潇潇阿姨。”江北北毫不客气道，“五年前她回来那次，我们一起去扫墓，都到门口了，她说下雪有泥怕弄脏她的衣服，不过去给叔叔扫墓了，凭什么啊？躺在那儿的可是她亲弟弟，难道亲弟弟还比不上她那件衣裳？反正今年我不跟他们一起扫墓！省得我爸妈看见了生气。”

“少啰唆！”奶奶瞪眼，“哪年扫墓不是跟刘奶奶一起？你不要越长大越不懂事，看不惯你潇潇阿姨就不看，但你刘奶奶还是个好人，你要不去，你是让我俩老太太相互搀扶着上去哭坟吗？”

敲门声及时打断了祖孙俩的吵嘴，江北北听到这个敲门声，飞奔进屋，拿着打卡表出来开了门。

楚尧指尖在唇边比了下，示意她小声，指了指屋内。

江北北点头，一脸不高兴，小声说：“奶奶在。”

楚尧的表情高深莫测，思索片刻，一把拉过江北北，在脸颊上轻轻亲了下，扭开笔帽。

“亲一下？那你签一半吧。”江北北嘟着嘴，不开心地道，“哼，敷衍。”

楚尧顿了下，又无奈又想笑。

“那，陪我到超市买点东西。”楚尧眨了眨眼，弯下腰，在她耳边轻声说，“补上。”

屋里，奶奶问道：“北北，是谁？”

“尧哥。”江北北装好打卡表，抓起钥匙换上鞋，“奶奶我出去买瓶醋。”

门关上后，奶奶愣了会儿，到厨房看了眼：“醋？不是还有吗？”

快要过年了，超市里热热闹闹，放的《新年快乐》《恭喜发财》之类的喜庆音乐不停地循环着。

楚尧问道：“要吃什么？”

江北北拉着他的衣袖边，反问道：“你要来买什么？”

“没目标，只是借口。”楚尧说，“补上吧？”

粮油区目前没人，楚尧一手推着空荡荡的购物车，一手圈住她的腰，俯下身，温柔一吻。

每日任务交完，江北北推开意犹未尽的楚尧，红着脸说道：“给二哥买点东西。”

“每天只能两次吗？”

“哈？”江北北抬头，看到楚尧脸上微微落寞的表情。

他轻抚着嘴唇，回味着刚刚的触感，笑道：“不能超额完成任务？”

“讨厌。”江北北握起拳，捶在他胸口，“脸都烧了……怪你。”

不过，从刚刚开始，就一直有被人注视的感觉……楚尧回头，罕见地被吓到了。

货架那头，一个提着两袋大米的中年男人满脸惊恐，下巴都要掉地上了。

认出是谁后，江北北瞬间红透了脸。

“秦伯伯。”江北北挥起手臂，讪笑。

秦元他爸的神情也很尴尬，他放下米袋，挠了挠头，蓬乱的头发更乱了。

“哎？”他指着楚尧，又指着江北北，好半天没敢问，一脸“我刚刚是不是看错了”的表情。

他接受返聘重回队里协助小年轻们办案，下班回家前，想起老婆说家里的大米快没了，就顺道到超市来买米，顺便给江北北家也捎一袋。

这头他心里刚想着江北北，一扭头，就看见一个长得像江北北的漂亮小丫头跟男朋友打情骂俏。

正直老警官刚想感叹一下年轻就是好，定睛一看，嘴巴就合不拢了。

那女孩不就是江北北吗？

等等，那男孩不就是小尧吗？

秦元爸："小北、小尧？"

楚尧："伯伯好。"

"哎，好。那个……哎，好。"秦元爸仍旧在状况外，好半天才问出一句话，"那个，你俩是？"

兄妹可不会这么打闹，这么闹的都是有问题的。

如果说今天见的是自家儿子跟江北北一起打打闹闹，他倒不会多想，因为自家儿子啥德行他再清楚不过，就喜欢跟女孩儿们动手动脚，端着一副死不要脸的模样，不熟都敢瞎撩，撩你也不一定是在跟你处男女朋友。

但现在这个是楚尧。

楚尧是谁？那就是翻版的楚扬，从小就是一副小大人模样，规规矩矩，眼神从不乱瞟，手从不瞎摸，腿从不瞎溜达，嘴从不会瞎叨叨。

这种乖孩子，是不会跟他家儿子一样，没啥理由就敢动手跟小姑娘打闹。

秦元爸心想：嘿嘿，破案了，坦白从宽，不然回去就跟姚兰和楚扬说。

江北北看向楚尧，等他开口。

楚尧牵着江北北的手，笑道："秦伯伯，这是我女朋友。"

秦元爸："哈哈哈我就知道，我一眼就……"

说到这儿，他忽然想起老婆跟他提过一嘴。

他儿子对江北北有心思。

秦元爸："哈……"

所以，我儿子出局了？

短短一秒钟，秦元爸的脸上已经变换多种表情。

他搓着下巴上的胡楂，看着两个小年轻："不要偷偷摸摸的，正大光明的多好？藏什么藏？可以啊，臭小子……"

最后一句，他可能是替儿子传达的吧。

晚上在家门口，江北北拽住楚尧。

"签字。"江北北展开打卡表。

"好……"楚尧弯下腰在卡上签上名，起身时，再次捉到江北北，亲了一下。

楚尧指了指楼上。

江北北掩住嘴笑了笑，轻声问："秦伯伯会说出去吗？"

"肯定的。"楚尧说，"做个准备，秦元肯定会约我们出去谈话。"

"你不要这副得意的表情哈哈哈……有点心疼三哥。"

"你不心疼他，就该心疼我了。"楚尧说完，停了停，自语道，"这么说好像有点亏，少了你的一份心疼。回去吧，外面冷。"

"嗯……"

她刚转身，楚尧的手从身后伸过来，抱住她，唇轻轻碰了碰她的耳垂："明早的……"他低声说，"明天去邻市听讲座，走得早，不打扰你了。北北，晚安。"

楚尧所料不错，第二天，秦元从他爸口中得知了楚尧表白成功的噩耗，在家哀号："不行了……我要罢工！"

他摊开四肢躺在床上，长腿耷拉在地上，扫地机器人在他脚边旋转，而带回来想给江北北卖萌的猫，正坐在扫地机器人上巡视着秦家的属地。

秦元妈在厨房打着喷嚏，骂着秦元："那猫快点送走！知道我过敏你还带回来！简直是皮痒了！"

秦元耷拉着眼看着这只猫，觉得它现在睥睨天下的眼神似乎是在嘲笑他的愚蠢。

是可忍，孰不可忍！

秦元给楚尧打了个电话。

楚尧很快接了电话："你说。"

可能是秦元的错觉，楚尧的这句"你说"，似乎很得意。

秦元叹了口气："尧儿，我听说……"

"说事。"

"我爸昨天在超市看见你跟北北了。"

"所以呢？"

"你说呢？"秦元问不出口。

"我有什么好说的。"

"你开车呢？"秦元问。

"嗯，邻市学习。想问什么就问吧，现阶段知无不言，以后就不一定了。”

秦元暗暗想，什么叫现阶段知无不言，以后就不能说了？你小子想表达什么？他不敢细想。

秦元终于问了出来：“跟北北是什么时候的事？”

“刚刚开始。”楚尧这句话说得有些低落，不似刚刚的得意，“还是说，你想听细节？”

“不用了……你回来再说吧，一起吃顿饭，带上北北。我挂电话了。”

挂电话时，他似乎听见了楚尧的笑声。

“得意什么啊！”秦元气闷，单手拎起猫下了楼。

秦元妈：“准备扔猫了？”

秦元：“放二楼，让北北帮忙照顾几天。”

秦元妈撇了撇嘴，又问：“讨债的你今天不上班？”

秦元没好气道：“不去了！”

他走到一半，又折回去，掏出一张卡：“妈，这张卡里的钱随便刷，就一个条件，以后不许叫我讨债的！”

秦元妈语气软了下来，指尖在秦元脑门上点了一下：“显摆什么，讨债的！”

今天轮到江北北到医院照顾唐西周。

到了医院，她见唐西周精神萎靡，脸色不好，问道：“怎么了？”

“我妈来过。”

江北北了然：“催婚？”

“烦。”唐西周说，“说我工作危险，早成家早好。”

“二哥你为啥不结婚啊？”

“不想拖累姑娘。”唐西周说，“我是把生命和精力都献给工作的人，人这辈子，精力就那么点，给了工作，就给不了爱人。”

江北北忽然出声：“其实你是不想吧？”

“现在就挺好。”唐西周点了点头，“二哥有你们，有跟你们的情义就够了。”

“羡慕二哥，活得简单。”

“是吗？”唐西周笑道，“二哥也羡慕你，跟尧儿怎么样了？有进展了吗？升温了吗？”

江北北一下子红了脸：“不许问！”

“是不是还只停在拉小手阶段？”

江北北跺脚：“二哥，你活该单身！”

“哈哈哈哈——我活该单身？”唐西周仰天大笑，“逗你最有意思了，比逗老大、老三有意思多了。”

从医院出来，江北北拉着黄元宝逛街，黄元宝半是羡慕半忧愁地看着江北北一口气买了五件男士羊毛衫，花费不菲。

“给你哥哥们买的？”

“快过年了。”江北北借来柜台的笔，在盒子上标上了序号。

“你尧哥今年不是升格了吗？不另外表示？”

“我也在想这个问题。”江北北哭丧着脸，“今年要单独给尧哥买三份。”

“为什么？双份不就行了？”

“尧哥下周生日。”江北北扳着指头数，“生日礼物、新年礼物，这都是往年惯例……今年升格，得再送份男友礼。”

黄元宝：“你还挺讲究，打算买什么？”

“我想不出。”

“简单，他喜欢什么就送他什么，这还用纠结？你家男友喜欢什么？”

江北北嘿嘿笑了起来，不要脸地道：“喜欢我。”

黄元宝：“瞧把你给美的，你怎么不把狗粮直接往我嘴里塞呢！”

江北北一拍脑袋：“对了，还有宋大喵的狗粮。”

从商场出来后，黄元宝挽着江北北的胳膊，酝酿了好久，问道：“北北，你就真的一点都不介意楚尧的职业？”

“不介意啊。”江北北轻飘飘地回答。

“江北北……你见过他是怎么工作的吗？”黄元宝神情缥缈，带着点敬佩说道，“前几天殡仪馆那期转后期了，我去看了，有个跳楼自杀的，他们一起把脸给一点点拼好……我没有别的意思，说实在的，我很佩服做这份工作的人，但是我真的很好奇，你真能接受？心里一点都不怕？”

“可以啊。”江北北道，“那有什么不能的？谁还不会死怎么的，好死是运气，谁愿意不得好死？我爸妈去世的时候也挺惨，总要有人来帮忙送最后一程吧……你看，就我尧哥！他在我心里就是神仙下凡，自带光环。”

“也是。”黄元宝自言自语，“要真想开了，也没什么……”

“元宝，楚尧在我心里特别美好，他是我所有少女梦的开端，我觉得他特别崇高，所以这么多年，我每次想他时，总觉得自己配不上他。他带着光，我不是，我就是凡夫俗子，一粒土、一颗沙……”

“问你一句啊，你尧哥干这行，他爸妈都没意见？”

“你知道他爸妈做什么的吗？”江北北道，“楚尧他妈妈，三十年经验的老刑警，专办重案、要案，什么没见过？不管是无头的还是碎尸的，她早习惯了。楚尧他爸爸，法医，你听过二十年前的灭门沉尸案吗？十三具尸体，全家老少，泡成巨人观，全部由他爸爸经手。”

黄元宝抖了一下：“怪不得！”

“我小时候他爸爸还给我上过解剖课，四哥他爸打的野兔子，尧哥他爸负责处理下锅，我当时站在厨房看，记得可清楚了，他用刀尖指着兔子的各个部位，给我讲那都是什么器官，这只兔子的致命伤在哪什么的……所以我初中生物一直是满分。”

江北北说完，停了一下，黄元宝刚想问她怎么了，只听江北北说道：“这么想想，我还真挺适合当他家的媳妇。”

黄元宝翻了个白眼。

“不扯别的了，江北北，找个时间约一下，我请你跟你哥哥们吃饭。”

“做节目吗？我说你最近怎么老跟我一起……”江北北恍然大悟，“你来真的？真要做专题？不开玩笑？”

“不开玩笑，我跟台里沟通好了，专题名字都定了。”

“叫什么？”

“叫《近邻》。真的，比真金还真。”

“可我没什么好采访的啊……”

“记者啊，台里的年轻小同事，曾经为了工作任务连续两天没合眼，风雨中蹲守一线，敬业爱国三观正，符合社会主义核心价值观，看，多正能量！”

“去你的。”江北北笑了出来。

“主要也是想让大家多多了解电视台幕后的工作人员，以及像你这种爱岗敬业有职业道德的记者。”

“黄元宝，我终于知道为什么你的节目能稳居收视第一了……你敢想敢做啊！”

黄元宝犹豫再三，还是说出了口：“如果你能接受的话，我们可能会深度挖掘一下你们的生活，这样话题的可信度会更高，当然，你要是不愿意，我们把焦点放在工作本身也不是不行，看你了。”

楚尧下午就结束了学习任务，回来得早，回来先敲了敲对门。

江北北不在，江北北奶奶把他迎了进去，让他带点炸萝卜饼再走。

楚尧沉默着，和卧在沙发上的那只肥猫对望。

这猫哪儿来的？秦元上次拿来的那只？

“小尧。”

“嗯。”

江北北奶奶问他：“北北跟我说，你俩处对象了？”

楚尧笑了起来：“北北跟您说了？”

江北北奶奶疑惑地道：“小尧，能作数吗？她就是想到哪说到哪，一阵一阵的，你别惯着她由她胡闹……”

“作数的。”楚尧说，“是我问她的，她答应了。”

江北北奶奶狠狠怔了下：“我以为她跟我闹着玩。”

这就是青梅竹马恋爱的弊端，彼此都太熟了，突然跟身边的人说“我们俩在一起了”，大家通常是反应不过来的。

开玩笑吧？不作数吧？

“奶奶，认真的。”楚尧说，“不管将来结果怎样，现在，我会全力以赴，尽好责任的。”

好半晌，江北北奶奶说道：“是你的话，我就放心了……”

楚家一直很好，真心实意的好，就像他家从不锁上的门，每次送来的处理好的鱼，每回都订双份的牛奶、报纸和杂志，每周都别在她家门把手上的超市特惠手册……

喜欢是能从生活细节里看出来的，就像楚家做的那样，日复一日年复一年，把细节做成了习惯。

奶奶想了半天，欣慰地笑了。

唐西周脑袋无大碍，下午就出院回家养伤了。

队里的小年轻们听说他出院，提着酒肉来探望光荣负伤的队长，顺便蹭饭。

江北北拎着大包小包回来，听见声音，好奇朝屋里看了一眼，被眼尖的警察小哥发现，拉了进来："呀，妹妹！好久没见妹妹了，今天一起吃？"

"小林哥好……"江北北化身江屄屄，软绵绵地打招呼。

唐西周独臂英雄，跳过来把这警察小哥的手拍开，攀着江北北的肩膀，竖起眉毛训斥小年轻们："都起开！谁跟你们一起吃……"

他回头对江北北说："北北，今天他们在这儿疯，你回家去。"

江北北瞅见桌子上的酒，问他："二哥你要喝酒？二哥你还要抽烟？"

烟味挺重的，房门一直开着，可能是为了散烟气吧。

"你别管……你回家去。"唐西周把她转了个方向，推出门外。

江北北晃了晃手上提的袋子："你病号啊！早点休息，你要是喝酒，礼物就不给你了。"

"哟！"唐西周伸手去抓，"给我买的啊？拿来我看！"

"没你的份了！"江北北轻盈地逃开，三两步跳上台阶，拿出手机摇了摇，"二哥，我要告状。"

唐西周花了三秒弄明白了她说的告状是跟谁告，眼都瞪成铜铃了："北北！学坏了！"

听见楼道里的动静，楚尧开了门。

"炸了鱼，来吃。"

江北北立刻忘了唐二哥，投奔楚尧。

"今天回来这么早？"

楚尧一只手用筷子夹着一条小炸鱼，一只手在下面托着，喂给江北北。

"你爸妈呢？"

“去我外婆家了。”楚尧说，“你装点小鱼干回去。”

“哈哈哈，别这么说，好萌，你喂猫呢！”

楚尧说：“对，就是喂猫，你拿回去就知道了。”

他手指擦去江北北下巴上的油渍，很自然地舔了舔手指。

江北北目不转睛地盯着他的手看，脑海里的小人撞了下钟，“咚”的一声，江北北悟了。

楚尧的手！

一瞬间，江北北看见楚尧的手指，立刻想一脚油门在大马路上狂奔，并把头伸出窗外，像大喵一样歪着舌头流口水，大声嗷嗷。

我原来这么变态！

江北北止住了越跑越危险的思想，正了脸色，提醒道：“尧哥你是不是忘了什么？”

楚尧微微一笑，脚下一转，悄无声响地回了厨房。他步子越轻，动静越小，江北北越是心神荡漾。

江北北放下大包小包的礼品，追到厨房，歪着脑袋看他：“尧哥，尧哥你是不是忘了什么呀？”

不行，她必须提醒他，让他补上今天的吻！

楚尧关掉火，盖好锅盖，又伸出手关掉抽油烟机，这才回身抱住她，撬开她的唇，深深一吻。

江北北笑了起来，笑声都被堵了，在嗓子眼咕噜着，浑身发抖。

楚尧搂紧了她，加深了吻。

江北北像阳光下的太妃糖，慢慢融化了。

“跟猫一样。”一吻结束，楚尧舔了舔嘴角，如此说道。

他搂得越紧，她融化得越快，最后差点从他的臂膀中跌倒在地上。

江北北软在他怀里，喘着气说道：“腿软了。”

话音刚落，一阵天旋地转，楚尧打横抱起了她。

突如其来的公主抱让江北北本能地抓着他的衣领，手指紧紧拽着，微微发抖。

“你……缺少安全感。”楚尧低声说。

她下意识的动作，都是自我保护，楚尧神情软了些许，抱着她走出厨房。

回过神来，江北北手松了些，笑容也回来了，还调皮道：“尧哥，尧哥你就这么抱着我在屋里转圈，看看能坚持多久。”

楚尧道：“如果可以的话，一辈子都不会放手。”

江北北只是一个玩笑，没想到楚尧真的这样抱着她在客厅里绕着茶几慢慢转起来。

江北北脸烧得不行，脑袋也跟不上转了，一时间不知道该说什么，想来想去，问了一句：“你爸妈今天回来吗？”

“你要留宿吗？”

“我怕你爸妈突然回来……会不好意思。”

楚尧脸上挂着笑，慢悠悠道：“怕什么，又不是偷情。”

聊不下去了，江北北定了定神，为了让自己不被美色迷昏头脑，慌忙在脑海里搜刮话题，最终找到了救命稻草。

“尧哥下周生日，想要什么礼物？”

“都好，你想要什么？”

“你过生日啊！”江北北抬起眼看着他，正巧碰到他落下的温柔目光，声音立刻小了下去，“那个……过年礼我买好了，生日礼物你想想看，一年一次，想要什么我都买给你。”

“今年不一样。”楚尧笑，“今年有你，所以礼物也要把你考虑进去。”

他的一句话，让江北北的大脑里飙起了车。

尧哥这是什么意思？把我考虑进去，那是不是说，尧哥是想……

楚尧接下来的话，打碎了江北北的美好幻想，大脑自动点播一曲《梦醒时分》，为她哀悼。

楚尧说：“生日，我俩一起过，不如一起去看《芝加哥》吧。”

江北北略带猥琐的表情瞬间凝固，笑容渐渐消失，内心九十度鞠躬，给楚尧道歉：对不起，是我思想太污，玷污了你的纯情。

楚尧看到她这副愣愣的表情，转过头去偷偷笑了笑，低声道：“可爱。”

楚尧抱着她在客厅里转悠，楼下闹哄哄的还没散，偶尔能听到对门奶奶打喷嚏的声音，只有楚家静悄悄的，江北北忽然有种背着长辈跟楚尧偷情的错觉。

没有再说话，江北北的脸贴着他的毛衣，闭上眼睛，静静听他的心跳。

好久，江北北闭着眼睛笑着说：“我俩像两个神经病，傻里傻气，净做些傻事。”

“喜欢的话……就不是傻事。”

他声音很轻，呼吸声也很轻，却听得江北北心中一动，睁开眼睛，搂上他的脖子，把他拉下来，想要再次去触碰他的唇。

“北北！”江北北奶奶开门大喊，“回来吃饭！”

少女情怀破碎纷飞。

对哦，她刚刚在楼梯口跟唐西周打闹，楚尧听得见，她奶奶也听得见，肯定知道她被拐去了对门。

江北北怔住，离楚尧只剩半根指头的距离。

楚尧一笑，补上了这个吻，轻轻一咬再分开。

“回去吧。”

“哦……那我走了。”

江北北晕晕乎乎回到家，把鞋一脱，带着一脸痴笑，准备好姿势要往床上倒。

倒一半时，她“嗷”的一声叫了出来。

“这是什么？！”

她的床上卧着一只猫，又肥又壮。

猫不羁的眼神让江北北认出了它是谁。

“啊！三哥！”江北北指着猫想了起来，“奶奶，这猫是不是三哥给的？”

“猫？哦，这东西一直不吭声，我都忘了……”奶奶自言自语道，“元儿说回来就把它抱回去，你问问他啥时候回来。”

江北北把猫推下去，双手拍了拍脸，只好给秦元打了个电话：“三哥你今天回吗？猫今天抱走吗？”

“今天？不不，今天不行……”秦元好像在开车，“我等会儿就到家，回去说，今晚先放你家。”

“行，那我挂了。”

“北北。”秦元忽然叫住她。

“嗯呢，在听呢，还有什么事？”

“北北……”最终，秦元叹了一声，“算了。”

楼下又是一阵欢呼声，听动静，唐西周可能已经喝上了。

江北北狠狠一抓手机，哼哼两声，给严清明打了个电话。

“大哥！我要告状！二哥病中喝酒，还抽烟，还聚会，不好好休息！请大哥速来处理！”

严清明笑了起来：“搞不定他就又想起我了，可我今天不回去，让我打电话教训一下试试看。”

又过了一阵子，严清明打来电话：“北北，等他们散了告诉我一声，记得下去看看。”

“知道了！”

结果一直到晚上十点，那群小伙子还不走，江北北去转悠了一圈，饭吃得是差不多了，但酒还没喝完。

她给严清明发了消息后，严清明下了最终指示：“拉电闸！”

江北北站在电箱前，小声说：“对不起了二哥。”

“嘭”的一声，六户灯灭了。

唐西周家的酒鬼们齐声叹气：“哎？停电了。”

酒局终于散了，唐西周把人打发走后，打开电箱把电闸抬了回去，给严清明打电话：“老大，你教她这招的？都把孩子带坏了！”

严清明平静道：“散了？晚上吐的时候别喊爹喊娘，没人伺候你。”

“那不是我吹，我能把一楼的小弟小妹们叫来伺候我。”唐西周挂了电话，满面春风地扭头，见秦元回来了，脸上三道爪子印，像是偷腥被抓了一样。

“二哥，受伤还喝酒啊？”

“三儿，你是被你女朋友挠了吗？脸上怎么了？”

“流年不顺。”秦元说，“劝架被委托人挠了。”

趴在二楼扶手上偷偷看戏的江北北一本正经地建议道：“哥哥们，咱正月去寺庙烧灶香吧，瞧你们这运气背的，都是开年见血啊……”

“行啊丫头。”唐西周醉眼蒙眬，嚷嚷道，“哪儿最准？我去烧灶香，求我妈别再催婚了。”

秦元：“催婚？二哥，你有情况了？”

唐西周把他一推，进屋关门：“有你个头，我去求断姻缘！”

严清明清早返家，见一楼门开着，人几乎都在。

“怎么了？”

江北北拧干抹布，擦着桌子，唱歌一般回答：“说来话长，概括的话，就是二哥半夜醉酒，折腾到现在。”

哟，还真把一单元的小弟小妹们折腾来伺候他了。

宋朗洗拖把，秦元煮鸡蛋茶，卧室里，楚尧正迎着光看体温计。

严清明问：“烧吗？”

“低烧。”专业的来了，楚尧让出位置，“二哥挺能扛的，人走了才吐。”

楚尧这话说得满含敬佩。

“昨晚把你们吆喝起来的？”

楚尧点头：“差不多。”

“你们都挺能扛的，怎么不揍他？”严清明说。

江北北在客厅竖着耳朵听到了，笑声把沙发上乖乖卧着的宋大喵吓得够呛。

唐西周睁开眼，望着天花板发誓：“再喝酒我就是棒槌。”

“可不，就是棒槌。”

“大哥。”江北北扒着门边儿露出一小半脸，问严清明，“你今天是休息吗？”

“你有事？”

“就……”江北北小声道，“我们台里有个栏目叫《身边的他们》你知道吧？栏目组想做关于你们的专题采访，主编说要请你们一起吃顿饭，顺便跟你们沟通一下节目录制的事……如果你同意的话。”

“做节目？”严清明脸一下子红了，有些不好意思道，“我有什么好采访的……你们呢？”

严清明问屋里这几个人：“你们录节目吗？”

“我已经录过了。”楚尧说，“刚刚北北跟元儿他们讲了，大家都没什么意见。”

唐西周道：“就差老大你了。”

严清明说：“行吧，我需要跟院里沟通吗？”

“这个交给栏目组沟通就好，对工作基本没什么影响……他们之前有很多期采访医生的，是有经验的。”江北北道，“要是大哥也点头的话，我就让主编订今天晚上的饭店了……”

江北北看了看严清明的眼神，添了一句："放心，不喝酒。"

"都来吃饭！"秦元敲锅，果不其然，最先响应的是宋大喵。

一起吃早饭时，秦元说："等下周，你俩空出一天，咱们三个聊聊。"

他指着江北北和楚尧。

"周一。"楚尧说完，问江北北，"想去吗？"

江北北红着脸，咬着筷子头小声说道："肯定是要去的，总得有这么一回。"

屋里沉默许久，秦元忽然问其他三个面不改色的兄弟："不对啊，你们怎么都没反应？你们都知道？"

答案显而易见。

秦元："所以我是最后一个知道他俩处对象的？"

宋朗："看你这个反应，你应该是最后一个。"

江北北恨不得把脸藏起来，捂着脸，悄声自语："这样感觉好对不起三哥。"搞得像大家伙集体背叛他一样。

秦元放下筷子："我有点吃不下了。"

唐西周单手拿过他的饭碗，道："谢谢啊。"

严清明："小尧生日打算怎么过？"

秦元成功回到了最初的目标，双眼再次对准楚尧，江北北连忙夹了个鱼干放在他面前的盘子里，试图安抚。

"一起过。"宋朗说，"上我那儿去，北北一直喊着要一起吃饭。"

"不说这个，还是想想过年去哪儿吧。"唐西周掰了一半萝卜饼，递给秦元。

"北北初一扫墓，初二到初五这几天可不能跟去年一样在牌桌上虚度了。"

宋朗："白云区开了家温泉酒店，咱去泡温泉吧！把奶奶也带去，北北，你想去吗？"

"我奶奶过年回东山跟刘奶奶一起过，家里只剩我……你们看吧，哪里都行，今年都有空？"

"我家今年不走亲戚。"严清明说。

"我初一回家转一圈，下午就能回。"唐西周说，"今年负伤了，我年里养伤，不用当苦力。四儿，你爸妈肯定要跟着车队出去玩吧？"

“短途自驾，都定下了。”宋朗说，“家里又剩我跟狗，从我爸妈退休开始，每年过年陪我的都是狗。”

“已经不错了，你还指望谁陪？妹子吗？”唐西周笑着摇头。

严清明问秦元：“老三，你今年哪儿去？”

“哪也不去。”秦元说，“我妈麻将桌都支起来了，老样子。尧儿呢？”

“在家。”楚尧说，“把任务完成就没事了。”

“你们殡仪馆过年还有任务？”

“家里的任务。”楚尧笑，“把过年要吃的做好，我就自由了。”

“行，那就是说，等北北扫完墓，就能出去玩了对吧？”唐西周道，“那就先定温泉，丫头有意见吗？”

江北北：“你等我，我算算……”

宋朗跟秦元一无所知，一个问她算什么，一个以为她在算钱想预算。

楚尧想了三秒，说道：“应该可以。”

唐西周扑哧一声笑了，一抖扯到伤口，一边笑，一边龇着牙叫。

严清明稳坐如钟，自顾自吃饭。

江北北红了脸，她算得没楚尧那么快，而且她很惊讶楚尧竟然知道她的日期，这会儿强装镇定，矜持着点了点头：“嗯，可以的。”

宋朗：“所以你在算什么？”

秦元也一脸茫然，显然是没反应过来。

唐西周笑得舌头都打战：“四儿你别问了，小姑娘的事。”

宋朗还是没听懂，但既然这么说，他看大家的反应，确实不像是能正大光明说出来的。

这句“小姑娘的事”，让秦元终于想到了。

“哦……”他脱口而出，“例假啊。”

江北北惊愣，万万没想到三哥会把这句话说出口，差点当场昏厥。

宋朗：“啊！”终于知道是什么了，嘿，小姑娘还真是麻烦。

唐西周一拍桌子，指着秦元：“老大，打他！想什么非要说出来？！揍他揍他！”

秦元在混乱中，忽然回忆到了哪里不对，将矛头又对准楚尧：“等等，你怎么知道？”

他又惊恐地看向江北北，一副心碎的表情，有什么东西摇摇欲坠。

江北北骇然：“等等！我也不知道尧哥怎么知道的！我没说过啊！”

所以为什么尧哥会知道？！

秦元：“你怎么知道的？！”

楚尧：“……”

细心一点就知道啊！

江北北说肚子疼，奶奶喊她喝红糖水，嘱咐她不要吃冰的……这些听到的时候，他都会下意识地看下日期，时间久了，不说具体的，哪个时间段他还是知道的。

楚尧：“我随口一说。”

“鬼才信！”秦元扯住楚尧的衣领，大有替天行道除恶扬善的意思，“咬死你！”

唐西周快要把伤口笑裂了，就是严清明，这会儿也端不出假装什么都不知道的表情了，以喝粥为掩护，偷偷笑着。

宋朗跟宋大喵用鄙夷的目光看着他们，说：“今天又长见识了……”

“四哥，你说的那家温泉酒店是男女分区还是公共的啊？”

“公寓式的，就咱们租一幢独栋，院子里自带的，自己放水自己泡，就咱们几个。”宋朗想了想，说道，“不过也是啊，我们五个大男人带你一个小姑娘去，确实不太方便。要不换个地方？”

“都穿泳衣。”唐西周说，“怕什么。”他比了比肌肉，“身材好，着急秀肌肉呢。”

严清明斜他一眼：“说话注意点啊，孩子看着呢。”

江北北这个孩子咳了两声，道：“那就温泉吧。”

“丫头太鬼了。”唐西周不愧是有经验的老刑警，一眼看穿她的小心思，“听见我说身材，看把你高兴的。”

“哪有！”江北北死不承认。

“磨叽什么，就温泉！”宋朗说，“咱订最大的那个，楼上楼下，四间房，住六个人恰巧够。”

秦元：“四间房住六个人怎么够？”

“怎么不够。”宋朗说，“北北一间，其他三间我们分，难道你不想跟哥们儿一起睡？那你单独睡，我跟尧儿睡。”

楚尧：“我不要跟你睡。”

秦元："听见没，还是你单独一间跟宋大喵睡，我去睡楚尧好了。你睡觉总放屁，还是跟尧儿一起舒服，起码香。"

楚尧纠正："把'睡'放在后面，谢谢。"

宋朗挥挥手："就这么说定了，初二、初三两天，钱过完节算。"

秦元："带麻将吗？"

"去温泉就是防止你妈拉着我们打麻将！"宋朗吼，"还带麻将？那你跟宋大喵打去吧，我们是去泡温泉的！"

唐西周不嫌事大，再添把火："对了，这次尧儿不想跟北北睡一间吗？"

江北北"噗"的一声把茶水喷了出去。

严清明擦着桌子，温柔训斥道："别这么激动。"

楚尧："没意见的话，我是想这么分配的。"

"我是没意见，我批准。只要北北愿意……丫头也别脸皮薄，想就点头。"唐西周悠悠道。

严清明："我也没什么意见。"

宋朗："细想还有点心疼，感觉像嫁闺女。"

秦元："都没意见是吧？好，我要发表看法了，我有意见，我反正是要跟楚尧一起睡。"

"哈哈哈哈哈……我就知道！"唐西周仰天大笑。

秦元捏着手指头，说道："尧儿，你跑不了，我这次一定看紧你！"

"不厚道啊！"宋朗说。

"我不管。反正跟我们一起出去，北北就是妹妹。"秦元说，"没有家属，就是妹妹。"

步行去饭店的路上，几个哥哥各自配好了对儿。

秦元攀着楚尧的肩走在前面，似乎在谈什么，大哥跟二哥慢悠悠地走在中间。

江北北："啊！你们还都两两成对呀！"

宋朗牵着狗跟着笑："就是，你看我，起码跟妹子一对。"

江北北："四哥你想什么美事呢？你跟大喵一对。"

楚尧闻声驻足，伸出手来，江北北跳着过去，嘴上说着："哎呀，不太好意思当着哥哥们的面牵你的手。”

唐西周：“老大，推她一把，该放肆就要放肆，矜持什么？”

秦元说：“北北，来中间，一边一个。”

他松开楚尧，让出中间的位置。

江北北果断转身，找宋大喵去了。

楚尧目光一滞，对秦元说道：“你是不是有病？别挣扎了，死透了。”

秦元呵呵道：“还能再抢救一下。”

他俩又恢复刚刚的动作，勾肩走在前面，秦元压低声音说：“我俩是差在哪里？”

“差远了。”楚尧道，“根本不一样。”

“有什么不一样？”

“你连她的心思都不琢磨，跟我能一样吗？”

“所以你是变态，我是正常人。”秦元说，“例假都能琢磨……”

楚尧嫌弃道：“不跟你讲这些，讲不通。你连单箭头都不是，她在你眼里，跟你那些前任也没什么不同，其中之一，可有可无，所以你别挣扎了，我真心奉劝你消停点。”

“怎么会跟她们一样呢？”秦元的表情有几分认真，“那些连恋爱都不算，都是感情到了提出交往就交往了，发现不合适就散伙了，北北跟她们不一样，因为我俩有感情基础。”

“你脑子有病。”楚尧说。连他都不敢说他跟江北北有感情基础，而且，江北北是个没有安全感的人，感情来得太急，就会起反作用。

他小心翼翼地一点点经营着，希望能把她带上爱情的轨道，没想到秦元厚颜无耻地说“我跟她有感情基础”。

楚尧冷冷看着秦元。

秦元：“我认真跟你说呢，你又是什么眼神？”

“跟你没什么说的，你意识不到自己处在哪个位置。”楚尧说，“我是指感情的位置，你谈得挺多，从没琢磨过。”

“不用琢磨感情到哪儿了。”秦元嗤笑一声，说道，“直接过日子就好，再者说，跟北北的话，感情也不是没有，结婚了，剩下的都是日子，而且这么多年，她什么样的，我能接受的不能接受的心里早有数了，结婚后，感情肯定稳定，不像外面谈的那种。”

“那你跟我不一样。”楚尧笑了笑，“我要爱情，她也一样，以前的兄妹情不作数。所以，秦元你不懂我，也不懂她。”

“要什么爱情，太虚了。你经历过现实里的感情吗？感情是过日子过出来的，只要有点基础，婚后慢慢日久生情，爱情不是必需的，而且你要真追求爱情，以后过日子，爱情没了，两个人就得散。你看老一辈的，谁结婚时是那种冲爱情去的？不都是岁数到了，身边有合适的了，直接结婚，婚后再相处？这样才长久，而且过得也都不错。”

“我爸妈，我爸妈是爱情。”楚尧笑道，“不好意思，所以不理解的是你。”

秦元噎了一下，想起楚尧他爸妈的确是从年轻浪漫到老，一时间无从反驳，搓了搓脸，叹气：“算了……反正也讲跑题了。”

“你俩哲学话题聊完了？”唐西周偷听完，清了清嗓子，“真没劲，以为两个大男人会聊点限制性话题，结果聊起爱情来了，酸掉牙。”

“怎么还带偷听？”

“又没说不让听吧。”唐西周话里有话说，“秦元，你需要高人给你指点迷津啊，别被尧儿带进去了。”

“小尧好像没把三儿当对手。”严清明温和点火。

楚尧说：“感情的事，认准自己的目标就好，选择权在北北，又不在他，跟他较劲没必要。”

他比谁都通透。

在楚尧的世界里，江北北永远是最核心的，他只关心她，只在乎她的想法。

他从不会关注情敌，因为值得他用心的，只有江北北。

黄元宝在饭店门前等着，远远见江北北的哥哥代表队走来，栏目组一同来参加饭局的同事感叹：“羡慕……”

“各种类型都占了。”黄元宝说，“还都对她特别好，人比人气死人。提前给你透个风，殡仪馆的那个现在是她男友。”

同事参加过殡仪馆工作的录制，认识楚尧，听见这个消息，竟然不知道先从哪里开始感慨：“原来江记者喜欢禁欲系的。”

“禁欲系的攻略起来都是高难度……”黄元宝说完，看到江北北的哥哥团，又添了一句，“不过她的哥哥们看起来都不好攻略，我考考你，现在向我们走来的这几个里面，谁攻略难度最低？”

“中间那个？”同事一眼挑中严清明。

“笨，是狗。”黄元宝翻了个白眼，“你还真一本正经分析了啊，哈哈哈！”

第七章 请你看着我

周三，台里通过了《近邻》的拍摄计划，黄元宝给江北北报喜：“定了，下周开始，先拍你四哥。”

江北北激动：“恭喜！”

黄元宝业务繁忙，走哪都拿着手机，江北北一转眼，瞄见她手机一角：“元宝！你的屏保是什么？”

“是你哥哥也就算了，狗你也认得出来？”黄元宝笑了起来，“厉害。”

“这是宋大喵啊！化成灰我都能认出来！”江北北愣了下，“为什么你手机里有宋大喵！”

“我上次去拍的，它特别有镜头感。”黄元宝兴致满满，找出几张给江北北看，“二哈名不虚传，特别萌！”

“上次？上次是哪次？你是说，你除了聊工作的事，又去我四哥店里……拍了他的狗？”

她好像有点明白为什么四哥现在去哪儿都想带着狗了。

“大喵这狗特别逗，我说要走，它就咬着我的裤腿不放，宋朗就说，‘大喵，那裤子特别贵，咬坏了把你卖了都赔不起’，大喵一听，立刻松嘴，小眼神特别委屈……”

她滔滔不绝地讲起了狗，江北北目瞪口呆：“没想到你是真的相中了狗。”

回家时，江北北在楼道口碰到了买菜回来的秦元妈。

秦元妈问：“北北，好久没见你了，到家里吃饭吧，今天做红烧肉！”

凭良心讲，秦元妈做饭很好吃，江北北又是个馋猫，但她懒，实在不想为了一口吃的在秦元家尴尬地表演勤劳体贴又会看人脸色的好孩子。

江北北正想拒绝，楚妈开了门：“北北，来家里，你伯伯做了好吃的！”

“哎？姚阿姨你们回来了？”

秦元妈：“啊……”她想起来了，现在江北北是楚家的人。

“那你去他家吃吧！”秦元妈提着袋子，笑眯眯上楼去了。

她一走，留下江北北原地尴尬，小声道：“阿姨，奶奶做饭了……”

自从跟楚尧恋爱后，还没正面跟楚爸楚妈说过，现在碰上，江北北心里有种偷了人家儿子，还不让他们知道自己是“真凶”的奇怪感觉。

“来来。”姚兰招手，“你来，给你样好东西。”

听见楚妈这么说，江北北先颤了下，话说之前秦元妈给她介绍对象时，说的话跟楚妈这句差不多：北北，给你说件好事。

一瞬间，江北北脑海里闪过无数念头，混沌中，脑内有个声音提醒道：你跟尧哥好了，他爸妈同意吗？你又不是很招人喜欢的小姑娘，又懒又馋，看在你爸妈的分上，人家夫妻俩照顾你，但要当儿媳妇，他们愿意吗？

楚妈把江北北拉进门，塞给了她一盒点心：“尧尧外婆给你的，过年了，拿去吃。”

江北北立刻把脑袋里的胡思乱想抛开，双手接过点心盒，捧在怀里：“哇！”

“还有这个！”楚妈不知从哪拿出了一封厚厚的红包。

“外婆给的，压岁钱，也拿上！”

尚处在开心中的江北北愣住，傻傻看着楚妈把红包放在点心盒上。

楚妈说：“还有，外婆还给了这个。”

她从屋里取出一个带金锁的项圈，放在红包上。

江北北已经说不出话了。

“这……怎么……”

“顺顺气，别激动，这都是外婆给的，给孙女的。”楚妈笑着抚了抚江北北的背，“外婆说了，北北这个姑娘长大了，送个项圈最好，以后看中哪个小伙子了，就把项圈往他脖子上一套……”

“不要教乱七八糟的。”楚爸从厨房出来，擦了擦手，指了指茶几上的两个方盒子，“别忘了这个。”

楚妈一拍脑袋：“啊！差点忘了，这是我跟你伯伯给你准备的。”

她把这两个沉甸甸的盒子摞到一堆东西上，说道：“本来是嫁妆，现在想想，当过年礼送你，好好拿着。新年快乐，闺女，就当爸妈给的。”

江北北晕了，惊到舌头伸不直，一个字也蹦不出来，只木呆呆看着怀里的一摞东西，怀疑自己走错了地方。

她完全没有想到事情会是这种走向。

“我跟你伯伯的红包过年再给，小将们来拜年了一起发。”楚妈说，“让我想想还有什么……”

“阿姨……”江北北终于捋直了舌头，找回了发音功能，“不不不……不能要……”

“哎，有什么不能要的，其实就是长辈们趁着新年给你这小辈的祝福！”楚妈眨眼，“祝福不要不吉利，给你的就接住，高高兴兴接住，来，笑一个。”

“那个……”江北北大脑还处在混乱阶段，左右两边基本瘫痪，想也不想，来了一句，“阿姨，可是，我跟尧哥……在一起……”

“管你跟谁。”楚妈一挥手，大气道，“拿去，这是今年送给闺女的礼物，你今年本命年，多给点。过完年再给你置办嫁妆。你跟尧儿……等你们以后跟我说要来真的，比真金还真的时候，我们再商量闺女女婿的事。”

“女婿？”

不是儿媳吗？阿姨，尧哥是你儿子啊！

“拿着吧。”楚妈推着她，“没剩几天了，新年快乐。”

江北北这次是全身都熟透了，像一只猝不及防被扔进开水里的虾，弯着腰，满脸绯红，昏头昏脑抱着这堆“新年礼”，回了家。

她一开门，见到刘奶奶又来了，清醒了一半。

两个老太太在客厅看电视择菜，回头见她抱着一堆大大小小的盒子，奶奶问她：“又买了什么？”

江北北艰难地拾起理智，结结巴巴地说：“奶奶，姚阿姨跟楚伯伯……给我的……新年红包……还有尧尧外婆……”

她想起楚妈说的，就当是爸爸妈妈给的新年礼物，视线慢慢模糊，鼻尖也发酸。

江北北心中暗暗骂自己，这么没出息，又要哭！

奶奶愣了一愣，小步走来，看到东西，一巴掌拍她身上：“这你也敢接！”

刘奶奶半张着口，回过神来也道：“这姑娘怎么迷迷糊糊的，是什么你就敢拿？哎呀，老李，这红包给得不小啊……”

江北北也觉得自己傻了，竟然就这样拿着东西回家了。

刘奶奶打开盒子，看见里头的玉镯子，愣了一会儿，忽然低声问道：“北北，你是跟她家儿子处对象吗？”

江北北点了点头：“奶奶还没跟你说吗？”

刘奶奶一脸“我明白了”的表情，和江北北奶奶对视一眼，叹了口气：“你这妮子，她这是让你过门啊！”

“啊？”

“啧啧，真是人精……知道自己儿子难找媳妇，先给你定下，这小算盘打的……”刘奶奶拍着大腿，“北北，你这姑娘怎么这么笨啊！”

奶奶一直没说话，似乎在考虑怎么把东西退回去。

“可……姚阿姨说这是新年礼……”

“笨姑娘，你见谁家过年还给金给玉的！”刘奶奶拿起红包，抽出来一看，举到江北北鼻子底下，“你看看，这红包，少说也得上万，万里挑一，这可不就是给新媳妇的！”

“可是……”江北北呆呆地摇头，“可是，我又没结婚……”

“所以说你傻！”刘奶奶说，“她家儿子干那种工作，能找到媳妇那是祖坟冒青烟，你要跟她儿子处朋友，她家肯定得感恩戴德地赶紧把这事给定了，你这是被她家给套住了！快快老李，把东西退了，可不能这样。”她又来说北北，“北北，你潇潇阿姨要给你介绍个华侨，老家是本市的，知根知底的，挣得也多，一个月好几万美金，你潇潇阿姨都说了，要是这门亲事成了，你也不用工作了，跟着他移民美国当太太去！”

奶奶没能拦住，刘奶奶一口气说完，空气都凝固了，抬眼一看，江北北脸彻底黑了。

江北北火气直冲脑袋顶，一时间，她不知道自己应该先因为哪句话发火。

是刘奶奶用这种她看不上的婚配观玷污了楚尧而生气，还是刘奶奶那句把不用工作当太太看成至高幸福玷污了她而生气？

一行泪滑下来，江北北瞪着眼，浑身都在抖。

但她又不能冲刘奶奶发火，她看到刘奶奶诧异的眼神，又心酸不已。

她捏紧手中的东西，说道：“我还就收了这礼，阿姨跟伯伯说了，这是替我爸妈送的，那我就收下！”

她转身回了房间，关上门，擦了脸上的泪。

奶奶小声对刘奶奶说：“老刘算了，她脾气像她爸，犟得很……”

刘奶奶也着急：“这姑娘可怎么办啊！谁又不是为她好，再过几年结了婚，她就知道什么是好的了，到时候后悔都没路！”

敲门声轻轻响起。

刘奶奶顺手开了门，看见门口一身黑的楚尧，先是愣了一下。

楚尧：“北北回来了吗？”

奶奶还没来得及叫，就见江北北从屋里出来，依然阴着脸。

奶奶把刘奶奶拽走，摇摇手让她甭管这事，江北北背倚着门，抬头看着楚尧，也不说话，嘴角耷拉着，眼角红红的，一副受了委屈的可怜模样。

楚尧：“为什么不开心？”

江北北抱住他，狠狠吸了口气，渐渐平静下来。

“还要亲吗？”楚尧低声问。

江北北点了点头。

他闭上眼，轻轻碰了碰她的嘴唇，再睁开眼，额头上凉凉的，小金锁垂在眉心。

江北北带着泪，扑哧一声笑了出来。

项圈太小了，可能是楚尧外婆给小孩儿准备的，看来那句“用项圈套心上人”只是楚妈胡说的用法。

“这是什么？”

“我的。”江北北看着他，咬着牙，狠狠地道，“楚尧，你是我的！”

“要不要咬一口？”楚尧轻轻笑着，“咬一口，让你放心。”

“回家去，这个不要摘！”江北北推开楚尧，“回家跟你爸妈说……谢谢爸妈。”

“嗯？”楚尧鲜有听不懂她意思的时候。

“谢谢爸妈，我一定要过自己想过的生活，从今年开始，一定会！”

江北北目送楚尧回家，五秒之后，她听到了楚妈的笑声。

“哈哈哈哈……浑小子！这你外婆给北北的，让你又给拿回来了！”

“哎？没防备，那我再送回去。”

“站住不许动，就这样吧！傻儿子！哈哈哈哈……”

楚尧生日这天还要工作。

洗漱完，他叼着面包片，单手系领带，路过门口时，扫了一眼，发现了门缝里塞进来的信封，红色的，很喜庆。

楚尧弯腰捡起信封，见信封上写着一行字：二十八岁快乐，事业爱情双丰收，拆信有礼——你知道谁送的祝福。

都说字如其人，但江北北的字，跟她的形象不太一样。江北北是典型的小女生长相，小脸大眼睛，嘴角微微翘着，不笑都甜，跟可爱、甜美、萌这些词搭上边后，就与英姿飒爽或御姐这些词无缘了。但江北北的字，却写得飘逸潇洒，力透纸背，立得住，放得开，气势雄浑，活脱脱像个潇洒英俊的汉子才能写出的字，刚强得很。因为这手字，当年学校过节时，她还被拉去当过笔替，冒充帅哥给班里女生写安慰情书。

楚尧拆开信封，抽出里面的信纸和音乐剧的票，展开信，发现里面还藏着一张银行卡。

“写给尧哥的信。感谢尧哥多年的陪伴和照顾，千言万语，提笔忘词。尧哥已经给了我有生以来最梦幻的一天，答应了我的表白，小女子感激不尽，思来想去，无以为报，只有携家带口，上交工资卡，以身相许。”

楚尧愣了一下，拿起卡翻来覆去看了，确定这就是她的工资卡，愣了半晌，无奈笑道：“真傻。”

经过一年多的观察，楚尧断定江北北只有一张工资卡和两张信用卡。

她竟然把进账的工资卡给交了。

“另外，今晚可否抽出三个小时时间，让我为你庆生？地点国剧院，具体时间和位置见票。再次祝我亲爱的、帅气的、独一无二的、最好的尧哥生日快乐——爱你的江北北。”

楚尧抬头看了表，抽出钢笔和信纸，匆匆写了一句话，想了想，笑了一下，从钱包里又抽出一张卡，连同江北北那张，一起塞进信封。

江北北起来后，看到门口塞进来的新信封，惊喜得不得了。

尧哥收到了她的信，而且还给她回了信！

江北北跪在地上，迫不及待地拿起信封，信封上只有四个字：给江北北。

与江北北这种天生字好的人不同，楚尧的字是年复一年练出来的，清秀隽雅，一丝不苟，像人一样内敛温柔。

江北北拆开信封，抽出信纸时，里头掉出来两张银行卡。

“哎？”

她昨晚鬼鬼祟祟塞进去的工资卡，他又给还了回来，不仅如此，还补了一张卡。

“二十八岁这年，进入新的阶段，家中财务都交给你，这张理财卡也给你，密码你生日，钱一定要用，不要拿着不用，你的消费，是我赚钱的动力。不要给我工资卡，养好你自己。”

“哎？！”江北北叫出了声。

屋里，那只还没走的猫慢悠悠地喵了一声，楼下，宋大喵嗷了一声。

不能这样！看起来就像她在套路楚尧一样！可她是真心实意交工资卡的！

江北北跳起来打开门，冲到对面拍门：“尧哥！！”

他应该还没出门吧？

她一用力，对面门自己开了。

对了，听奶奶说，楚家只要有人在家，白天是不锁门的。

江北北小心翼翼探进去脑袋，看见刷牙的楚爸，尴尬地道：“伯伯……早上好。”

楚爸眼尖，瞄见她手里的卡，漱了口，问道：“楚尧把工资卡交了？”

江北北腾地红了脸，老老实实点了头又摇头：“这个不是……尧哥很早之前就交了工资卡，这是……另外一张。”

楚爸眼睛亮了，走过来，伸手，江北北乖乖交了这张卡，解释道：“我其实是想给尧哥……发张卡……”

楚爸面无表情，盯着卡看了半晌，呵呵一笑，扭头冲屋里的楚妈喊道：“我猜对了！这小子跟兔子一样，我就知道他不会只挖一个坑！给钱！愿赌服输！”

“呵！兔崽子，狡兔三窟啊！”楚妈披着外套走出来，气势非常大佬。

江北北眨了眨眼，不太懂现在又是什么展开。

楚妈接过银行卡，问江北北：“密码多少？”

江北北正要说，忽然想起楚尧说的密码是她生日，这就张不开嘴了，支支吾吾地道：“可能是……生日吧……”

老刑警楚妈哼笑一声，破案：“了解，你生日。”

江北北：“阿姨，可能尧哥太激动……”

“北北，加把劲。”楚妈却道，“把这小子的卡都套出来，我倒要看看，他到底有几张卡！”

“上次给我们那张是什么来着？”楚爸穿好外套，临出门前，问道，“创新技术奖？”

“对。”

“这张应该是去年秋天拿的那个国家奖。”楚爸说，“我就说他肯定不会把钱都放在一张卡上，你还不信，他起码还有七张卡。”

江北北魂儿都要惊飞了。

原来尧哥也是银行卡狂魔！她再也不笑话三哥了！

“拿着。”楚妈又把卡递给江北北，“替他管着，就当他送你的生日礼。”

江北北不敢伸手接：“可是今天……”

楚妈把卡塞进她怀里，说道：“你拿着他高兴，他高兴就是最好的礼物，这礼物只有你能送给他，重任就交给你了，闺女。”

江北北稀里糊涂地收了卡回了家。

楚爸系着扣子，一撇嘴，说道：“数额最多的应该是国家奖这张吧？”

“不知道。”楚妈酸道，“这谁知道呢，爸妈都不给看，只给小媳妇看，呵。”

江北北好奇，午休时在单位大厅的ATM机上查了这张卡的数额，黄元宝以为她查年终奖，在旁边喝奶茶等她。

过了一会儿，听见江北北嗷了一声，对着屏幕打起嗝来。

“发了多少？”

江北北又数了一遍零，猛然醒神，退了卡，登录官网搜楚尧的名字。

“你怎么了？”黄元宝凑过来，“哟，搜你家那位的名字啊……”

江北北说：“我被吓到了，我一直以为优秀员工什么创新奖就是发个奖状表彰一下……”

“什么玩意？”

“国家奖金……”江北北声音都变了，异常低沉，“我太孤陋寡闻了，收入明细里来源是国家奖金，我一直以为尧哥是靠工资过生活的人……”

黄元宝丝毫不惊奇：“我以为你知道，殡仪馆那期我们做过调研，馆长也介绍过，你家那位不仅工作能力强，还是学术型人才，去年拿了个国家奖，还有个叫什么污染控制的论文也很出名，到国外参加研讨会代表国家得了奖，去年还有个课题取得了重大突破，这都是带动整个行业进步的，国家肯定要奖励了，国家奖完省里奖，接着市里、区里都要表示，你以为奖励是跟咱一样，弄个一二三等奖发个手机、移动硬盘什么的让你开心啊？肯定有钱呗。”

黄元宝说完，看到江北北一脸愣怔，鬼笑着用胳膊肘顶了她一下：“怎么样，是不是觉得捡了大便宜？”

江北北却神色恍惚，不一会儿，泪“唰”地流了出来，捏着袖子，可怜巴巴地哭着。

“你怎么了？！”黄元宝吓了一跳。

她怎么哭了？！

“喂，江北北？哎呀，你哭什么啊！你说啊，急死我了！”黄元宝急躁起来。

“我对不起他……”江北北掉着眼泪打着嗝说道，“我一点都……不了解他，我就只知道……喜欢他……他这些努力……什么时候什么奖……我都不知道……我一点都不合格……我还说喜欢他，我根本就不重视他……”

他默默关注着她，默默照料着她的生活细节，而她，直到现在才算知道他的一点点成就。

江北北悲从中来，抱住黄元宝，一边哭一边谴责自己不称职，太浅薄，根本和他的付出不对等。

黄元宝愣了半天，只剩一句：“没想到你是这种人，我以为你是激动哭的……你太崇高了，赶紧撒手，你这样我以后都不敢跟你讲黄段子了……”

楚尧下班后洗了个澡，换上江北北给买的衣服，对着镜子看了，笑了一下。

同事问道：“笑什么？”

楚尧问：“我这身衣服看起来怎么样？”

“挺好的啊。”

“女朋友买的。”楚尧说。

“可以啊，往年都是妹妹买，今年换女友买了，有福气。”

“都一样。”楚尧拍了拍同事的肩膀，“走了啊，辛苦你了。”

楚尧打开手机，刚要给江北北打电话，一推开门，见江北北就站在门口。

“北北？你怎么来了？”

江北北抬起头，看着楚尧。他穿着她买的黑色长款风衣，黑亮的头发和衣服在风中飘着，和她做过无数的少女梦重叠，漂亮的眉目渐渐清晰，渐渐成熟。

她的哥哥，她爱慕的对象，在最无助、最不安的少女时期，唯一让她悸动又安心的人，现在就在她面前。

江北北没说话，她跑过来，一把抱住楚尧，把脸埋进他的胸口，像只猫一样，在他怀中蹭了好久，深深吸了口气：“尧哥，好香啊……”

“刚洗完澡。”楚尧听到她这句话，笑出声来，“是等不及了吗？饿吗？”

“尧哥……”

“嗯。”

“生日快乐。”

“有你，很快乐。”

江北北在他的衣服上蹭掉泪花，抬起头，看向楚尧，他眉眼分明，不变的干净沉静，满含笑意的乌黑眼睛也正回望着她。

“楚尧……我对不起你。”

“怎么了？”

江北北紧紧抱着他，把脸埋在他的衣服里，闷声说：“我对你一点都不了解，一个人傻傻地说喜欢你，但连你的生活事业都不关注，我还说自己支持你……根本就是嘴上说说……”

“为什么委屈？”楚尧弯下腰，捧起她的脸，发现她睫毛上挂着泪，微微惊了惊，温和地笑了起来。

“北北，不是你不关注我，你是对我太温柔了，我理解的……我理解的，北北。”

他拉起江北北的手，放在唇上轻吻着。

我知道你一直关注着我，却又远离着我，这不是你的错，而是感情的恶作剧。

明明想靠近，却又远离，明明想关心，却要忍耐。

不仅你是，我也是。

“不要伤心。”楚尧笑着说，“北北，我可以在生日这天，对你提个要求吗？”

江北北点了点头。

“我要你从现在起，注视着我。”他吻着她睫毛上的泪珠，低下头，看着她，轻轻说道，“用你的眼睛，就这样看着我，走进我的生活。请送我这样的礼物……”楚尧说，“能伴随我一生的。北北，可以吗？”

“好。”江北北握紧拳头，“尧哥，我……我会真的爱你，再不是嘴上说说那样！”

楚尧轻声笑了起来，低语道：“可爱。”

新年将近。

“要放假了……”黄元宝转了转脖子，骨头咔咔响，她长舒一口气，拿起笔戳了戳江北北，“你过年有安排吗？”

“有啊……”江北北最近像个高三学生，只要不工作，就是捧着各种各样的资料在看，黄元宝瞄过一眼，发现她在看和殡葬相关的知识介绍。

黄元宝问：“跟哥哥们一起？”

“嗯……”江北北心不在焉，点了点头，用记号笔在纸上画了个星，才抬头说道，“从年三十开始，写对联，贴对联，晚上就把各家包的饺子和炸的零嘴拿一点，到二哥家看春晚吃东西守岁，等到十二点就放两排鞭炮，如果三哥他家还不想睡的话，我们就会去三哥家打麻将，一直到大年初一，去附近的庙里烧香，拜拜各路神仙……”

“之后就宅在家不出门吗？”

“往常就各回各家走亲戚，或者上班，但今年运气好，哥哥们都有空闲，大哥、二哥也都不用值班了，所以打算出去玩，我们定了温泉，初二去……你要去吗？”

“不去。”黄元宝说，“好不容易放假，我恨不得天天躺床上。”

黄元宝说完，忽然笑了起来，把江北北吓得不轻：“神经病啊，怎么突然笑了？这句话哪里有笑点？变态吗！”

“哈哈哈哈……不好意思，我只是想到了狗，没忍住。”

“狗？莫名其妙，真是有病。”江北北嫌弃道。

然而回到家，得知宋朗把宋大喵送到黄元宝家寄养后，江北北忽然懂了黄元宝的笑。

啊，好得意的女人。

宋朗解释说：“我爸妈刚出发，年里咱们出门在外，不能让大喵一个人……一只狗在家。”

江北北站在宋家门口，小声嘟囔：“送哪里不行？咱们出去玩，爸妈们可都在家……”

宋朗转移话题：“啊！对了对了，三儿的猫还在你家赖着没走的吧？”

何止赖着不走，简直像大爷，一个吃不好就吐。

江北北叹了口气，问道：“四哥，伯伯、阿姨有什么要让我带的吗？我明天去扫墓。”

“有的。”宋朗回屋，拿了两瓶酒，“老样子，给你爸妈。”

江北北收了，敲对门唐西周家。

唐西周单手开了门，倚在门框上，给她表演了一个花式叹息。

“我爸妈催婚没成功，不理我了。”唐西周说，“我弄点小凉菜，你明天捎去给叔叔阿姨。”

“二哥你要紧吗？”

“少来，偶像剧台词也不嫌酸。”唐西周道，“我一点事都没有，反正过年有你们陪着。”

“明天去庙里烧烧香。”江北北握住唐西周的手，干部慰问群众一般说道，“不是迷信，就是求个好运气。二哥，你运气太衰了。”

“小丫头片子，赶紧上去吧，问问老三、老大有没有东西让你带。”

“知道了。”

江北北到三楼敲门。

秦元打开门，举着筷子，一副笑脸，还没等江北北说话，先朝她嘴里塞了块肉：“好吃吗？每年的压轴硬菜，老秦亲自下厨。”

秦元爸在厨房热火朝天忙活着，江北北抽了抽鼻子，辨别着门缝里飘出来的味道，应该是红烧肉。

江北北吞了肉，满嘴油，豪迈地拿袖子一抹，先道：“三哥，你那只猫在我家蹭吃蹭喝许久了，还不拿走？”

“你不是喜欢猫吗？”秦元冲她抛媚眼，“怎么，只是跟风喜欢，嘴上说说？”

“喜欢也得看怎么喜欢……哎呀，不是喜不喜欢的问题，你这是强买强卖！再喜欢也要分猫吧，我要养自己就养了，不能这样。”

秦元也不知道明白了没，笑眯眯道：“知道了，明天上午去扫墓？我问问我爸有什么要给叔叔阿姨带的没。”

秦元对着厨房方向大喊：“爸！北北明天去看叔叔阿姨，你有什么要让她带的吗？”

“肉！红烧肉，等会儿让北北装点！还有你妈买的那身衣服给北北。”秦元爸大声回道，“闺女你今年本命年，穿漂亮点，跟他们说，今年这是彻底养成人了，让他们好好瞧瞧啊！”

秦元眨眼：“拿着吧，明天还有红包呢！”

对门严清明听见声音，也开了门：“我也有东西，我爸昨天翻出来的子弹壳，什么来历我也没听，让带给你爸，我买了点水果，带去。”

“好！”

江北北收完东西，飘回二楼，敲了敲楚尧家的门。

楚爸直接让她进屋：“快好了。”

桌子上堆满了纸叠的花，楚尧叼着一根筷子，腾出双手正在赶工。

楚妈见江北北来了，起身把筷子从楚尧嘴里抽出来，楚尧腾出嘴说道：“我炸的油饼，在厨房放着，刚出锅的，现在还脆，快去。”

江北北拿了油饼，掰了一半，喂给楚尧。

楚妈说：“北北，跟奶奶说，明天带着他去，让他去当苦力。”

“让我爸妈……看看他吗？”江北北懂楚妈的意思，说道，“我本来打算清明再带尧哥去……”

楚尧抬头，眼中闪过一丝惊讶。

这话一出，四舍五入，算江北北当着他们面承认了关系，楚妈像发现了新大陆，一拍桌子，索性说开：“阿姨是想等你爸妈的意见，这小子跟着去是让他去拜年，清明是祭奠，这个要分开。你爸妈明天看看他，中意不中意，肯定会托梦告诉你，早去早知道爸妈的意见。”

楚尧笑了一下，道：“妈，社会主义核心价值观你给我背一遍。”

“滚蛋！”楚妈用筷子敲了敲他的脑袋，“我这不是迷信，这叫仪式！你明天不去看叔叔阿姨，你来年好意思跟北北谈恋爱？背着人家爸妈谈恋爱算什么英雄好汉。”

江北北咬着指头偷偷乐了起来。

大年三十这天早上，江北北过得很是舒心，原因有二：一是楚尧跟着她来扫墓了，二是刘奶奶的女儿萧潇潇阿姨初三才回国，这次扫墓可以清净些了。

刘奶奶虽然对楚尧不满意，可说到底，楚尧跟江北北都是她眼皮底下长大的小辈儿，尽管她固执地认为楚家这是要套牢江北北，很是不齿这种精明行为，但她并不是心黑之人，对楚尧态度还算和蔼。

江北北一年给爸妈扫墓的次数在五次以上，虽然看到照片还会视线模糊，但悲伤像心头萦绕的烟，惦念时才能感受到它的存在，过后就会随着情绪的平复，慢慢隐去痕迹。

“爸爸妈妈，这是我男朋友。”摆好水果鲜花，江北北起身，鼓足勇气说出了口。

楚尧鞠躬，说道：“叔叔阿姨，是我，你们放心……”

看见他一本正经地保证，江北北没忍住，笑出了声，立刻被抹眼泪的奶奶给揍了。

“你这妮子！”

“我开心嘛！”江北北说，“爸妈肯定也开心的，不然我能笑吗？尧哥！你也放心，你这么好，我爸妈肯定放心！”

她家结束后，接着是刘奶奶的儿子萧叔叔。这下就不似刚刚那么轻松，刘奶奶是个感性的人，不管多少年过去，看到儿子的墓碑，一想起儿子已经为国捐躯近二十年，一把岁数的人，哭得还像个孩子。

楚尧半跪着搀着她，给她顺气，看她霜发在风中飘着，挂着泪水拍着墓碑哭：“儿啊，那杀千刀的还没抓到……”

当年猎豹行动中要抓的毒贩逃了一个，二十年了，不知所终，没有一丁点线索。

从陵园出来后，江北北跟楚尧走在后面，她低声说：“这是奶奶们的心病……前些日子还听两个老太太说，最后一个害人的坏蛋没抓到，她们死都合不上眼，活到这岁数，心愿未了……很难过。”

楚尧牵着江北北的手，安慰道：“都会死的，只要是人，都会有死的那天。”

他见多了死亡，知道这世间，唯有此事是公平的，只要是肉体凡胎，谁都绕不开。

“但愿吧。”江北北说，“今年的第一个愿望，我希望今年会有那个逃犯的消息，抓到他，了却奶奶们的心愿，也好给爸妈、给萧叔叔一个交代。”

“会的。”

大年三十晚上，楚尧和唐西周一副副写对联，个子高的宋朗负责挨家挨户贴，江北北负责指挥。

严清明跟秦元忙着去各家收零嘴，一盘盘、一碗碗地拿到一楼来，摆在大圆桌上。

等都忙完，几个小伙子围着桌子包饺子，江北北坐在沙发上，抱着猫看往年的小品回放。

秦元把面粉点在她的脑门上："享福的，你过来帮把手。"

江北北笑成一朵花："我有五个哥哥，十只手呢，就不用我去了吧？"

唐西周："九只，你好意思看哥哥带伤包饺子吗？"

"来了来了。"江北北把猫一扔，洗了手，凑过去，接过擀面杖，"给我腾个位置。"

大家的手机都在桌子上放着，消息提示音不停地响，而手机的主人们，都围着桌子包饺子。

宋朗问："明天怎么打算？"

"早点起床，去寺庙烧香！"江北北铁了心要让二哥去转运。

"成！"宋朗说道，"明天几点？"

"七点出发！"江北北精神饱满。

楚尧道："那要派一个人，明天负责把秦元叫醒。"

秦元接道："本人投江北北一票。"

"你想得美。"唐西周说，"大哥，你负责叫醒他，不起就泼凉水。"

"哈哈哈……"

晚会开始，饭吃得差不多了，祝福短信也回得差不多了，几个哥哥一抹嘴，进入发红包环节。

大哥："北北，祝新的一年工作顺心。"

"谢谢大哥！"

二哥："丫头，新的一年大吉大利发大财。"

"哈哈哈，谢谢二哥！最爱你了！"

秦元："来，新年开心，吃好喝好身体好，再分点心思给我更好。"

"行，三哥，冲这个红包厚度，我勉为其难答应你，今年一定多多关照你……"

四哥："走着，身体倍棒，吃嘛嘛香。"

"谢谢四哥！"

楚尧："北北，新年快乐。"

江北北接过红包，一捏，顿时一愣。

又是一张银行卡！

“尧哥……”

“还有。”楚尧拉住她的手，在她的手背上轻轻落下一吻，“新年快乐。”

江北北红着脸把红包都收下，唐西周敲碗：“快，该你了。”

江北北挨个祝福。

“给大哥买的衣服，大哥新年好，祝你工作顺利心想事成，更上一层楼！”

“谢谢。”

“孝敬二哥的，祝二哥新的一年身体健康不受伤，事业爱情一帆风顺，阿姨不再催婚。”

“鬼丫头。”

“这是给三哥的，三哥，祝你新的一年古美门附身，永不败诉。”

“你买的，三哥都喜欢。”

“四哥，这是你的，跟毛衫一套的裤子没合适的号，我就用围巾代替了，祝四哥生意兴隆，早日成家！”

“没关系。祝福收下了，今年我有预感，能成了！”

“尧哥……”江北北看向楚尧，把手中的礼盒往前一推，对上他那双带笑的眼睛，立刻忘词。

“顺顺利利……和你。”楚尧接过礼，轻声说道。

“嗯，好。”

一直热闹到深夜，晚会进入倒计时敲钟环节，秦元跟严清明拿着鞭炮到三楼去，各面垂下一挂鞭炮，楚尧和宋朗在楼下点燃，迅速跳开。

唐西周就在院子里，帮江北北捂着耳朵，仰头看着。

江北北说：“二哥，新年新气象，今年走大运，各种逢凶化吉！”

“肯定的，二哥还要祝你，今年行好运，心想事成，梦想成真。”

“我也会的。”

“丫头，新年快乐。”唐西周松手，把江北北推向楚尧。

“啊！”江北北一个趔趄，要不是楚尧手疾眼快，她就要达成新年第一跌的成就了。

“哈哈哈哈……尧儿还是接得快啊！”

严清明在楼上指着唐西周大喊：“尧儿，揍他！”

院子里闹腾着，隔壁单元的老邻居们推开窗，挥舞着手臂打招呼。

“二单元的，新年快乐！”

二单元的五个小伙子和一个小姑娘齐齐抬起头，也挥舞着手臂，齐声喊：“新年快乐！”

大年初一早上六点，江北北睁开了眼，楼上楼下敲门。

“哥哥们，快起床！！”

十分钟后，楼上楼下都有了回应。二十分钟后，只剩下秦元还在床上，其余人则在唐西周家集合，等着出发。

然而左等右等，秦元还是没下来。

“你是小媳妇吗？”宋朗给他发了个语音，“让我们等你梳妆？”

没人回应。

唐西周已经无聊到开始做单手俯卧撑了，严清明洗了一盘苹果，见状，把苹果一个个放在唐西周的背上。

宋朗问：“谁去把秦元叫醒？”

江北北向后撤了一步，说道：“这种艰巨的任务，还是交给哥哥们吧。”

“我们抢个红包。”宋朗说，“谁手气最烂谁就去！”

他在二单元家庭群里发了个红包，结果运气最烂的是秦元爸，总额两百块的红包，大家基本是两位数，秦元爸只抢了一块八。

江北北：“伯伯，帮忙把三哥叫醒！”

“大伯，叫下秦元。”

几个小辈儿慌忙把这个任务交给了秦元爸。

秦元爸非常有经验：“看来今年是我手气最差了。”

唐西周比了个手势，指了指天花板，大家安静了下来，屏息听着楼上的声音。

一分钟后，秦元的哀号响彻整个楼道：“爸！你谋杀啊！！！啊——凉死了！！”

楼下听热闹的兄妹们：“……”

楚尧：“秦伯伯真敬业。”

十分钟后，秦元臭着一张脸，顶着湿漉漉的头发下楼来了。

“走。”他打了个哈欠，顺手撸了一把江北北的头发，手指冰凉，“太损了，我爸拿水泼我……”

唐西周幸灾乐祸：“真泼啊？”

秦元接过大哥递来的毛巾，胡乱擦了擦头发：“泼亲儿子一时爽，等我妈起来看见床上的水，有他好看的！”

尽管出发的时间不算晚，然而他们到寺庙时，放眼望去，已经是人山人海。

无处停车，无处放脚，把停车重任交给四哥后，哥哥们带着江北北挤入了人群中。

江北北说：“啊！这个拥挤程度，把我都挤回小学时代了，你听我给你报四字成语……摩肩接踵、接踵比肩、人头攒动、挥汗成雨、联袂成荫……”

“《晏子使楚》吗？”楚尧问道。

“尧哥竟然也记得？”

楚尧抿嘴笑了笑，道：“碰巧跟你想到的一样。”

唐西周开玩笑道：“哈，你们怎么想到小学课本去了？我想到的都是锣鼓喧天、鞭炮齐鸣、红旗招展、人山人海……”

秦元活得娇气，看到这么多人就焦躁，无精打采道：“他们都是不睡觉来排队烧香的吗？这种东西不在乎早晚，心诚则灵，都没听过吗？”

唐西周独臂搭肩，哥俩好一样，拽着秦元：“可你不也跟着来了？来都来了，给哥笑一个，眉毛别挑了，快点。”

后头传来一声呼唤：“北北！大哥，你们都跟着我走！”

回头一看，只见乌压压一片脑袋中，宋朗一枝独秀，露出一张完整的白脸，亮堂堂的，开出一条道，一马当先引领方向。

宋朗来之前，江北北一直拉着楚尧的手，宋朗来了之后，江北北循声回望，下意识松开了手，自己都没意识到，再回过神来，看见楚尧在五人开外的地方，对着她笑，举起手指了指她旁边。

江北北这才发现，自己捏着一位陌生姑娘的袖子。

“不好意思。”江北北连忙收回手道歉。

那姑娘微笑着摇了摇头，无论是长相还是笑容，都给人一种乖巧和善的感觉，连说话也是轻声细语：“没事的。”

又是好久，江北北终于走到了楚尧身边，楚尧笑了笑，拉住她的手，放进了口袋。

“这样就不会丢了。”

“哎，尧哥，刚刚那个女孩儿……”江北北回头又看了一眼，见她拉错了的那个姑娘长发柔顺，穿了一身白衣，加之长相不俗，看起来很亮眼，由衷地感叹，“长得挺好看的。”

楚尧也看了一眼，道：“有点眼熟。”

“啊？”江北北没料到楚尧会是这个反应，刚刚有点小私心，想在夸别人好看的时候，看一下楚尧的反应。

眼熟？这个反应真是……不过，楚尧一向认真，不怎么会开玩笑，他说眼熟，可能真的是在哪见过吧。

江北北还在想这个问题，楚尧却回忆起了童年。

“你小时候走丢过，四岁左右。”楚尧说，“就在这种场合……应该是那年的庙会，晚上我们一起去玩，也是因为人多，你不让抱，非要自己走，拉着叔叔的手，后来被挤开了。你人小，自己松开了手，我们都没察觉，走了好一会儿，叔叔忽然说，小北呢？一回头，身后全是人，看不见你在哪儿……”

江北北依稀记得有这事，她印象中，自己是跟一个穿大衣的老爷爷走了好远，一直叫那个人爸爸，那人却没反应，她一抬头才发现不是爸爸，周围也没找到认识的叔叔阿姨，哥哥们也都不在，心一慌，撒手就哭了起来。

她记得，那个大爷是一脸莫名其妙的表情。

楚尧说：“那天我们逆着人群回去找你，所有人都在叫你的名字……”

“我好像记得。”江北北点头。

“你记得最后自己在哪里被找到的吗？”

江北北又摇头：“忘记了，在哪？”

“卖雪糕的冰柜前。”楚尧怀念道，“那是我第一次花压岁钱买东西。”

“是尧哥找到我的？”

“嗯，我跟二哥。”楚尧说，“二哥抱着你走，你哭着说要吃雪糕，鼻涕都蹭到他的肩膀上了，我买了一根哄你……最后被爸妈骂了一顿。”

“因为大冬天让我吃冰的吗？”

“对啊。”楚尧说，“有点委屈。”

唐西周耳朵长，不管顺风逆风，只要提起他，他都能听见。

唐西周退回来，添了一句：“我有印象，小丫头估计都忘了。”

严清明道：“四五岁的孩子，不记事，当时真是吓坏了，我爸差点都要报警了，你想想，一群警察丢了孩子，第一个念头也是报警找孩子……”

秦元也说：“我爸都放话了，哪个不长眼的敢在警察眼皮底下偷孩子，结果是她自己松开手跑的。当然了，他们又不能批评北北，北北那么小，懂什么？最后都在批评江叔叔，心真大。”

“这么一想，丫头工作后，好像突然把年龄差距缩小了。”唐西周感慨，用手在大腿处比画了一下，对严清明说道，“以前她就这么点儿，咱们那时候都要上高中了吧？尧儿跟四儿那年也要小升初了，就她一个小豆丁，没想到啊，现在感觉跟同龄人也差不多了。”

“不敢想。”严清明说，“再过几年就奔四了，我一直感觉自己才二十出头。”

江北北笑了起来：“原来大哥你也这样啊！我总觉得我才二十……”

隔老远的宋朗挥了挥手：“兄弟们，聊什么呢？往这儿走走！身份证拿出来，免票了啊！”

唐西周伸手推了把发呆的秦元：“走了，迷糊什么，还没睡醒？”

秦元嘘了一声，说道：“我好像看见我前女友了。”

“好家伙，你前女友那么多，哪一个？”唐西周伸着脑袋顺着他的目光找人。

“上一个，法院那个。”

楚尧说道：“我说怎么那么眼熟。”

秦元：“嗯？”

“那个穿白衣服的。”楚尧指了指刚刚江北北拉错的那个女孩。

“这不对啊！”秦元惊愕道，“你怎么比我还清楚我前任在哪儿？”

“少挑拨离间。”楚尧不想搭理他这种幼稚鬼，推着江北北往前走，

“你去年带她到四儿店里喝奶茶，我见过。”

江北北嗷嗷叫着：“三哥，三哥我刚刚摸过她的手！有缘的！”

秦元无奈扶额。

唐西周揶揄他：“要不你去跟你前女友续前缘，我们继续走我们的？”

秦元：“饶了我吧，我们是好聚好散，硬要续前缘，那我下次庭审就死定了。”

“哟，这姑娘这么年轻，当法官了？”

“那是她爸爸……”秦元苦着脸，“生活不易，请二哥嘴下留情。”

唐西周忽然想起半年前秦元醉酒，跟哥几个哭诉情场失意：“啊！这姑娘就是那个……把你当备胎的？”

秦元点头：“不提，赶紧走，最好别碰上。”

上午，江北北终于烧上了香，虔诚拜了拜各殿神佛。

“大哥救死扶伤，救了无数人命，二哥为人正直，拯救了无数家庭，惩治了无数罪犯，他们都是好人，也都是大善之人，恪守底线，认真生活……愿二人今年都能平安无事，无论是工作还是感情，都要顺顺利利……”

江北北心中念叨完，抬起头来看着神像，又想：“各位哥哥都要顺利，我也要顺利。平安开心过日子就好，别无所求。”

其实，她也没有多大野心，也不想贪求太多，她想要的，就是她的亲人、她喜欢的人、她爱的人、她关怀挂念的人，都好好的，无病无灾，平安快乐。

她这边还没抬头，身边传来“扑通”一声，宋朗举着香，闭着眼睛说出了声：“求财、求爱情、求健康，谢谢这个叫啥来着……反正谢谢各位神仙佛祖，我不懂这个，但我心可诚了，知道你们都是神，心胸宽广，众生平等，不计较边边角角的，我这些能听到就好，不能听到也没事，事在人为，至于结果，顺其自然，我都能看开，也能接受，阿弥陀佛，也祝你们香火今年依然旺！”

要不是江北北及时憋着笑，估计要被宋朗逗乐。

她转念一想，四哥才是心思澄净之人啊！哪像她，藏着掖着，患得患失，许个愿烧炷香，也都犹犹豫豫，思前想后的。

楚尧上香时，神情和往常没什么不同，江北北很想知道，他在香炉前停顿的五秒钟，都许了什么愿，想了什么事。

她想问出口，但望着楚尧的背影，又不想打扰现在的他。

喜欢一个人时，他是静是动，都是她眼里的风景。

江北北在旁边等着他，忽然看见秦元的前女友跟她的女伴挽着胳膊而来。

女伴声音不小，说道："真看见了吗？"

"你小声点，他就在里面拜佛，围灰色围巾那个，我确定是他，我现在不太想跟他遇上，我们先去别处避一下……"

"我过去转一圈看看他什么样子。"女伴的语气让江北北十分不舒服，带着些嘲弄道，"我得看看他是哪个狐狸修成的精，还有自信跟鹏哥抢你，不要脸地上赶着当第三者！"

江北北听得一清二楚，愣了一愣，不等那位前女友有所表示，她先炸了。

"大年初一来寺庙拜佛还不把嘴放干净点！"

对内，江北北叫"江㞞㞞"，对外，江北北有个诨号，叫"惹不起"。

现在，眼前就有个外人，自己撞了上来。

去他的，敢说我三哥！

虽然江北北没见过三哥的这个前女友，但她听说过这事。

明明是我三哥被她当备胎耍了，浑蛋！

江北北撸起袖子，扳住那个女伴的肩膀："你过来！今天人在场，我给你上一课，从头教教你，做人该怎么说话！"

大年初一，能不吵架就不吵架。

神佛面前，能不争执就不争执。

基于这两条原则，江北北忍住臭骂一顿那女伴的冲动，拉着她找秦元对质。

秦元喜欢撩人不假，但也不是胡撩乱来，三哥不色，也不是花心，更不会没底线，他不会做有悖原则的事，根本不可能去挖别人的墙脚。

虽然三哥表面上看起来轻浮，但心思很单纯，每次说起那些前女友，都是一句：这都是我自己看上的，自己看上的，比别人介绍的相亲对象靠谱多了，毕竟感情都要靠自己经营，我每一个都是奔结婚去的，可能都是缘分未到，不过最后都好聚好散，也算不错。

此时，江北北忽然发现，她了解秦元，起码她知道他是认真的，就跟他向自己表白一样，虽然突然，看起来像是一时兴起，但那一刻，他一定是真心的。

若不是出于真心，像三哥那种又傲又别扭眼光还挑剔的人，怎会有勇气开口？

是的，像秦元这种在鲜花掌声中长大的世俗生活中的佼佼者，怎么可能肯为了谁去当第三者？

不会的，他自己都不会允许！

我三哥明明白白谈个恋爱被你骗，骗完还被扣个第三者的帽子，真是憋屈！

秦元刚拜完佛，正要去供香，一转身，见江北北脑门上冒着黑气，阴着脸，拉着一个陌生姑娘冲过来："三哥，你跟她说！她骂你是插足别人感情的第三者！你来跟她说！"

秦元面露茫然，看见外面一脸惊慌手足无措站着的前女友，才大概知道了事情经过。他讪笑着，推着江北北出去，压低声音说："大过年的，咱不起冲突啊……"

江北北抬眼，见秦元脸色难堪，几乎是低声下气求她："咱们快点走。"

见他这个反应，那女伴理直气壮地走到前女友旁边，阴阳怪气道："有病，破坏人家的感情还有脸嚷嚷，一家子不知好歹，傻……"

她后面的话江北北没听见，因为秦元变了脸色，一声"站住"，把在场的人都喊愣了。

他把江北北推给楚尧，走过去，前女友背过身去不看他，秦元说："别躲了，知道是你。背信弃义、骗情骗爱就算了，泼脏水就过分了。"秦元缓了缓脸色说道，"我这人注重名声，怕人指责你，所以不想多说，希望你自重，假话终究经不起推敲。我一向主张好聚好散，大过年的我也不为难你，这里又是烧香拜佛的清净地方，今天就算了，咱都不再提。只是有一点，你朋友说的话让我很不舒服，还冒犯了我家人……北北，来。"

江北北多通透，从只言片语就知道秦元这是不想把事说开让前女友难堪。

秦元按着江北北的肩膀，把她推到那女伴前面："我妹妹不是不明事理的人，能让她发火，肯定是你说了不好听的话，至于内容，我不想再问，后面几句我听清了，你向她道歉是应该的，道歉。”

江北北回头，看见秦元脸色平静，莫名有些心疼：“三哥……”

“快点，道完歉这事就结束了，大过年的，和和气气的，大家都过个好年。”

女伴进退两难，不想这么快就认输道歉，求助前女友，却发现她没任何表示。

远远站在旁边像看热闹一样的唐西周开口道：“小姑娘，大年初一在神佛面前，污蔑人家是第三者，还骂人全家，是不是过分了？你那个朋友一直没说话，估计这事是她理亏，你呢，道个歉，人家也就不跟你较劲了，不然把不该说的抖出来，我看你跟你朋友这年也过不好了。”

听起来跟劝架的一样，但唐西周这么一说，女伴再看她朋友的脸色跟反应，立刻没了底气。

前女友依然背着身，低着头，叫了女伴的名字，小声说：“我们走。”

或许是知道了这事另有隐情，且不利于己方，女伴神色尴尬地硬是翻了个白眼，拉着前女友走，嘟囔着：“玻璃心，鸡毛蒜皮点事……”

江北北急了：“道歉！你大过年的给我跟我哥添堵，我哥念在情义上没把话说那么难听，你心里没点数？道歉便宜你了，给我态度放端正点！”

“我说你什么了？”女伴看样子想吵架，却被前女友抓住了。

“别说了。”前女友低声道歉，“不好意思……对不起……对不起。”她说完，拉着女伴走了。

她说了两次对不起，一次给江北北，一次应该是说给秦元的。

女伴还不服气，念叨着大过年的出门遇晦气。

“三哥你松手，松手我去把她揍一顿！”江北北气道。

“拉倒吧，让满天神仙看你笑话？”秦元回神，微笑道，“行了，咱高高兴兴过年，不跟她们一样。”

宋朗走过来说道：“两个小姑娘，嘴上逞个能也不值得较真，要真是很过分的事，只道歉能管用？早收拾了。”

“她们给三哥泼脏水！凭什么啊！今天要不是过年，可没这么容易放她们走！”

江北北正在气头上，楚尧过来，从背后抱住了她：“消消气，别因为秦元的情债不开心。”

秦元点头道：“是，尧儿说得对，本来也不是要计较的事，也怪我当初没问，以为她爸爸说她是单身，她就真的是单身……这是我的错，也怨不得人家。”

唐西周开玩笑：“瞧见没，桃花惹得多，就这种下场。”

“别打趣我了。”秦元叹了口气，“不过有生之年能听见她说对不起……释怀了。托你们的福，今年终于没情债了。”

“这可是你说的。”楚尧笑道，“今年不要惹情债了。”

秦元一回头，见楚尧抱着江北北，愣了一下，手臂一舒，推开楚尧，坏笑道：“这个不一样，这个要惹一下。”

楚尧打开他的手，白了他一眼：“安分点，不然兄弟撕破脸。”

秦元：“呵，你是不是还想说，为兄弟两肋插刀，为妹妹，插兄弟两刀？”

他俩斗嘴，江北北问一直不出声的严清明：“大哥烧香了吗？”

“不用了吧，我不信这个……”

“不行，大哥也要。”江北北推他去排队，“快去！”

严清明拗不过江北北：“那好吧，买你一个踏实。”

秦元问道：“大哥要烧爱情香吗？”

唐西周跟着起哄：“对啊老大，你烧爱情香啊？”

“你们啊……”严清明掏钱买了三炷香，捧在手上之后，表情忽然严肃了，眼神也小心起来。

“嘁，北北，你看他那眼神。”唐西周说，“嘴上说着不信，还是在乎。”

江北北笑眯眯点点头：“挺好的。”

严清明背着他们，正经道：“我给老二和你们烧的，今年别太背，平平安安，别进医院，不是什么好地方。”

唐西周噎了一下，感激道：“老大，什么都不说了，兄弟们都懂！”

第八章
和哥哥们的新一年

温泉山庄在市郊，开车两个多小时就到了。

入院式私人温泉，每家一栋双层小楼带独立封闭式院子，院子里有一方温泉池。

宋朗道：“特地挑了个好位置，僻静。”

唐西周站在院子里考察了一下地形和绿化，满意点头：“晚来天欲雪，今晚饮一杯。”

严清明一边念叨着他把诗改得没有韵味了，一边回头去帮江北北提行李。

去买凉菜和酒的秦元紧跟其后，踢门而进：“累死我了……就是这里吧？”

宋朗说：“没走错，进屋。”

“这种池子啊！”秦元笑了，“这个好，恰巧够泡！”

他进门，看见江北北正在调电视，一楼客厅配备有音响、歌碟，还有两个麦克风。

“这个好！”秦元放下东西，要跟江北北合唱一首，然而刚拿起麦克风，就被楚尧劫走：“别忙着浪，来厨房做饭。”

秦元路过餐厅区时，才发现那里的桌子不是餐桌，而是麻将桌：“这个好！打麻将吧！”

楼上传来桌球碰撞的声音，秦元耳朵一动，又发现了新大陆：“这个好！大哥、二哥等我！我也玩一局！”

楚尧把厨房让出来：“你还是进来做饭安神吧……”

秦元：“你还指挥我？我是你哥，饭你做！”

楚尧举起了手：“三局两胜，谁输谁做饭。”

五秒定胜负，楚尧把秦元关在了厨房里。

楚尧冷笑：“跟我比运气。”

刚刚还在客厅一展歌喉的江北北，现在鬼鬼祟祟蹲在冰箱前，罪恶的双手正伸向冰箱里的冰激凌。

“你要吃？”

江北北缩回手：“行吗？”

“可以的。”楚尧说，“你又不是小孩子，去拿肯定是因为想吃，想吃就吃呗。”

“尧哥你现在闲了？”

“秦元做饭。”楚尧说，“我上楼去收拾东西。”

他说完，双手插着裤兜，慢悠悠地上楼，关门。

江北北盘坐在沙发上吃冰激凌，还是太凉了，江北北只吃了一半，舌头就没了知觉。

她跳起来，叼着勺子跑上楼，直接扭开门把手进去。

“尧哥，还剩一半……”

然而抬眼，她却看见楚尧白衬衫敞开着，皮带也松开了，楚尧听见动静，侧过头看着她。

见床上放着一套休闲服，江北北吐了吐舌头，原来他是在房间里换衣服。

楚尧也没躲没拦，面不改色地再把衬衫扣子系上两颗，再次搭上皮带扣，转身走过来。

“吃不完了？”

“嗯。”江北北点头，耳朵红红的。

楚尧视线落在她可爱圆润的耳垂上，看它们慢慢泛起粉色，抿嘴笑了笑。

“拿来给我。”

江北北挖了一勺，送到他嘴里：“尧哥喜欢吃甜的吗？”

楚尧就着这勺子吃了，说道：“一般。”

“他们说，人跟人的味觉体验是不一样的，尧哥喜欢什么味道？”

江北北又喂了一勺，比刚刚稍微低了些，楚尧低下身子，握住她的手腕吃了，睫毛微动，说道：“都好。”

“其实我不是喜欢吃甜，只是想吃冰的……尤其冬天，在有暖气的时候吃冰的，会很安心……”

“我知道。”楚尧说，“而且你吃这些东西的时候，大脑是放空状态。”

江北北愣了一下：“哎？尧哥怎么知道……”

楚尧笑道：“你的表情告诉我的，你再试试。”

江北北挖了一勺，放在口中，抬起头对楚尧说：“只有一瞬间……”

楚尧轻轻吻住她的嘴唇，一点就分开，轻得像蜻蜓点水，蝴蝶闪翅，更像是错觉。

江北北瞪大了眼捂住嘴，好半晌才说：“你刚刚是？”

“好几天了，要补上。”

过年这几天他们一直跟哥哥们在一起，早晚两次的打卡亲吻一直欠着。

江北北鼓足勇气：“缺……缺一罚三的！”

楚尧顺手锁了门，扛起江北北放到了床上。

江北北的惊叫声被他堵在了口中，压在床上补前几天缺的吻。

刚刚被冰激凌冻麻木的口腔极速回温，炽热感剥夺着呼吸，江北北手指紧紧握着楚尧的肩，又推又拉，似挣扎也似邀请。

深吻的感觉如溺海，无边无际，意识渐渐被吞噬。

直到发觉不对，楚尧才松开她，侧过脸，在她耳边轻轻喘息，低哑着声音说道：“抱歉……”

江北北睁开眼，回过神明白刚刚蹭到她的是什么之后，一脸惊恐，没敢动，连视线都不敢移动一分。

楚尧微微起身，撑着床，闭上眼睛等待情绪冷却。

又过了会儿，他突然起来，长腿跨下床，伸手揉了揉她的脑袋，眼睛却看着别处，轻轻一笑，开门下楼。

江北北又分裂了，脑袋里，两个小人儿冒出来，一个颤悠悠地说："好危险，差点擦枪走火！"

另一个搓着手，兴奋道："加油！再接再厉！不要㞞，趁机冲锋！"

江北北哀号一声，捂住脸："都闭嘴！"

她晕晕乎乎坐起来，暗暗回想着刚刚的感觉。

江北北既鄙视自己，又开心道："啊，不愧是我看中的男人！"

楚尧用冷水洗了脸，到门外冷静，没一会儿就被秦元捉了回来。

"干吗呢？我辛辛苦苦给你们做饭，你在院子里散步？"

他说完，忽然发现楚尧神色不对，是一种罕见但熟悉的焦躁感，加之楚尧脸上的水珠以及与之前穿衣风格不同，大敞着领口露着锁骨的衬衣，秦元一下子明白了。

秦元："不能忍！四儿！来搭把手！这小子危险期！"

楚尧转身就跑："别闹！"

危险期……哥几个都明白的代替词。

宋朗截住楚尧："三哥，水水水！泼他水！幺弟太不够意思了！"

等江北北收拾好情绪，磨磨蹭蹭地下楼，见楚尧一身湿，黑发滴着水珠，面无表情地坐在沙发上，垂眼听几个哥哥轮番训斥。

"急色。"

"这是楼上书房的心经，来，尧儿，念十遍。"

江北北："你们在干什么？"

唐西周口吐金句，双手扶着江北北的肩膀，声情并茂道："看看，尧儿，看看咱妹妹多么单纯，还不知道什么事，唉……"

楚尧叹息，瞥了一眼江北北，忍笑。

严清明："今天注意点啊，都是来玩的，等会儿还要泳衣下水，重点敲打一下小尧同学。"

宋朗："饿死了，大家快点，训完散会吃饭！"

"吃饭吃饭！"唐西周扳着江北北的肩膀，转了个弯，"来，妹妹，坐二哥这里，吃顿好的。”

江北北乖乖坐在唐西周旁边吃了饭，楚尧就在她对面，表情没什么变化，还帮她夹她够不着的菜，自然体贴，跟往常一样。

吃完后，江北北放下筷子，说道：“做饭不刷碗，刷碗不做饭。除了三哥，我们转勺子决定谁刷碗。”

她推转了勺子，或许是手气太好，勺子柄最后停在了她这里。

“好吧……”江北北认命。

收拾完碗筷，听见厨房外面闹起来了，江北北拉开厨房门，瞬间石化。

宋朗：“脱脱脱！磨叽什么！”

唐西周：“四儿，泳裤扔给我！老大，我给你秀一下我的大腿肌！”

秦元：“尧儿！行李是你收拾的吗？我的泳裤呢？蓝的带道黄边的那条。”

楚尧：“没印象，自己找。”

宋朗：“二哥你这是什么泳裤？怎么是红裤衩？”

唐西周：“大过年的，吉利啊！”

宋朗：“大哥，大哥你怎么这么保守？大哥你知道安全裤吗？就长你身上这样。”

严清明：“哎呀，都消停点，一个个来……快点的，北子要刷完碗了！都注意点形象！”

五个男人就在客厅，身上裹着条毛巾，火急火燎地换裤衩。

江北北默默把头缩回去，关上了厨房门。

“……”

好半晌，回过神来的江北北用奇怪的语气，自言自语道：“今年……福利还不错。”

江北北收拾好厨房，到楼上换泳衣，忽然有视频切了进来。

“元宝？”

江北北扎好丸子头，盘在床上，打开了手机。

“怎么想起视频了？你在家吗？”江北北问道。

“在家呢，给你看看宋大喵。”黄元宝把镜头一转，江北北见狗，拍床大笑。

宋大喵上了妆，画着红脸蛋，戴着猫耳头箍，在客厅里撒欢。

“被我爸喂得可肥了，天天吃香的喝辣的，昨天我爸喝醉了，还跟它称兄道弟，说什么‘狗兄弟，咱俩走一个’，这傻帽儿，狂摇尾巴，笑死我了……”

“你让它减减肥！就知道吃！”

“江同学，你在哪儿？宾馆吗？”

“温泉，还不错，你要来吗？明天让我四哥去接你。”

“我倒是想去，可是我要在家帮我爸妈宴请亲戚……”

江北北看她这副模样，问道：“你过年相亲了吗？”

“眼力不错啊……”黄元宝揉着宋大喵，兴致缺缺道，“大年初一我三姨带着一个男的来，四十岁，头发都掉没了，坐在酒桌上夸夸其谈，后来才知道是来相看我的，走后还加我微信，说我是他非常想降服的女人，把我恶心的……我说了一嘴，我妈就念叨着我这个年纪，性格又强势，不好找什么的，烦死了！”

黄元宝回头看了眼屋门，确定关严实了，才说：“要没宋大喵在，我可能会把屋顶掀翻！气死我了！”

江北北意有所指：“你接受姐弟恋吗？”

“我什么不接受？！”黄元宝说，“就是现在宋大喵成精，变成个男人，说自己活了五千岁了，我都能答应！毕竟它可爱！”

江北北说：“那好办，大喵没办法成精，但大喵吧……能给你牵线搭桥。”

黄元宝有一下没一下地顺着宋大喵的毛，说道：“我知道你什么意思，但是吧，你四哥眼睛实在是太小了……”

江北北愣了一下，吐槽：“爱情这东西吧……不能讲条件。再者，我四哥的眼睛再小，也比宋大喵的大啊！”

黄元宝笑了：“喀……再说吧。”

江北北裹着浴巾打开门，探出脑袋，试了试室外的温度。

“啊！好冷！”

五个哥哥在池子里泡着，冲她招手：“快来，到水里就不冷了。”

秦元：“先别来，帮我拿瓶啤酒！”

“我也要！”

“都谁要？”

“北北，全拿来吧！”

江北北：“不……我冷，我的手要捏住浴巾，我坚决不拿。”

她闭上眼睛，哆嗦着快速跳到水池里，长舒一口气。

池子里很暖和，四哥个子高，为了暖到肩膀，索性坐在池底，水面淹着鼻子。

“小六子不去，那就小五去，我们按年龄顺序来。”秦元把楚尧推过去，“你去把吃的拿来。”

楚尧抹了把脸，从温泉池里游出来，披上挂在木梁上的浴袍，到屋里拿东西。

江北北偷偷盯着他看，目光顺着他飘，唐西周发现后，笑了下，游到江北北前头，比了个姿势：“看我的肌肉！”

严清明嫌他幼稚，长叹一声，拧干毛巾，顶在额头上，闭上眼养神，决定屏蔽唐西周三分钟。

宋朗飘起来，浮在水面上，双手撑在头后，用毛巾盖住了脸。

江北北说：“哥哥们敷面膜吗？我带了一盒。”

秦元摘了眼镜，看东西总是眯眼，那双勾人的桃花眼一眯，跟春风拂桃林一般，他趴在池边，懒声道：“我响应一下，来个补水的。”

江北北双手在嘴前合成小喇叭，对着屋门喊：“尧哥，把行李箱里的那盒面膜捎来！”

唐西周鬼笑着，学着她的语气，小声道：“叫什么尧哥，叫情郎！”

江北北学着台北腔嫌弃他：“哎呀二哥，你好烦啦……”

宋朗闷声笑，秦元道：“二哥，其实你跟尧儿一伙的吧？不够意思，不认你这个哥了。”

唐西周哼笑一声，潜入水中。

过了会儿，秦元惨叫起来：“哥！手下留情！我知道错了，我认我认，别扯我裤衩！要脸！北北还在呢！”

江北北默默转过身去，学着严清明，对着墙壁哀叹一声：“唉，一群幼稚鬼。”

楚尧拖了张长板凳过来，把吃的都摆好，放在了水池边，看见唐西周和秦元在打闹，楚尧默了一瞬，摇了摇头。

他脱下浴袍，慢慢下水，一低头，看见江北北仰着脑袋盯着他看。

“你这样看着我。”楚尧说，“很危险。”

好不容易消停下来的唐西周又坏笑起来，游过来抓住江北北：“我抓到一只‘盯裆猫’，给谁呢，给尧儿吧，接住！”

他把江北北扔起来，江北北嗷嗷叫着砸到了楚尧怀里。

“二哥！此仇不共戴天！！”

严清明终于睁开了眼：“西周，注意点伤口，裂了我看哭的人是谁！”

唐西周：“那肯定不是我，是哭包北北！”

楚尧顺势抱住了江北北，低头笑着。

肌肤的温度，让江北北感觉自己像和楚尧直接肉贴肉，脸一下烫了，继而又从糨糊一般的脑袋里捞出一丁点理智，想起自己涉嫌欺诈的胸，“嗖”的一下滑开，贴到了墙角。

楚尧也没再追，悠悠转了身，也趴在池边，开了灌啤酒。

江北北偷偷摸摸把长板凳上的面膜拿来，贴在了脸上。

宋朗说：“北子，给我扔一片。”

秦元游过去，仔细看了分类，找了一片补水的，贴到了脸上。

唐西周：“裹面膜的都猫一块去！我给你们拍张照。”

严清明：“都来一张，老四带着自拍杆呢。”

几个男人贴好后，自觉按顺序站在墙角，像商量好了一样，只露个头在外面，脑袋上顶了条毛巾。

宋朗拿着自拍杆，合照一张，发到了朋友圈。

兄妹们今年的第一张合照——面膜照！祝大家新年快乐！

温泉结束后，兄妹几个回到室内，发现了新大陆。

“有地台，这是地暖，直接铺床睡地台更暖和。”

“那就一起睡客厅？讲故事吧，活跃气氛！”

唐西周说：“让尧儿讲，尧儿你工作这些年，遇到过奇怪或者感人的事吗？给我们讲讲，就当是睡前故事会。”

宋朗点播：“讲个你遇到的最不可思议的事！”

楚尧闭上眼睛，笑问他们：“忽然睁眼的死尸、梳背头的老太太和火葬场夜半哭声，你们想听哪个？”

江北北把头缩进被子里，蜷成一团，紧张地等着他们挑。

唐西周：“都真的？”

“假的。”宋朗道，“《走近科学》知道吗？”

秦元：“我点梳背头的老太太！”

楚尧轻声讲道：“背头老太太是我工作接手的第一位老年人，她是寿终正寝的，走得很安详，给她梳头时，她孙女坚持要我们按照老太太的民族传统，给老太太用刺绣和盘梳盘起头发，可她不会，我们也不会。”

江北北问：“那后来怎么办啦？”

“我想起大学教授的夫人是这个民族的，抱着试一试的心态去问了教授夫人，师母听说后，就在电话那头教我，我们用了一晚上时间，终于给老太太梳好了头发，戴上了他们民族的发饰……幸不辱命。”楚尧说，“那晚我还梦到了老太太，穿着鲜艳的民族服饰，盘着好看的发髻，沿着溪水唱着歌，跟我道谢，渐渐远去。”

“哇，真好。”

宋朗：“我说什么来着，果然是《走近科学》风格。”

唐西周笑道：“咱正经说，尧儿这个工作，是渡人的。”

楚尧道：“虽然工作上会遇到很多艰难，很累，但我很喜欢这份工作。”

江北北趁机表白道：“我也喜欢尧哥，尧哥就是我心中的光。”

楚尧微笑道：“你也是，睡吧。”

关了灯后，屋内陷入黑暗和安静。

不一会儿，楚尧察觉到被子漏风，掀开被角一看，江北北手指小心拽着他身下的褥子。

楚尧闭上眼，笑着握住她的手，江北北的手小小挣扎了几下，回握住了他。

终于，呼吸声平稳了。

不久之后，宋朗开始打鼾，声音不算大，但对于还没睡着的人而言，绝对是煎熬。

噗——

放屁声响起，宋朗停止了鼾声，吧唧了几下嘴。

秦元叹息一声，起身拽起被子，呼啦一下蒙住了宋朗的头。

唐西周捂着鼻子谴责秦元："三儿！你把他的屁都放出来了！"

严清明也笑了起来。

秦元烦躁道："我要去跟北北睡！"

楚尧睁眼："你敢！"

"尧儿没睡着？"唐西周说，"那屋里最有规律的呼吸声是谁的？北北的？"

"是。"楚尧说，"睡得很熟。"

唐西周笑："可能是睡在了最放心的人旁边，丫头心里踏实。"

清晨六点半，宋大个醒来，伸了个懒腰，打了个哈欠，一侧身，对着秦元的脸哈了口气："三儿，起床！"

秦元一个鲤鱼打挺，跳起来踢开被子，拉开窗帘推开窗，冷风灌了进来，道："熏得我头疼。"

"就你意见多！"宋朗说，"我昨晚刷过牙洗过脚，还泡了温泉，你不要挑三拣四，你娇气，那你上天跟仙女们抵足而眠吧。"

秦元："算我错，求别说了，耳鸣。"

几个男人起床叠被，都弄好了，江北北还团在被子里，鼓起一个小小的被包，也不见脑袋，依旧睡得香喷喷的。

唐西周刷着牙走过来，脱了鞋，用脚推了推那个被子团，楚尧凑过去，掀开被角歪着脑袋看她，见她把脑袋缩在胳膊里，发觉到冷空气入侵，慢吞吞地团成了球意图阻挡。

秦元歪在地上撑着脑袋往这边看，羡慕道："女孩子睡觉真是乖……"

楚尧顿了一下，叹气："乖？"

唐西周漱了口后，过来掀了江北北的被褥，笑道："丫头霸道得很，她那个子，也就那么短，团起来睡觉跟猫似的，本来不占地方，结果敢霸占地台一半的位置。昨晚是不是砸楚尧身上了？"

"差不多。"楚尧点头。

可能是从小就一个人霸占一张双人大床，二十多年养成了习惯，江北北睡觉所需的面积至少在她展开四肢所需面积的三倍以上，且不习惯身边有人。

刚开始，她让楚尧拉着手睡得挺乖，睡熟后就变身战斗小陀螺了，拍开楚尧的手，来回打滚霸占领土，摸到墙就回来，摸到身边有人就上手打。

昨晚，楚尧被她打醒后，有一瞬间是非常委屈的，这姑娘可能得曹操真传，喜好梦中杀人。

楚尧把江北北拉了起来，晃了晃她，江北北睁开眼睛，见到他的脸，迷迷糊糊地先笑，嘴角咧开，笑得一脸天真无害，仿佛昨晚来回打滚侵占领地的不是她一样。

“尧哥……”她的声音也软软的，“你们都起了啊……”

唐西周道：“昨晚睡得香吗？”

江北北点点头：“嗯。”

唐西周使坏：“想听鬼故事醒神吗？”

江北北先是蒙，而后嗷嗷叫起来，彻底清醒：“二哥！我要和你绝交三秒！”

洗漱时，黄元宝打电话来了：“我要牵着狗去投奔你们！”

“怎么了？”

“因为点破事，跟我爸妈吵了一架。”黄元宝说，“给我发个地址，我现在就去。”

“那我直接发下一个活动地点给你吧。”江北北说，“我们等会儿去玩真人 CS，怎么样？你有兴趣吗？”

“酷啊！”黄元宝语气兴奋，“发来！我这就去，反正你哥哥们我都认识了，没别人了吧？”

“没了，你来算大团圆了。”江北北对着镜子里的自己眨眨眼，偷笑道，“我让我哥哥们带你拿第一！”

温泉度假村附近有个大型真人 CS 游戏场地，地形复杂，装备专业。宋朗和唐西周是这里的常客，

跟黄元宝会合后，他们把宋大喵寄放在总部控制室，换衣服戴装备。

黄元宝脸上涂了油彩，开心自拍上传朋友圈，一回头，见江北北和她的哥哥们，震惊不已。

可能是在公安家属区长大的，这些人衣服一穿在身上，连同江北北，

都像现役军人，气质跟刚刚吵吵闹闹时完全不同。

“OK，我们来分配一下角色和任务。”唐西周说，“大哥总指挥，元儿打辅助，我和四儿狙击手，黄主编医疗兵，尧儿和北北打辅助保护医疗兵。任务明确了吗？”

“明确了！”

工作人员问：“小唐，你们想打什么？现在场内有两队玩家，你们可以玩三国。”

“也行！”

然而话音刚落，只听广播中心播报：“蓝方，全军覆没。”

工作人员的对讲机响了起来：“老哥，红方那两个问还有没有玩家，有的话要加时再来一场。”

工作人员挂着迷之微笑，问唐西周他们：“要来吗？红方只有两个队员，一个狙击手，一个医疗兵，打丛林攻防特别厉害，这是今天全歼的第二波了。”

宋朗兴奋起来：“可以啊！来！”

唐西周拍板：“来！跟红方说，咱们玩限时攻防，我们可是专业的，让他们悠着点！”

黄元宝问道：“咱们七个打两个，是不是不太地道？”

工作人员说：“刚刚进群那拨是一大家子来的，总共十三个人，不也被全歼了，那俩人是专业的，超强。”

黄元宝指着宋朗说：“可是，我们这七个里，起码有两个是专业的……”

宋朗：“啥两个专业的啊，我们六个都专业的，就你不是。”

黄元宝大惊失色：“啊？”

“让你开开眼。”江北北介绍道，“我大哥军校毕业，步枪卧姿一百米成绩一直保持他们学校前三，二哥跟四哥我就不必多说了吧，你都知道。我跟三哥、尧哥都是秦伯伯教出来的，81杠都玩过，闭上眼能打你十个不带吹的。”

黄元宝咋舌：“虽然我不知道你说的81杠是啥，但是要传达的精神已经领会到了，大佬们，多多指教！”

“医疗兵戴袖章。”江北北把红袖章戴在黄元宝的胳膊上，给她讲解任务，“你的任务就是复活我方成员以及自保活命。活命不要紧，我跟尧哥罩你，我们如果阵亡，就近复活我俩，但如果对方火力太猛来不及复活我们，你就找掩护，撤回总部跟随我大哥、三哥。虽然没可能，但如果他俩也不幸阵亡，你来不及复活，就快速隐蔽，找二哥跟四哥。”

“怎么复活？”

“阵亡三十秒内，可被医疗兵复活，你要到阵亡兵身边，把手上仪器里那个红叉叉点掉就行。”

“哦……”黄元宝努力记住后，问道，“所以，我是敌军袭击的目标？”

“不，目标是进攻他方堡垒，你是目标之一，因为击毙你之后，我们丧失医疗兵只要中枪就算死，无法复活。所以你会是优先被干掉的目标，但你放心，我方人多，对方只要不是特种兵出身，我们这盘赢定了！”

黄元宝把规则弄明白后，七人进入了丛林战场，向红方堡垒进军。

“蓝方兵力已到达战场，游戏开始。”

严清明比了个手势，唐西周和宋朗分两个方向，隐蔽前进。

“尧儿、北北，你们带着医疗兵找地方隐蔽，医疗兵注意救援。”严清明交代完他们，带着秦元走主路进攻红方堡垒。

三分钟不到，唐西周传来消息：“改变计划，对方是个老经验！尧儿，带医疗兵来！九号隐蔽地，医疗兵！医疗兵！医疗兵！”

唐西周连喊三声医疗兵，忽然低声骂了一句，说道：“不用了，我中枪了。”

“啊？”

“一枪爆头。”唐西周说，“你们注意，对方狙击手变态强！”

游戏广播响起：“蓝方，阵亡人数，一人。”

黄元宝：“特警都能干掉？”还是一枪爆头？

楚尧摘下对讲机：“宋朗，找对方医疗兵，先干掉医疗兵，注意隐蔽。”

“收到。”

“我们去跟大哥会合。”

此时，喇叭再次播报：“蓝方，阵亡人数，两人。”

“谁死了？！”宋朗问道，“都传个话，统计人数！我这边敌军的腿毛都还没见到，游击高手啊！”

大家挨个报名字。

江北北道：“医疗兵尚安全，三号区域安全，二哥在九号区域被伏击，已阵亡。”

“秦元阵亡，击中左肩，二号区域有敌情。”严清明的声音传来，略有不爽，“西周阵亡了？”

宋朗说：“大家注意，对方就两个人，一个狙击手一个医疗兵，九号和二号区域路途不近，所以干掉二哥和三哥的一定不是一个人，他们分散兵力了，一定有一个是医疗兵，我们兵分两路，先干掉红方的医疗兵！大哥，制定计划！”

楚尧思索片刻，说道：“二哥是被一枪爆头的，在九号区的一定是对方的狙击手。四哥，我跟你去九号区域负责清扫狙击手，北北，你带医疗兵去二号区跟大哥会合，围堵红方的医疗兵。”

“收到。”

两分钟后，宋朗赶来，楚尧和宋朗进入九号区域。

“尧哥注意安全！”

黄元宝看着宋朗端枪远去的背影，有点入戏，说道：“老宋，不能丢大喵的脸啊！一定要赢！”

宋朗：“Yes，Madam！”

江北北带着黄元宝慢慢往二号区前进，边走边跟她讲：“今天主要是敌军太强，出乎意料，往常我们是能打赢的……”

三分钟后，广播响起，江北北屏息听。

如果是医疗兵阵亡，广播播报会添上一句医疗兵阵亡，剩余成员无法复活。

哪知，播报员温柔播报道：“蓝方阵亡人数，四人。”

江北北扳着手指头一算，捂脸长叹。

对讲机里，严清明急切问道：“还有谁活着？医疗兵身边有人吗？”

“有的，大哥。”江北北说，“我。”

严清明活着，意思是，楚尧和宋朗阵亡。

江北北和黄元宝对视一眼，那一刻，她们从彼此眼中，看到了“寡妇”两个字。

“唉，丈夫阵亡了，现在就是复仇战了。”江北北说，“我一定要干掉对方的医疗兵！”

广播再次响起："蓝方阵亡人数，五人。"

江北北实在不相信，问黄元宝："咱是蓝方还是红方？"

"你别悲痛过度。"黄元宝说道，"你的哥哥们都被消灭了，妹妹，为兄报仇就靠你了。"

一颗彩弹擦着黄元宝的弹药包飞过来，在弹药包上炸开了红色的花。

江北北拉着黄元宝隐蔽了起来，心跳个不停。

黄元宝："万万没想到，我有需要被你保护的一天。"

"三点钟方向。"江北北默默念道。

她比了个手势，让黄元宝跟着她走，自己两边看着，寻找隐蔽点准备还击。

砰的一声，一朵红色颜料花在黄元宝的脑袋上炸开了。

广播再次响起："蓝方医疗兵阵亡，蓝方剩余一兵力。"

江北北眼珠子都要瞪出来了，她防着三点钟方向，没想到这边也有敌人！

红方真变态，医疗兵和狙击手竟然是分开作战的！

黄元宝脱帽哀悼自己："江记者，你多保重。"

江北北："啊！！不干了！这要怎么报仇啊！宋大喵的脸都被我们丢尽了！我不管了，老子要扔手榴弹！"

她嗷嗷叫着，旁边的丛林沙沙响，不一会儿，听见一声熟悉的呼唤："北北，就剩你了吧。"

江北北的血液都凝固了，她站了起来，看清了红方的变态强狙击手："姚阿姨！！"

黄元宝则一脸茫然。

江北北趁机介绍："元宝，这是尧哥的妈妈。姚阿姨，这是我同事，跟我们一起来玩的。"

黄元宝忍不住鼓掌："阿姨厉害！"

楚妈嗤笑一声，用枪头指了指江北北身后，黄元宝和江北北转身，看见楚爸戴着医疗兵的红袖章慢悠悠地端着枪从战壕里跳上来，一抬头，黄元宝看见那眉眼，立刻知道了他是楚尧爸爸。

黄元宝："真强……连亲儿子都不放过。"

"太菜了，不能忍，一枪爆头。"楚妈耳朵好使，点评道，"这里头也就小宋跟小唐还算能打，走了两个回合才死。”

楚爸摘了帽子，翻过障碍，走到老婆身边，问她：“再来一局？”

江北北端起枪，给两人一人来了一枪。

楚爸、楚妈愣了，他们竟然这么阵亡了？

“伯伯阿姨对不起，我得报仇。”打完，江北北鞠躬。

回过神，楚妈笑道：“还来什么，让赢的人请咱俩吃饭吧。”

广播响起：“红方，全军覆没。”

江北北的对讲机响了起来，是唐西周，此刻，他坐在休息室，已经看到了红方队员的名字，笑道：“万万没想到，红方竟然放水了……”

黄元宝摇头，也道：“厉害啊，江记者，连公公婆婆都不放过，真有勇气。”

楚妈高声笑了起来：“那是，毕竟一家的，对自家人不用客气。”

黄元宝想，这对夫妻敢一枪“打死”亲儿子，江北北敢放黑枪打公公婆婆，真是不是一家人，不进一家门。

她鼓掌称奇：“你们这单元的人都是人才。”

江北北：“我请客！中午请你们吃好的！贵的！并保证结账时一定不眨眼、不心疼！随便吃！”

新年的温泉短途旅行结束后，楚爸、楚妈又接着浪漫去了，宋朗负责送黄元宝回家，唐西周接到了他爸爸打来的电话，似乎有什么急事，回父母家了，严清明也跟着回了东山看望爸妈。

秦元和楚尧先回了家，江北北则到超市买了零食，边吃边走回去，到楼道口跺了跺脚，喊了声“过年好”，楼道里的灯应声而亮。

抬头，楚尧就站在家门口。

江北北含着糖，勾住他的脖子，在他耳边哈了口葡萄味的气，笑吟吟道：“晚安吻，这次我来亲你。”

亲完，楚尧没动，轻轻和她咬耳朵，说道：“我没带家门钥匙。”

“那，来我家？”

楚尧眼里温柔如水尽是笑意。

他点了点头，靠在旁边等她开门，江北北心中激动难耐，脑海中已经开始幻想孤男寡女共处一室的激情画面了，呼吸和手都不稳了，对着钥匙孔努力了半天才把门打开。

江北北原本是想敞开门，热烈欢迎他来，然而一开门，被里面的臭味熏得，立刻忘了词。

江北北这才想起，家中还有一只借住的猫："好酸爽……尧哥你坐。"

江北北捏着鼻子去给猫铲屎，这只名叫鳌拜的猫雄赳赳气昂昂，趁有人铲屎清扫猫砂盆，又现场表演了如何生产新鲜猫屎的新春贺岁节目。

江北北："唠……尧哥你先坐，我去扔猫屎。"

江北北出门去了，楚尧把屋内窗户打开，回头看不到猫了，追到卧室，见那猫趴在床上，眯起眼看着他，眼神十分不屑。

"你刚上完厕所。"楚尧见它轻车熟路在江北北的嫩蓝色少女床单上蹭猫屁股，长眉微皱，脱掉外套，叠好挂在椅背上，跪在床上，把这只猫抱在怀里。

猫勾头咬他，被他捏住下巴，调戏了鼻子："这不是我们该来的房间。"

"你可以的。"江北北听到了，扒着门边说道，"尧哥你今晚睡这里，我睡奶奶那屋，这张床让给你。初一才换的干净床单，放心睡。"

楚尧笑道："那可能睡不着。"

江北北差点来一句，睡不着，那我们干点别的？

她咽了这句话，憋得胸疼，双手扇着风给脸降温，尴尬地咳了一声。

洗漱完，江北北看到楚尧整理沙发，愣了下，叫住他。

楚尧说："我睡沙发就好。"

"沙发不舒服。"

"没关系的。"

"有关系的！"江北北不开心道，"让尧哥来家里住，就得让你住得舒舒服服！"

"哦，是吗？"楚尧的语气和神情都有些飘了，意义不明地笑了笑。

江北北愣住，抬着脑袋看着他，手悬在身前，好半晌，问楚尧："……你刚刚是在想荤段子吗？"

楚尧摇头："我没有，你想多了，小姑娘。"

"你的眼睛告诉我了！"江北北说，顿了顿，问楚尧，"咱俩是男女朋友吧？"

楚尧点头："是。"

“那……男女朋友独处一室，想想某些尺度略大的内容，也应该正常吧？”

“你叫我的名字。”楚尧忽然说，“江北北，叫我的名字。”

“名字？”江北北还没反应过来话题怎么跳到了这里，说，“楚尧……这样？”

“楚尧”两个字像是把钥匙，打开了成人世界的大门，楚尧弯腰抱住她，把江北北扛在肩上，放在了床上，顺便关了屋门。

江北北：“你这样……我就开始想大尺度内容了啊！”

“想吧。”楚尧解开袖扣，脱了衬衫。

皮带扣轻响，江北北没敢看，拉起被子，捂住了滚烫的脸。

心脏跳得很快，如擂鼓一般，敲得她喘不上来气。

被子掀开，身边的床沉了一下，楚尧躺了进来。

他说：“让我抱抱你。”

江北北内心刚经历完一场大战，厮杀的结果是，厚脸皮那一方赢了，于是她说：“尧哥，给你交个底。”

“你说。”

“我这个胸吧……它不太听话，没有照我的意愿长大……”

楚尧笑出了声，伸手圈住了她。

江北北扭捏道：“尧哥，所以我的意思是，听说……按摩能丰胸。”

“……”楚尧道，“领会到你的意思了。”

他单手把江北北圈进怀里，胸脯贴胸膛，楚尧低头吻着她的额头，低低笑道：“你身上的，不管大小，都好。”

江北北小小地扭动，调整姿势，一不小心，腿蹭到了楚尧的下半身，江北北的脸肉眼可见地红了，听到楚尧小声“哎呀”了一下：“不好了……”

江北北装作不知道，企图蒙混过关，问他：“尧哥，怎么了？什么不好了？”

“你踢到我了。”楚尧笑道，“不承认吗？想看看你踢到哪里了吗？”

江北北热化了。

然而江北北也算战斗力十足，重启后，找到了清奇的关注点：“尧哥，你不是裸睡啊？”

刚刚她听见脱衣服声，以为是全脱光了。

楚尧闭着眼睛讲：“我很含蓄的。”

“那……尧哥，现在咱们这是？”

“是睡觉。”楚尧说，“如果你想做别的，比如，玩游戏，了解我有多爱你，那我们以后再找时间，因为那个需要精力和体力，还需要时间充裕……所以，你现在乖乖的，不要乱动，我明早要上班，不然就只能请假了。”

江北北“哦”了一声。

楚尧：“失望吗？”

“有点……”

“我也有点。”楚尧说，“但首次亮相，我想表现得好一些。”

“我准备了一张表。”江北北的手指漫不经心地摸着楚尧光裸的胸膛，说道，“那个……你知道的，跟每日打卡一样。”

楚尧睁开眼，惊讶道：“每天？”

惊讶中还有狂喜。

因为近在咫尺，他的激动，直观地通过相拥的身体传达给了她，这让江北北又㞞了：“算我没说……尧哥，别多想了，晚安，新年第一天上班，还是不要请假的好。”

江北北期待着第二天一早醒来，会是温馨的。两个人想起昨晚的事，会对视一眼，一切喜悦尽在不言中。

然而现实是，江北北和楚尧，是被客厅的吵闹声惊醒的。

江北北一下坐起来，惊恐地瞪大了眼：“完蛋了，奶奶回来了？不是说初六才回吗？！”

真的是奶奶回来了，不仅如此，听客厅里的说话声，刘奶奶跟潇潇阿姨也来了，并且还有陌生男人说话的声音！

“北北呢？在屋里睡吧？”

她听到潇潇阿姨的脚步声渐渐靠近，楚尧坐起来，面色平静，不紧不慢地穿裤子，还跟她笑了一下，轻声道：“不太走运。”

把手轻旋，屋门开了：“北北，还在睡……”

来人笑容凝固了。

江北北的屋里，有个年轻的男人，站在床边，垂着眼，正慢悠悠系着衬衣扣子，而顶着一头乱发的江北北坐在床上，捂脸叹息。

潇潇阿姨尖叫起来：“啊——有个男人！”

得，跳天池都洗不清了，江北北心道，早知如此，昨晚就该真睡了楚尧才是！

第九章
甘之如饴的爱

黄元宝昨晚干了件大事，心里激动，本着有八卦一定要讲给朋友听的原则，她睁开眼先给江北北打电话。

她一共打了十六个电话，江北北全没接。

黄元宝不信邪，抓起宋朗的手机，拨了江北北的电话。

屏幕上的备注是：妹儿。

“妹儿”两字在屏幕上闪烁许久，依然没人接，黄元宝推醒了宋朗：“大个！江北北不接电话！好几个了！你快起来，会不会有事？”

宋大个翻了个身，吧唧了几下嘴，擦掉嘴角的口水，说道：“电话没响呗，尧儿说江北北这姑娘缺乏安全感，不喜欢接电话，在家就把手机关静音，急什么，用我的手机发个群消息问问。”

宋朗手伸到柜子上摸手机，黄元宝说：“你的手机在我这儿。”

宋朗：“哦，别发错了啊，是个六人群，你看仔细了再发。”

“你这么多群？”

“我们五个大老爷们得建一个群吧，跟单元里的家长们也得再来个群吧，还得跟北北再来个群吧？你看这就有三个了，我们家亲戚还没算呢，还有我爹妈的车友、驴友们，养二哈的狗友群，这又得好几个……”

黄元宝找到群，把手机举到他脸前：“是这个吗？”

“对。你发吧，@一下全体人员，问问北北在哪，顺便动一动手指，把你自己拉进去。”

“这不好吧？”黄元宝说，“老哥，这是你们兄妹的群，我是个外人。”

宋朗睁着眼睛望着天花板，好一会儿，说道：“也是，现在还有点早……”

他翻了个身，撑着脑袋，问黄元宝：“不过我表现怎么样？棒极了吧！”

黄元宝高声笑了起来：“很好，没丢大喵的脸！”

“黄主编，潜规则一下。”宋朗说，“录节目的时候，你问问工作人员，看有什么法子，能让我这双眼上电视后看起来再大一点。”

“哈哈哈哈，那我就是把你睡出花来也办不到！”

群里有了回复，是秦元回了条语音，但奇怪的是，不是在六人群回的，而是在只有他们兄弟五个的五人群回的。

“哟，回了。是秦元回的。”

“说的什么？”

“语音。”

“点开听听。”

黄元宝点开了这条语音。

宋朗的哈欠打到一半，吓没了。

秦元：“你人呢？！快回来，尧儿不是个好东西，昨晚把北北给睡了，被奶奶们抓个正着，潇潇姨也在，还带来个留洋土鳖说是给北北找的对象，这下让人戳那儿了，乱了乱了！大早上的，我在卧室都能听见她喊捉奸！”

室内一片寂静，黄元宝捂着嘴，表情深沉。

黄元宝本想跟江北北说她过了个年，成功泡到了宋朗，哪知这消息还未说出去，江北北的消息就先一步过来了。

宋朗沉默许久，开口却是一句：“这么有缘？昨晚是什么行星排序宇宙力量，促使咱们大家伙都热血沸腾吗？”

而在东山，唐西周家也很热闹。

爸妈搬来了奶奶辈的老人，且带来了几个相亲对象的照片，谆谆教导，让唐西周答应相亲。

果然，还是催婚。

老人在，唐西周没办法翻脸，只好坐在沙发上，一根烟接一根烟地抽。

“你这孩子……你不想结婚，你不是绝后了吗？这放以前，那就是断子绝孙，后继无人，断香火了啊！西周啊，为什么不结婚？”

“我工作危险，不想耽误好姑娘。”唐西周小声道，“老奶奶，全球七十多亿人，死我一个也不少，我不结婚，这国家是要灭国还是咋的？”

唐西周妈妈气道：“少说废话！你今天给我相亲去！”

唐西周痞笑：“谁爱去谁去，反正我卖身国家，打死都不结！”

气氛正冷，手机振动了两下，提示群内有两条新消息，唐西周掐灭了烟，点开了语音。

秦元：“你人呢？！快回来，尧儿不是个好东西，昨晚把北北给睡了，被奶奶们抓个正着……”

言辞激烈，吐字清晰，内容惊世骇俗，让还在气头上的唐西周父母也震惊不已。

唐西周立刻关了屏幕，止住了秦元后面的话，又点开来，转换成了文字消息，一目十行看完。

唐西周妈妈禁不住问：“谁？楚尧？跟江北北？”

内容如此惊悚，于情于理，唐西周都要回去看一看情况，这也正合他意。唐西周披上外套，神清气爽道：“我回去看看。”

唐西周妈妈瞪着眼道：“关你什么事你要去看！”

“你说呢？”唐西周换好鞋，抓起钥匙，“这是我弟弟妹妹，干出这种事我不得回去主持场面吗？”

打开门，唐西周瞥见了站在楼道口的严清明。

“哟，老大，你怎么也回这头了？”

“回来看看，要回二单元吗？一起吧。”

唐西周笑道：“在我家门口偷听？”

严清明笑：“是啊，听见你妈骂你了，竟然没关你禁闭？”

“差点，要多谢尧儿跟丫头。”唐西周斜眼笑道，“你还没看群吧？”

“没。”严清明点开群，也跟唐西周似的，听了一句连忙关了，换成文字消息。

“我以为尧儿挺能忍，这都什么事！”

唐西周笑眯眯道：“是啊，把我妈都吓到了。”

这两个人没开车来，大过年的，也打不到出租车，最后是步行到公交车站，等了半个多小时，又坐了一个多小时车才到家。

一回到家，两个人急忙跑二楼江北北家问情况，结果进门发现江北北跟黄元宝坐在沙发上嗑瓜子看电视，楚尧跟宋朗在削苹果，秦元则穿着秋衣秋裤，盘腿坐在沙发上给猫顺毛。

唐西周好奇：“结束了？不是说都在吗？场面一片混乱吗？不等我来主持局面，这就结束了？”

“大哥二哥太慢了。”江北北说，“半个小时前就结束了。”

“这我得仔细问问了，怎么结束的？”

“潇潇阿姨被猫咬了，上医院打疫苗去了，然后去扫墓，大概是不回来了。”江北北说，“她一走，没人嚷嚷了，这事就结束了。”

“尧儿今天不是上班吗？不上了？”唐西周坏笑着环住他的肩膀，又拍了拍，说道，“这我得训一训你了，这是连工作都不想用心干了，你算算你今年请多少次假了？”

楚尧说：“我下午去，夜班。”

唐西周顺手捞了个苹果，示意江北北：“来，丫头，起来走两步。”

黄元宝差点把瓜子皮咽了。

江北北翻了个白眼，小声道：“我不仅能走，还能跳！”

“哎！这可不行，有人没尽力啊！”

严清明刚想让他说话注意点，不料一转头，看见江北北奶奶端着果盘从厨房出来。

严清明：“奶奶，您在家啊？”

也不知道刚刚的话，老人家听不听得懂。

也怪不得，这一个个都安静如鸡，规矩地坐着。

唐西周尴尬地清了清嗓子，转过身去，对着窗口吃苹果，恨自己嘴上没点分寸。

“咱们中午一起去吃饭？”为了缓解尴尬，唐西周说，“带上奶奶跟咱们一起去。”

江北北奶奶：“不了，中午在家吃。”说着，她就又进了厨房，还关上了门。

唐西周这才松了口气，小声说：“刚刚怎么没人提醒奶奶也在？”

秦元像个贵妇，摸着猫说道：“懒得理你。”

唐西周又道：“不是我说，三儿，你怎么像个被捉奸在床的？”

江北北和楚尧衣冠整齐，这满屋，唯有秦元穿着秋衣秋裤，活像个被拖下床的。

秦元：“大清早听见动静以为出事了，从床上爬起来就往楼下跑……我等会儿还要睡回笼觉，不想换衣服了。”

“今天，惨烈吗？”唐西周又问楚尧。

楚尧说：“可能相亲对象有点惨烈。刚来还没说一句话，就被我跟北北绝杀了。”

“你也是个不要脸的啊！”唐西周揶揄他。

江北北咳了一声，弱弱地举手：“其实，二哥，真没什么事，我俩只是从一间屋里出来而已……真要怪，就怪潇潇阿姨太自来熟，跟刘奶奶一模一样，我屋门可是关着的，她偏要开，你说被吓到算谁的？你看，上医院去了吧。”

“她又是怎么被猫咬的？”

“她坐着猫尾巴了。”江北北耸肩，“本来没什么事，可她偏要尧哥给她说说怎么回事，她还要坐下来长听，教育我们……这一下子，被猫咬了，你说这算谁的？”

秦元：“算猫的。”

“我三哥呢……他也有点愣。”江北北又说秦元，“听见声音，就这么穿着内衣内裤下来了，还喊我的名字，我给你们还原一下当时场景。”

宋朗又笑了起来，他跟黄元宝来时，江北北已经还原过一次了。

楚尧笑而不语，江北北跑到门口，学着秦元的语气：“怎么了怎么了？！北北？！北北你有事没？啊！楚尧！你……就这样，他还那副打扮，看尧哥的眼神比潇潇阿姨更像捉奸。”江北北双手一摊，无奈道，“把潇潇阿姨吓得不轻，回过头以为我脚踏两条船，睡遍全单元大好儿郎！”

厨房里，听见这几句话的奶奶幽幽喊了江北北的名字，江北北垂头丧气乖乖走到厨房聆听教诲。

江北北奶奶把门关严，教训江北北：“又瞎说，姑娘家能那么说吗？”

唐西周悄声问：“那……咱们现在是在等什么？”

“等我爸妈。”楚尧说，“马上就到家。”

唐西周：“让我猜猜……是等你爸妈回来修理你，还是？”

楚尧笑眯眯道：“应该是订婚。”

唐西周：“我就知道！我猜就是！！”

秦元扔了猫，仰天长叹：“错失良机，我恨啊……”

只有严清明关注点不同，问黄元宝：“黄主编是来？”

黄元宝：“我来串串门。”

唐西周心有灵犀道：“黄主编跟谁一起来的？”

“我？”黄元宝扔了瓜子皮，拍了拍手上的碎屑，雄赳赳气昂昂地走到宋朗身边，挎住他的胳膊，拍了拍宋朗，介绍道：“兄弟们，从今日……不，昨日起，我和宋大个决定以男女朋友身份交往，以后请大家多多包涵，多多指教，录制节目时，若我俩还没分，你们可以趁机提条件，沾沾光。”

江北北刚被释放出厨房，开了罐可乐，刚喝了一口还没咽，听见黄元宝这番话，牙都快要被嘴里的可乐给泡软了。

她差点把可乐吐出来，努力咽了下去，一抹嘴，半是羡慕半是嫉妒地喊：“所以你昨晚是真睡了我四哥？”

她声音洪亮，语气含恨。

江北北奶奶又喊了她的名字，让她滚到厨房聆听教诲。

黄元宝：“哈？所以你昨晚是没真睡？”

大家集体看向楚尧。

楚尧坐得端正，像汇报一样，字正腔圆地道：“这可能是我有生以来，最后悔的事。”

上班的第一天，午休吃饭时，江北北趴在桌上，懒懒地玩着手中的筷子，问黄元宝：“元宝，为什么你们恋爱都那么简单？”

黄元宝成年许久，立刻从她的用词中提炼出了江北北原本的意思：“哦，你指床上确定关系？”

江北北爬起来嘘道：“小声点，你能不要这么露骨吗？我们含蓄点。”

她拉近板凳，问黄元宝："我初二跟你视频，你还嫌我四哥眼小，怎么初三就好上了？我不是很理解。"

"看上了呗。"

江北北惊讶："这么快啊……那你是怎么知道他也想跟你恋爱的呢？"

这下换黄元宝惊讶了："江记者，你是没青春期吗？这怎么会不知道呢！你没喜欢的人？"

"这是我的初恋。"江北北扎开奶茶盖，吸了一大口，说道，"以前暗恋的都不算，全看脸，没啥经验。"

"成年以前的就不说了。"黄元宝说，"你大学有喜欢的人吗？"

"你觉得会有吗？你又不是不知道情况……"江北北说，"各式各样奇奇怪怪的人……连一星半点想了解的兴趣都没。放眼望去全是一个样子，一样的声音，一样的脸，平平无奇，没有色彩，能跟我尧哥比吗？就不说我尧哥了，我哥哥们哪个不比他们强？"

"你这是被养刁了。"黄元宝表示理解，"不是我刻意捧场啊，你们单元男士们的平均水准，包括老一辈的，都在平均线以上。我不是单指长相，我指所有啊！小江，你发现没，你那几个哥哥有个特别突出的优点，就是都不直男癌，智商、情怀、眼界都靠谱。"

"嘿嘿，那是……"江北北骄傲。

到午休时间了，江北北拿起奶茶和包，从休息室出来，电梯人太多，她跟黄元宝走应急通道下楼回办公室。

"我今天新换的包。"江北北往日都是背双肩背，几乎不拿挎包，新换了个挎包，她抬起胳膊让黄元宝看，"不太适应，挂在胳膊上感觉特别碍事。"

"我都用手拿包。"黄元宝说，"比较有气场。"

"拉倒吧，哈哈哈……"江北北乐完，忽然想到，好像有什么问题没问，"元宝，我刚刚是要问什么？"

"我又不是你肚子里的蛔虫，我会知道你想问什么？"

江北北吸了口奶茶，跳着下楼梯，忽然想起了她要问什么："元宝！我刚刚是要问你，你们怎么知道什么时候确定恋爱关系啊！暗示吗？当时是什么气氛？怎么看出来他读懂了？还是他给你暗示，你看出来了？

到底怎么知道的啊！”

她转过头，说道：“尧哥跟穿着七彩霞衣一样，我不知道怎么剥掉这层衣裳跟他好……”

黄元宝：“啥是七彩霞衣？”

“老版《西游记》你没看过？”江北北鄙视道，“有一集，有个王后貌美如花，妖怪就把她抓走了，一位老神仙得知后，给了这个王后一件七彩霞衣护体，王后穿在身上，妖怪一碰她就蜇手，所以一直碰不得她。”

黄元宝沉默数秒，笑声惊天地泣鬼神，平均每个哈字能有六次回声。

江北北跺脚：“所以你们到底是怎么确认关系的啊？”

“你都要订婚了，还不知道？”

“有七彩霞衣。”江北北嘟嘴道，“他穿着七彩霞衣，我就是那妖怪，订婚又能怎样？一群小妖办了婚礼，说王后是大王您的，我就真能睡了他不成？还是蜇手，不忍亵渎……”

“哈哈哈哈，江北北你超有意思的！比宋大喵都有意思！我之前怎么不知道你这么有意思！”

“滚蛋！！”江北北怒而打元宝，没想到用力过猛，扭到了腰，还没来得及惊呼，就因姿势怪异失去了平衡，双脚本能地保持下楼梯姿势，大脑信号慢了一拍，江北北一脚踩空，从楼梯上摔了下去。

黄元宝的回答在楼梯道里回荡，还是唱出来的，可能是一首歌的歌词：“确认过眼神，我遇上对的人。懂吗？”

“江北北！！”

江北北疼得冷汗直冒，想把那条无比疼痛的腿锯掉又想把它抬起来试图证明只要站起来它就能好，最终，她颤颤巍巍咬着舌头说道：“元宝！！疼死我了！”

黄元宝扶着她，问她能否站起来，然而两个人的目光往下一走，江北北立刻哭了出来：“这是我的脚吗？！”

她的脚踝迅速肿胀起来，肿得快要赶超大腿了。

黄元宝当即踢掉高跟鞋，往江北北挎包里一扔，不顾江北北那声“包可不便宜”的叫喊，背起江北北就往电梯间跑：“这是扭到脚了！”

江北北趴在黄元宝背上泪流满面：“咱俩这才叫共患难！黄元宝，你对我太好了！”

黄元宝："你不轻啊少女！"

江北北："闭嘴！！友尽三秒钟！我今天晚上还要去赴宴商量订婚日期呢！怎么办？"

"让你家楚尧背你去！"黄元宝道，"你放心，订婚这种事，别说一个你了，就是十个你，他也背得动！"

到底还是出租车司机给力，江北北很快就到了医院拍片取药，不一会儿结果就出来了，医生说道："骨裂。"

"这么严重！怎么还裂了呢！"江北北不信，"大夫！这是我第一天上班啊！你说是不是预兆着我今年运气不行啊？"

医生："你等会儿，我看你有点眼熟。"

江北北立刻噤若寒蝉。

"啊！"医生一拍脑门想起来了，"严清明的妹妹，是不是？"

十分钟后，严清明跑来看了一眼，问明了事故原因，摘下领口的笔，在江北北打的石膏上写：说话不走路，走路不说话。望小妹谨记。

"我回去了。"严清明写完，匆匆又跑楼上坐诊。

黄元宝回去工作，顺便给她请了半天假，让宋朗到医院来把江北北拉回家去。

宋朗来后，看见石膏上的字，掏出一根彩笔，签了个名字。

江北北小心翼翼地踩着另一只脚表达抗议："喂！"

宋朗蹲下来，露出健硕的宽背："上来。"

江北北说："扶着我就行吧。"

宋朗起身，扶着她一瘸一拐蹦着走，感叹："还跟我见外。你不上来，我看你等会儿怎么回家，不让我背，我就把你扔二哥家，你俩一起养病！"

"那就二哥家。"江北北说，"让二哥陪我聊天解闷，两个病号互相安慰。"

宋朗还真把江北北扔到了唐西周家，这可把唐西周乐的，跟来了个新玩具一样，双眼放光："正愁在家没事干呢！"

他立刻翻找起彩笔。

江北北嗷嗷道："二哥！手下留情！"

"我给你画个狗头！"唐西周说，"带签名的那种！"

楚尧收到消息赶回来时，已是傍晚，原计划今晚吃饭定日子，这下也泡汤了。

江北北躺在一楼的沙发上，打石膏的腿搁在沙发背上，五彩斑斓。

楚尧进门，展开双臂："走吧，抱你回去。"

唐西周指着江北北花里胡哨的石膏，说道："特地给你留了点地方，回去找地儿画！"

楚尧一笑，打横抱起江北北，转身，恰遇上下班回来的秦元。

"这怎么了？"秦元托起江北北的石膏脚，"怎么伤的？"

江北北委屈巴巴又不好意思地说："踩空了。"

秦元："怎么头天上班就冒冒失失的？"

他说完，拿出包里的钢笔，在石膏空白处写了段话，签上字：江北北是冒失鬼——秦元。

江北北翻白眼："幼稚不幼稚。"

秦元合上笔帽，让开位置："自打四儿去了石膏，这都多少年没见过这玩意了，必须画，解馋。"

楚尧抱着江北北上楼，到门口时，秦元帮他们敲了门，听见江北北对楚尧说："尧哥，你让我看看你的眼神。"

楚尧低声答："看什么？爱吗？"他低头亲了亲江北北。

秦元回手一个扣篮，按住他的脑袋，来了个推波助澜，之后甩着手，碎碎念着上楼："腻歪！好生腻歪！有甚意思？"

江北北负伤，楚尧留在她家吃了饭。

奶奶端着饭后水果来客厅时，见江北北把腿搁在楚尧身上，自己在那儿看电视，楚尧拿了支笔，在她的石膏上画画。

奶奶道："尧儿，爸妈回来没？"

"还在路上。"

"那今晚是怎么说？"

"问过了，没那么多忌讳，不耽误定日子。"

江北北打了个嗝，啃起手指头。

楚尧问她在想什么，江北北附在他耳边，悄声说道："我俩没真睡，真订婚会不会有诈骗嫌疑？"

楚尧笑问："谁诈谁？"

“可能我诈你？”

楚尧道：“诈吧，甘之如饴。”

“江北北，来！”一大早，楚尧妈妈打开门，厨房里的香味飘了出来，她喊道，“新鲜出炉的炸黄鱼！手快有，手慢无！”

听见声音闻到气味的江北北立刻直起身子，大声回应：“我我我！”

她身残志坚，为美食所惑，单腿蹦到对门家，扶墙举手：“阿姨我！！我要我要！”

楚尧妈收回手，抬起筷子：“叫阿姨可不给。”

江北北皮道：“姚队长！”

“不给不给！”

江北北：“哎呀……人家不好意思叫啦，那就……尧哥妈妈。”

楚尧妈用筷子敲了她的头：“企图蒙混过关可是不行的。”

“不不不，阿姨，现在就换称呼实在太早了。”江北北说，“我都没反应过来，总觉得我是个小骗子，骗了你跟伯伯。”

楚尧妈道：“骗走我什么了？我家儿子？那是我家最不值钱的，近三十年在我家骗吃骗喝，还越来越不可爱，骗走就骗走吧，倒贴送你都成，赶紧领走。”

江北北哭笑不得：“哈哈哈，我要告诉尧哥，他的家庭地位好低！”

“他自己知道，这小子就一个优点，就是有自知之明。”楚尧妈妈把鱼喂到她嘴里，扭头冲屋里喊，“楚无常，你不上班了？快点！”

昨天两家人坐在一起决定订婚日期，结果翻了皇历，最早也是下个月，江北北大松一口气，这种躲过一劫的表情太明显了，一转头，见楚家人用不可思议的眼神看着她，楚尧也不例外。

江北北想解释点什么，还没来得及说话，就听楚妈说：“我懂。”

她转身把楚尧按住胖揍了一顿：“你干什么了？让北北这么害怕！”

楚尧委屈至极，思来想去，不知道江北北为啥听到日期那么靠后会露出劫后余生的表情，搞得自己像是做了坏事一样逼婚。

于是，被揍了一顿且百思不得其解的楚尧回到家后，躺在床上失眠至后半夜，又在楼道里吹了半晚冷风，到天亮才睡着。

楚尧带着两个十分明显的黑眼圈披衣而起，楚妈正在用筷子喂江北北吃鱼，楚尧过去，直接叼走那条鱼吞了，顺手揉了揉江北北的脑袋，洗漱去了。

楚妈若不是手上端着碗，定会一记黑虎掏心，让儿子把鱼吐出来，她鄙视道："你属猫啊！没刷牙就来叼鱼吃！你那爪子痒了，是不是不想要了？揉姑娘的头发是毛病，揉乱了发型我就断了你的手！老楚！拿刀来！"

楚爸提刀而来。

楚尧挤上牙膏，把牙刷放在嘴里之前，回道："刀收一收，行行好，给北北留个四肢健全的我吧。"

江北北嘿嘿笑："尧哥说得对，伯伯那刀还是留着剖鱼吧。"

江北北因为脚伤暂时无法跟组外出取材，索性请了假，在唐西周家赋闲。好在宋朗那边的拍摄结束了，黄元宝不想放过这么好的机会，安排了摄制组，优先拍摄江北北。

江北北："拍什么？英雄母亲的一天吗？"

黄元宝问："那是啥？"

"稀奇，你这个岁数竟然没看过？太后大酒楼呢？宫廷玉液酒一百八一杯知道吗？是那个年代的小品，买豆腐还用叫车、司马缸砸缸……都没听过？"

"啊，有印象。"黄元宝感叹完，骂道，"每次跟你说话都会跑偏！说正经的，不许开小差也不许跑题！"

"我这叫形散神不散，跟我聊天是散文的艺术，你等凡人不懂我仙女的散漫。"

"哈哈哈哈，放宋大喵的屁！"黄元宝说，"江北北！又跑题！！我下午让拍摄组过去，拍你在家养伤的镜头，宏宇会简单采访你一下，问点问题。"

"那让他们来吧，好奇怪……同事之间相互采访。"江北北翻了个身，说道，"我在一楼，我二哥这里。"

"好好好！太好了，捎带着你二哥也能进镜头了。"

江北北挂了电话，在沙发上打了个滚，开始叫唐西周："二哥，二哥我要吃冰！"

唐西周叼着没点燃的烟在厨房切菠萝，咬着牙道：“吃什么冰！不许说吃冰，要么就冰激凌要么就冰糕，不许恶意缺字少字，知不知道这是那些瘾君子的用语？”

“哦。”

江北北手闲着没事干，拿着唐西周带挂绳的胸牌，玩起了翻花绳。

唐西周把菠萝端上来，江北北张开嘴，“啊”了一声。

“还要喂？”唐西周往茶几前一坐，拿起牙签，狼吞虎咽道，“要吃就起来，慢了我就全吃完不给你留了，衣来伸手，饭来张口，想什么美事呢，你做梦都梦不来！”

“这你还真说错了。”江北北不愧是学过芭蕾的，跷着一条腿也能快速且姿态优雅地坐起来抢水果，“我还真梦到过我躺在贵妃榻上，身边好几个小帅哥，腰间只围着小毛巾那种，端着水果喂到我嘴里，身材个个赛过二哥你的。”

唐西周差点把牙签给吞了：“你可真不把我当外人，这种话都敢说。”

“那是，我最爱二哥了。”

“鬼才信。”唐西周说，“躺在尧儿怀里抱着尧儿说爱我。”

“哈哈哈……我很真挚的，这不还是你说的，亲情嘛，你分得清。”江北北笑完，颇感空虚，“二哥，好没意思啊，好无聊，我们来玩点什么吧。”

“玩什么？打扑克？还是跟你玩抢水果吃的游戏？”

江北北又躺回沙发上，说道：“我想干件大事！”

“你是要上房揭瓦？还是要世界和平？”

“我要睡尧哥。”

唐西周沉默数秒，哀叹一声：“那你这是来向我取经，还是来发预告？”

“唔……取经吧。”江北北晃着腿玩，眼睛看着天花板，慢慢说道，“我还是觉得我和尧哥之间，有距离。我问过元宝，她说看眼神就知道……我怎么就把握不住呢？”

唐西周问：“说说上回怎么回事？”

“尧哥忘带家门钥匙了，所以睡我床上了。”

“然后你晚上把持不住，跑人家身边睡了？”

江北北眼神奇怪道：“二哥，我要说我跟尧哥那天是盖被子纯睡觉，你信吗？”

“信啊。”唐西周说，“尧儿这孩子活得很有仪式感，他有自己的节奏，也正常。”

江北北手指抠着针织沙发套，小声问：“二哥，你说我懂尧哥吗？”

“你可拉倒吧，这世上有谁能真的了解一个人？好多人到死连自己都不懂，还去懂别人……丫头，你想得多都是乱想，从没往正经地方想过。不要做思想上的巨人行动上的矮子，你在脑子里想一亿遍，待在原地不动也是个空。”

“二哥，为我指点迷津吧。”

唐西周点上烟，吸了一口，说道：“每一段感情都有自己特殊的相处模式，自打我当了警察，现实里见过的太多了，一生一世一双人很难，能安心俩人一起过日子的更少。”

“这我多少知道点。”江北北坐起来，靠着松软的沙发垫，感叹，“这世界好复杂，不美好的东西好多……”

“所以追求美好才难能可贵。”唐西周斜了她一眼，挑起长眉笑了下，说道，“妹妹，尧儿是个好人，特别可贵，你眼光不错。你到我这个年纪，见的人多了，就知道他到底有多好了，他是在享受真正做人的每一天，活得认真，有自己的信念还不执拗。”

“我也觉得。”江北北微红着脸夸道，“尧哥特别好。”

唐西周说：“所以，我觉得你跟尧儿，应该是年龄差问题。”

江北北以为唐西周说自己年纪小不成熟，不情愿地道：“差得也不大……”

“我的意思是，从妹妹转变到女人，这是个很惨烈的过程，谁要对你存有心思，那这种转变会很煎熬。姚队很早之前威胁过我们，你小升初吧大概，说来也不是提醒我们，提醒尧儿跟四儿多一点，因为他俩当时正是青春期，姚队怕他俩对你存心思，日常生活里都提醒着分寸。”

江北北懂唐西周的意思，点了点头道：“姚阿姨特好。”

“所以这个转变会很痛苦，我觉得，直到现在，你跟尧儿也都没分清界限。”唐西周说，“楚尧成人时，你还是个小姑娘，像他那种严于律己的，也不会对你存什么心思。你长大了，他想改变一下角色，哥哥跟男友这个边界就模糊了，肯定会不习惯。丫头，我问问你，你说跟尧儿有距离感，那个距离感，你想想看，是不是他太有礼了？”

“有点。”江北北仔细想了想，略惊讶道，“总觉得尧哥很挣扎。”

“所以你改改称呼。”

“那我……”江北北想到那晚楚尧突如其来的冲动，带着点小兴奋，悄声道，“就叫他楚尧？”

“你试试看。”唐西周道，“名字也是角色转换的关键。一个名字代表一个角色，比如我吧，你叫我二哥，那我就会进入二哥模式，你要哪天突然叫我唐队，那我就要神经紧绷起来，进入工作模式了，有时候小细节也关系着一段感情的进展。”

“谢谢二哥！”江北北像是被开了光，自信满满地道，“我今天就试着给尧哥打电话换称呼。”

唐西周听到她仍是无意中说着尧哥，叹了口气：“唉，万里长征……难啊。”他拿出游戏机，扔给江北北一个手柄，“来，爱情小课堂结束，玩游戏。真没想到，我也能胜任感情专家……”

“二哥去微博开个情感咨询，绝对能成为大Ｖ！”

“来玩双人配合，你不许拖我后腿啊！”

“二哥，技术好的从不会这么说，都说，没事，你随便玩，我带你飞！”

“住口，我要没受伤，玩游戏好着呢！”唐西周伤了胳膊，伤未痊愈，拿东西时手总会抖，反应也比平时慢了不少。

两个人正在酣战，门锁忽然响了，钥匙扭了一圈，门开了。

江北北和唐西周转头，见唐西周妈妈站在门外，脸上挂着惊讶的表情。

“妈？”

“北北在啊。”唐西周妈妈愣了愣，问道，“北北，听说你要订婚？”

“没呢。”江北北笑眯眯道，“太早了，缓缓再说吧。”

“哦……”唐西周妈妈若有所思。

唐西周妈妈一来，实在是无聊，游戏坚持玩了两局，江北北放弃了。不能骂人，也不能把腿跷在茶几上，她的灵魂被唐西周妈妈严厉的眼神和紧绷的面孔束缚住了，然而不玩游戏，在唐西周家更是尴尬。

江北北坐不住了，看了眼门外，想着凭她自己单腿蹦回家去的可能性有多大，是否比单腿蹦时摔断另一条腿的可能性大。

奶奶不在家，跟她以前的同事参加夕阳红合唱团了。

江北北已经开始考虑让楚妈下来背她是否可行了。

她总觉得有点狂……把人家儿子假睡逼婚之后，没过多久就让人家下来背她，怎么想怎么像找死。

未来婆婆，敢狂？

唐西周看出了她的意思，问道："要回家？"

"嗯，下午摄制组来，我先回家准备准备。"

江北北站起来，蹦到了门口，决定双手扶着栏杆蹦上去。

唐西周追出来，蹲下说道："来。"

"我能蹦上去。"

唐西周叼着烟，说话不张嘴，声音听起来发闷，话像是从鼻子里哼出来的："屁话那么多，上来！"

唐西周是谁，那是有十年办案经验、武警出身的老刑警，变脸比翻书快多了。平时说话好声好气吊儿郎当，玩笑就在嘴边准备着，随时能掏出两句逗逗人，跟个和三教九流都能说上两嘴的老江湖一样，但只要他用命令语气说话，瞬间能震慑住胆不肥的一群人，比如江北北。

江北北内心抗议了一秒，妥协了。

到家门口，江北北嘱咐道："等会儿摄制组来了，你让他们到二楼来，我地址刚刚报的你家。"

"嗯。"

"二哥，少抽烟！"

唐西周朝自家方向努了努眼，意思是见娘愁，不得不抽，以抽解愁。

唐西周回到家，见他妈正在刷朋友圈。

"那有什么好看的，天天都转发些谣言。"唐西周点上烟，说道，"我爸气消没？"

唐西周妈妈翻了个白眼。

她正在看唐西周之前发的朋友圈，那天负伤后，江北北喂他吃饭的照片。

她看不到那群小警察的调侃，但能看到唐西周的回复。

羡慕吧，嫉妒吧，你们没有吧？

废话这当然是我妹，你当是谁？

“西周啊。”唐西周妈妈压低声音问，“北北跟小尧怎么样了？没听动静，是闹掰了吗？”

“瞎说。”唐西周喷了口烟，“人家日子都定了，现在是没走仪式不愿说而已。”

“北北愿意？”

“这不废话？北北看上小尧了，为啥不愿意？”抽烟太多，唐西周眼角被烟熏得泛红，他抖着手拿过游戏机手柄，玩起单人模式的飞机大战来。

唐西周妈妈还在追问：“北北怎么看上小尧了？”

“怎么看不上？尧儿多好，英俊潇洒，相貌堂堂，不抽烟，不喝酒，还遗传他爸的好脾气,这么好的小伙儿,要不是职业,追他的能有一个排。”

“他干这个，北北也不怕……”

“有什么怕的？人都死了，安安静静躺床上，比不长眼的子弹还怕？”唐西周话锋一转，道，“我这职业才叫让人怕，谁要嫁我，这分钟结婚，下一分钟说不定就守寡了。”

唐西周妈妈怒而打儿：“不会说话就把嘴闭上！”

“我怕你打歪主意，我还那句话，相亲不去，死都不去，你要再逼我找姑娘结婚，我立马从三十层的天泽大厦蹦下来。”

唐西周妈妈气急，一开口骂了自己，拽着他的衣领气到手抖。

唐西周哈哈笑了两声，掐了烟，说道：“我知道你的意思，但我不结婚不是因为北北，我就是不想结，我有兄弟有妹妹，不缺老婆。别打我妹妹的主意了，你清醒点，别弄得我不好做人。这么多年邻居，要让弟弟妹妹记恨，那我可就真没活头了。妈，记得我当年进武装部时，我三爷爷怎么说吗？好小伙为国即是为家，生死可抛，赤子之心不可丢。我这辈子，从没把结婚生孩子当目标，真的想把这辈子奉献给国家。再者……你要真着急，那催婚也得有个顺序吧？从老大开始，你先让严伯催严清明去，他结我就结，老大只要做表率，我立马跟上！”

唐西周妈妈：“狗屁不通！”

走廊里传来一声狗叫。

唐西周大笑：“还带配音！”

一开门，宋大喵立刻拐道，过来串门。

宋爸、宋妈回来了，见唐西周妈妈在，热情邀请她到家坐坐，碍于面子，唐西周妈妈去了对门。

唐西周双手合十，谢天谢地。一转脸，摄制组也到了，他再一抬头，江北北举着根冰糕，在楼梯拐角处看着他。

“你这孩子怎么这么皮！”

“我怕阿姨怼你，想随时救驾嘛，二皇兄。”

“哟，升级了啊。”唐西周三步跨上楼梯，把她扛了下来，“摄像机那么沉，就别爬楼梯了，来我家录吧。”

摄影师非常感激地拐进了唐西周家。

唐西周妈妈听见响声望了一眼，见到摄像，愣了一下，默默把头又缩了回去。

一个年轻男士掏出了录音笔，脸上挂着坏笑，对江北北说：“小江，你做个准备，问题比较刁钻。”

江北北：“宏宇，黄主编准备的什么问题啊，能提前透露一下吗？”

“不能，但我可以告诉你，问题尺度比较大。”

“不信，社会主义核心价值观手册带了吗？我给你念两段静静心？”

“你还别不信。”主持说，“问是问，播是播，播的时候我们把这段掐了，到时候出碟给你完整版。你想要你男友跟四哥的吗？”

“要要要！都有问大尺度问题吗？”

“那倒不是，只有特写。”主持小哥摇头晃脑道，“我可以让后期给你剪个舔屏版，你四哥那个就剪个搞笑版。”

摄像大叔笑道：“那个喵了个咪是真好笑，我都快破功了，职业操守差点没守好。”

“真的吗？”江北北毫不意外，宋朗说话一直很幽默，这也是他生意兴隆的重要原因之一，江北北问，“拍我小哥哥时是不是很沉闷？”

“哪里，楚尧也很幽默。”主持人说，“不同风格，他是冷幽默。”

唐西周切好水果，端出来招待他们，主持热情与他握手：“听黄主编说了，您是她二哥。”

“嗯，刚升格为二皇兄。”

“二皇兄好。”主持懂梗，坐下说道，“六公主，那我开工了啊！”

“宏宇，你真会说话！”

“过奖。”主持拍了拍手，和摄像打光一起念了句开工大吉，开始了采访录制工作。

楚尧回来时，一楼仍是欢歌笑语。

他站在门口小心推开一条门缝，歌声、吉他声传出来，江北北唱了两句，说道：“好久没碰过吉他，生疏了，放过我吧，咱要不展示一下另外的才艺？”

“江记者还是回答一下我的问题吧，可想知道了。”采访主持问道，“少女时期幻想的另一半什么类型，尺度大吗？”

“好吧，我说。”江北北举手投降，“少女时期幻想的另一半身高一米八八，每次出场就跟夜礼服假面一样，嘴上叼朵红玫瑰，从天而降，救我于水火，然后扶我上马，向开满蔷薇的城堡走去。好了我说完了，可以笑了。”

主持感叹：“看不出来你平时挺厉害一小姑娘，还有如此软妹的幻想。”

江北北：“不，你平时在单位看到的都是假象，我不努力变身女侠玩命工作，咱台长开除我可咋办？身无长技，开除可就只能去街头卖唱，过一毛钱听七遍的那种卖艺生活……我在家很㞞的。”

“你采访江陵黑作坊的时候，可一点都不㞞。”

“对待黑心人，怎么能㞞？我可是很正义的，正义是最好的勇气。”江北北说。

“来之前，黄主编提过，说你不介意谈你的爸爸和妈妈。”

“当然不介意，为什么要介意呢？”江北北说，“我爸妈是英雄，我是英雄的女儿，他们用生命教给我责任感、使命感和荣誉感，我不能藏着掖着，要大大方方说出来。做女儿的不能成为爸妈那样的英雄，但我能堂堂正正顶天立地地做一个好人，胸怀信念充满自信地克服生活带来的种种困难，我很自豪的。”

唐西周妈妈出来看摄制组走了没，一开门，见楚尧静静倚在她家门口聆听着爱人的声音，一身疲惫却满面笑容。

像所有坠入爱河的人，再累，都能从他们身上看到幸福满足的微笑。

唐西周妈妈愣了好久，掐灭了心中所想，轻轻关上了门。

第十章
人生的旅途

又是一天，江北北和唐西周这两个病号，依然以养伤为由，在家打游戏。

“北北你跟上！上车上车！”

“二哥，让我来开！”

“真车还没开过，你还想开假车，翻车你就不叫了！”唐西周说，“快点走，有人放枪，你脑袋缩回来别学宋大喵，哎哟我去，打中了打中了打中了！”

“二哥你别开启复读机模式好吗！”江北北说，“我很紧张的！”

“那个……”门被推开，一个穿警服的娃娃脸小哥探进脑袋，“唐队啊，我方便进去吗？”

“小林哥！”江北北坐起身。

唐西周伸了个懒腰：“臭小子们，终于想起请我出山了？”

“来看看唐队。”副队小林推开门，站在门口笑。

“来就来，还拿花，娘们兮兮的。”唐西周叼着冰棍棒说道。

小林依旧笑嘻嘻的：“唐队，这可不是给你的。”

江北北闻声坐了起来，不知从何而来的一股自信让她开口道：“小林哥，难道是送我的？”

林副队：“哎呀，北妹子腿怎么了？”

“丫头过了个年，不会好好走路了，人从楼梯上蹦了下来，咯嘣一下。”唐西周出门迎花。

林副队避开身子，推开他的手，说道：“唐队，这花我们集资买的，可贵了，一百多块呢，怎么会是来看你的……”

唐西周：“就知道你们小子来看我不会拿这么文艺的玩意！就这一百多块？吃钱的啊！这都什么玩意，你捧着花来看谁的？我这儿有你相好？”

“唐队，二单元都快成和尚楼了，除了北妹子，你们二单元还有拿得出手的年轻漂亮小姑娘没？没了吧……”林副队说道，“我哪能在这儿有相好。”

“那不一定。”唐西周说，“对门还有只英姿飒爽的狗呢，我看跟你气质挺搭。”

“唐队，你等着！”林副队道，“等你回来，我一定好好‘招待’你，歇半个月了，我得给您老人家松个骨！”

唐西周不跟他扯皮了，指了指花，说道：“给姚队的吧。”

“哎，对。”林副队说，“局长要我代表他来请姚队到队里指导。”

“出什么案子了？”

“也没，邻市的案子，让我们协同帮忙。”林副队说，“邻市盯了快一年的毒窝，准备收线了，让咱这边盯的是个散销大户，手上好几个固定买家，咱摸了好久了。”

江北北关了手机，单腿跳着到门口，扶着门问林副队：“估计多少量啊？”

“大头，不少于八百克。”林副队说，“办好了新年第一响，所以局里让我来请姚队。”

“那你还在我家门口戳着干啥？”唐西周冲二楼喊，“姚队长，小唐呼叫你！”

“来了——”楚妈贴着面膜开了门，面膜还是个粉色的，林副队手里的花差点吓掉，兴许是想起价格不菲，小伙子勤俭持家的美德促使他握紧了手中的花，厚着脸皮道：“姚队……精神焕发。”

江北北扒在门边嘿嘿乐。

“请我出山的吧？”楚妈说了和唐西周一样的话。

“姚队，我们不能没有您，热烈欢迎您回队里莅临指导。”

“这句是病句，你琢磨琢磨。”楚妈揭了面膜，团成球，眯起一只眼，甩手扔进了客厅的垃圾桶里，道，“漂亮！三分！”

在客厅看钓鱼频道的楚爸：“零分，扔我脚上了。”

林副队：“哪有病句？”

“语义重复吧？”江北北猜道。

楚妈转了转脖子，下来收了花，说道：“紧急吗？紧急的话，我现在就跟你出发。”

“紧急。”林副队故意道，“我饿了，想赶紧回队里吃泡面填肚子。”

“嘿，吃什么泡面！”楚妈扭头道，“老楚！加饭！把米添上！”

林副队见目的达成，搓手道：“那个……姚队，介意我问一下，家里都做的什么饭？”

“两素两荤，来吧。”楚妈说，“中午我儿子也回来，一起吃。”

“谢姚队！”

唐西周道：“姚队，你看我？”

“来呗，多一双筷子而已。”

中午，楚尧下班回家，到一楼把江北北抱回家吃饭，进门，见林副队乖巧地坐在沙发上，正一脸恍惚地看新闻。

“楚尧哥。”看见楚尧抱着江北北进来，妹子好像还搂着他亲了一口，林副队怀疑自己出现幻觉了。

“嗯，来了。”楚尧面不改色，把江北北放在沙发上，换衣洗手。

唐西周拎着两瓶特惠果汁上来了。

“怎么都来我家吃？”

“姚队明日复工，请我们吃个饭。”

“拉倒吧。”楚妈端着菜出来，“还不是可怜你们没吃没喝的。”

两荤两素摆上桌，楚法医端着一砂锅过来，砂锅顶飘着肉香味，林副队食欲大动，说话都带口水声了：“哎呀，还有肉汤啊！谢谢楚主任。”

楚爸把砂锅放在桌上，猪蹄海带黄豆汤，肉炖得软烂，汤是浓郁的奶白色。

几个小伙子眼馋地看向这锅汤，楚爸问：“过完瘾了吧？”

林副队筷子悬起，预备着：“过完了，过完了！那咱开吃？”

楚爸点头：“过完瘾就好。”他伸手把猪蹄汤推给了江北北。

楚妈解释：“吃哪补哪，炖一中午了，尧儿刚走我就炖上了，你快吃，你看他馋的。”

江北北抬头，楚尧已撤回视线，筷子不甘不愿地扭向了豆腐，还顺带给林副队正了正筷头的方向。

林副队：“也对也对，吃哪补哪……北妹子吃！”

唐西周微微一笑：“你们俩太嫩，像我，从今早他们家飘猪蹄香，我就知道这肯定不是给我准备的。他们家亲儿子都没份，我这干儿子更沾不到边，便宜这馋嘴小姑娘了。”

江北北见猪蹄就发疯，抱住砂锅：“我病号！阿姨说得对，我伤到脚就该吃脚，谢谢阿姨伯伯！”

楚妈按住砂锅：“先等等，你改个口。”

“哎？”江北北眨眼，“啥？”

“改口，叫阿姨和伯伯可不准你吃。”

江北北红了脸，在猪蹄和改口之间犹豫。

楚尧：“改口要改口费的，你俩一碗猪脚让她改口，唉。”

林副队：“改啥改啥？啥啥啥？”

“好说！”楚妈转身回屋，拿出一沓现金，“过年换的，还全是新的，北北，改口就全归你。”

江北北脸皮薄，底气不足地道：“我……我不是见钱眼开的那种人！”

林副队眼珠子都要掉出来了：“姚队你好有钱，我……我见……见证历史了？！”

唐西周助攻道：“馋猫快点啊，都等着吃饭呢，你一叫我们就开吃。”

江北北：“给我时间酝酿一下！”

楚尧把脸转一旁偷着笑。

“爸！妈！”林副队叫声洪亮，“急死我了嘿，是不是改口叫这个？姚队，我叫了，这钱你看……”

唐西周一个肘击过去：“你个二货！”

趁着他俩闹，江北北闭上眼睛，视死如归道：“爸妈过年好！”

中气十足，声如杀猪。

楚尧放下筷子，趴在桌上狂笑。

“好！是我闺女！够响亮！”楚妈把钱拍给江北北，“随便花！反正是你男人的钱！你不花他那钱能闷死在卡里！拿去花！”给完钱，她又转头批评楚尧，“你给北北点零花钱，我看你赚钱就没机会花过，你那钱跟个木乃伊似的，进了你的卡就跟入了土一样，再不见天日，这可不行。”

楚尧点头，说道：“我有给，你别操心了。”

“北北脸皮薄，你只给不催她花，她能花就活见鬼了。”

北北撕了一口猪皮，听到这里，停下来，可怜巴巴地道：“阿姨，我还在这儿呢，你怎么就说我脸皮薄啊……”

楚妈：“阿姨？”

“阿妈……”江北北声如蚊蚋。

楚妈：“小林，研究研究，怎么把你的脸皮给这姑娘分点。”

林副队跟唐西周正比赛狼吞虎咽，嘴里塞着吃食，闷声道：“我算是听出来了，小尧哥是跟北妹子好上了吧？啥时候啊，我上次来，北妹子还躲着小尧哥走呢。”

江北北说话不忘吃猪蹄，鼓着腮帮瞪眼道：“小林哥你胡说八道！我什么时候躲过尧哥？”

“那跟兔子躲狼似的，妈呀……”林副队道，“都躲唐队身后了，还叫没躲？”

“我那叫害羞！哼！”

唐西周：“人林副没瞎说，去年你见小尧，都绕道贴边走。”

楚尧：“她怕我。”

江北北没词了，这倒是真的。

她当时怕楚尧看穿自己的图谋不轨，也不敢碰上他的眼神，更不敢招惹他的温柔，因而每次都是既期待又惧怕，非要在自己和楚尧之间竖个挡板才敢跟他说话，才敢想他。

江北北软声道："尧哥你别误会哈……我是怕羞。"

唐西周："喜欢有什么好羞的，幸亏老天是个急性子，不然你俩得磨叽到什么时候。"

江北北红了脸："不要当着家长面说这个嘛……"

楚妈："我不是家长，我现在是队长。"

楚爸："我是同事。"

楚妈笑眯了眼："没事，接着说，大胆说。你说完，我才好考虑揍家里这个磨叽孩子多少下够本。"

楚尧："我不是磨叽，感情不能急，急了就起反作用了。"

唐西周："你可拉倒吧，就是你磨叽。"

林副队趁他们关注点转移，赶忙往嘴里扒饭。

不知道是不是受林副队厚脸皮的影响，江北北放下碗筷，郑重其事地道："我，我宣布一件事。"

楚妈立刻屏息，满脑子：难道怀孕了？！要公布喜讯了？！酒宴饭店要定哪里？！我得马上预定，那经理名片我放哪了？等会儿问问老楚！

楚妈给楚爸眨眼。

楚爸心有灵犀，顿住手，等着江北北开口。

江北北说："我心里总是很忐忑，觉得不知道如何跟尧哥相处，跟二哥简单聊了聊，我觉得二哥说的很有道理，我应该把角色明确了，从称呼开始改变。"

江北北看向楚尧，说道："楚尧。"

"嗯。"

"楚尧。"

楚尧点头："嗯，北北，我知道的。"

"以后，我就不叫你尧哥了。"

"好。"

楚妈憋了好大一股劲，等着跳起来欢呼，听完江北北的话，撑桌扶额。

"这小子，才到改称呼这一步！"

也是，这才多久，怎么可能怀孕。

不久之后，唐西周伤好归队。

江北北没了每天陪她一起闲聊打游戏的玩伴，闷在家里长毛。

江北北奶奶出门去跟老同事们排练合唱，见她在家哼唧，问她要不要一起去，江北北撇了撇嘴，翻了个身："不要，我嘴不甜，去了还要问这个好问那个好。刘奶奶也在，我看见她好尴尬的……"

那个刘奶奶也是个古怪脾气，过年那场震惊所有人的"捉奸"，江北北没几天就给忘了，刘奶奶却还记得，仍旧觉得丢人，因此这半个月都没理江北北。江北北摔坏了脚，要放以前，刘奶奶早赶着住她家里来给江北北做饭了，但这次，刘奶奶一个字都没问。

私下里，奶奶提到过，说刘奶奶是觉得脸上不好看，潇潇阿姨带来的那个男士，也是社会精英，刘奶奶是觉得江北北条件不错，所以才让人家来家里看看她，结果江北北给整这么一出，那不就是当面打脸吗？

那天来的路上，刘奶奶和潇潇阿姨把江北北夸成一朵花，把各种好词往她身上添，名校毕业、A视记者，姑娘单纯漂亮又可爱，孝敬奶奶还懂事，夸了一路，看那小伙子的反应，分明是动心的，结果到家了，正面遇见江北北跟邻居家的哥哥从一个房间里出来，素面朝天，蓬头垢面，还穿着睡衣。

问怎么回事，她还说："就……跟我尧哥在屋里睡觉来着。"

刘奶奶当时就没眼看了，坐在沙发上生气，一生气就气了这么久。

奶奶跟江北北说这些时，江北北心不在焉地拿着遥控器乱换台，末了，停在播放动画片的那个台，看起了《猫和老鼠》，笑嘻嘻地道："所以她是刘奶奶，你是我亲奶奶。"

亲奶奶说："你就是没大没小没个正经样！"

"不会呀，我多乖的。"

"乖？你就人前乖！背地里头，我这一不在家，你就让男的进你房间！"

"换别的男人，我能让进吗？那是我尧哥……"江北北说，"过年都见过我爸妈了，这不是早晚的事嘛。"

讲歪理，奶奶永远讲不过江北北。

奶奶去参加合唱排练，江北北闲着没事干，刷起了朋友圈，看到黄元宝在朋友圈说神秘节目即将上线，心中一动，问她：“尧哥的专题排到了几号上？”

“你猜。”黄元宝卖了个关子，“日子很合适。”

“清明节？”

“牛！果然不愧是年会猜谜第一名！”

“也行，一周一个，两个月能播完。”

“错。”黄元宝说，“我们三月就播，从一楼那两位开始播，这样播完能赶上五一特别节目的重播，我正在问他们要档期，能拿下的话，一周都是你们单元的专题！”

“哟！黄主编，你这是公私不分啊！”

“我要真公私不分，家里的狗我都给安排专题采访！”

“哈哈哈哈，那我看你是不想干了。”

江北北挂了电话，接着刷朋友圈，手指松开，秦元更新了一条：中午去探幺弟班。

江北北打开门，朝楼上喊了一嗓子：“三哥！你去哪？啥时候去？！”

秦元刷着牙开了门，满嘴喷白沫：“去探小尧班，二十分钟后出发，我委托人的爸爸去世了，我去走个过场。你要去？”

“要！”

说实在话，江北北还从未见过楚尧工作时的模样，虽然去过两次殡仪馆，可一次是去采访，一次就在门口等他下班，都不算深入了解。

秦元准备好了，下来敲门：“走吧？收拾好没？”

“好了！”江北北蹦着出来，锁了门，一扭头，秦元扛着她就走。

江北北嗷嗷地道：“三哥自重！我自己能蹦下去！”

“我再自重都没你重！”秦元道，“你还蹦下去，你想那条腿也打石膏吗？”

把江北北扔上车，秦元一脚油门出了院子，狂奔上高速。

江北北说：“三哥，你特像把我给绑架了。”

“绑架你我图什么？要钱你还没我多，只能勉强图个色了，可你跟小尧狼狈为奸了，我一想起来，还真提不起劲来图你这个色。”

他打开收音机，恰巧是一首《爱不释手》，秦元跟着唱：“待我拱手河山讨你欢，万众齐声高歌千古传……”

江北北换了个姿势，躺在后座上，玩笑道：“三哥，要不你就狂热地追求一下我，让我体会一下做红颜祸水的滋味？”

“只有我追求哪够？”秦元道，“一共就两个追求者算什么红颜祸水，红颜祸水那个级别，至少涵盖整个公检法系统，外加医院、奶茶店，还有小尧那个殡仪馆。咱算一算，红颜祸水得三百六十五度无死角淹没所有帅小伙以及个别帅姑娘……和狗。你掂量掂量自己，够这个水平吗？”

江北北：“哈哈哈哈……不了不了，不是当红颜祸水那块料。”

秦元又道：“你见过我这么好说话的追求者吗？巴巴带上你去见你相好。”

“那不一定，万一你带上我是为了演一场戏，让我相好的误会，然后分手，然后你成功上位呢？”

秦元正了正衣领，评价：“戏太多！你当时怎么不考个表演学院？大好的天赋都给浪费掉。”

“三哥。”

“说。”

江北北问：“你怎么会喜欢我呢？很奇怪啊……”

“是谁给你的勇气，还来揭我伤疤？”秦元看了眼倒车镜，江北北躺在后座看着车顶无聊得吐泡泡，问这个问题时，脸上没有任何表情。

“就是觉得奇怪，三哥突然就说喜欢……”

“喜欢不能突然吗？”

“不能呀。”江北北说道，“三哥，我一直觉得你跟二哥差不多，就是那种爱嘴上调戏我的人。你每次说什么要肥水不流外人田的，我虽然有一点点怕，有一点点尴尬，但我都没怎么当真的……”

“不懂。”秦元说，“你是想问什么？”

“就问三哥，受了什么刺激才突然跟我说要让我当你女朋友？”

秦元认真考虑了这个问题，然后发现，他竟然也不知道答案。

“可能是看到我妈给你找相亲对象了吧。”

其实不是，秦元知道，他对江北北的这种情感变化是在他妈行动之前就有的。

或许是因为和前女友分了手让他回头来看到江北北，或许是同事调侃他的那句话，说他的女朋友换来换去其实都是一种类型，让他注意到，她们都像江北北。

“三哥，我说句话，你别生气。”

“你说。”秦元想，我看情况再决定生气不生气。

江北北说：“就跟你把猫抱给我一样，虽然我喜欢猫，但你送我之前，从没问过我要不要养它。而且……虽然喜欢猫，但你知道我喜欢哪种猫吗？”

“哪种？”

“我喜欢橘猫。”江北北说，“虽然送的一样是猫，但你抱回来一只蓝猫让我养……三哥就是这样，我觉得三哥很傲。”

“哪个傲？傲慢的傲？”

“不是，是我行我素的傲，想了就行动，不考虑别的。”江北北说，“其实也挺好的。三哥就是三哥，保持自己就好。我觉得三哥不用浪费感情去琢磨别的，总有一天，会有人喜欢你这种的……”

“但你不是？”

“嗯。”

“你喜欢尧儿什么？”

“所有跟他沾边的，我都喜欢。”

“你这叫不理智，不叫喜欢。”

江北北说：“我喜欢他心里有我，喜欢姚阿姨，喜欢楚伯伯，连他外婆我都喜欢。”

秦元沉默了，等到了殡仪馆前，秦元停了车，才问：“江北北，那天说让你做我女朋友，我是认真的。你告诉我，那天你为什么要哭？”

“我……因为没办法接受三哥的感情，替三哥难过。”江北北小声说，“一直到现在，我也还替三哥难受……”

“看来我很失败。”秦元靠在座椅上，苦笑道，“想起我，都会让你难受。”

“也不是……”

“北北。”秦元说，“其实我感情没那么真，除了跟你表白那一刻是真的……其他也没多少感觉，你看我说放弃就放弃了。可能说到底，对你也是无所谓的吧。”

“三哥……”

“我珍惜的，可能是跟你原有的感情。”秦元说，“就现在这样，足够了。”

得亏殡仪馆主厅前只有几级矮阶，不然看秦元的架势，估计是想扛着她进去。江北北撑着秦元的胳膊蹦上台阶，嘿嘿一笑：“完美！”

秦元说：“楚尧要是在后面的休息室，那我看你得全身粉碎性骨折。”

殡仪馆后方还有一栋二层小楼，是殡仪馆员工们的休息室和值班室，洗浴也在里面，楼挺新的，但楼梯简陋，就是水泥砂浆砌筑而成，台阶砌得比较高，楼梯外围的栏杆细细的，挂着标有闲人免进的牌子。

江北北说：“哎？三哥怎么知道？”

“我来过。”秦元说，“尧儿还领着我到休息室参观过，你还记得去年这个时候，我们几个出去吃饭不带你那事吗？”

“你们说去四哥店里吃，不让我去的那一次！”江北北记得特别清楚，“快把我气死了！以为你们都不要我了，嫌我烦！”

秦元说：“那是劝尧儿去了。”

“怎么了？”

“就那天，我委托人家里出了点事，人送这儿来了，我跟着来了，结果家属争房产，在老头子的遗体前打起来了，然后把气往殡仪馆员工身上撒，我亲眼见闹起来的，动手打架，不敢打男的，欺负这里的小姑娘，尧儿就去劝架。你想，尧儿多文明一人，到最后生生给逼急了，说要把那老头子直接盖棺抬走，把家属全请出去，然后就越打越烈，后来报了警才算完事。没几天，尧儿就被匿名投诉了，那次全国表彰差点没能去……”

江北北气呼呼道：“这都什么事！”

“我看了之后，觉得他这工作实在是……图什么啊你说？我就劝尧儿别干了，你是一心一意普度众生，可有些人真不值得你费这个心。”

“三哥，你敢劝尧哥辞职也真有勇气。”江北北敬佩道。

“我以前也觉得尧儿换这个工作非常……”

“傻？”

“不，是臭清高。”秦元说，“觉得他跟显摆自己理想崇高似的……

经此一事，算是稍微理解点。他是真喜欢，要不是真喜欢，也不会把精力放在这上面。”

“那是。”

秦元的委托人恰在三号厅办葬礼。江北北再次来到这地方，心中生出一股亲切感，再看看里面的花圈挽联，又觉得自己这股亲切感有点变态了。

好巧不巧，台上准备主持葬礼的，正是楚尧。

楚尧穿着白衬衣，系着黑色的领带，正低着头看手中的悼念词。

他站的位置不显眼，在三号厅一角，淹没在花圈挽联中，却无比吸睛，立刻夺走了江北北的所有目光。

秦元要找的委托人就在这里，他正和家属谈着什么，看到秦元，立刻扔下家属，大步走来：“秦律师，谢谢，还麻烦您跑一趟。”

“我没晚到吧？”

“没呢，还得好一会儿才能开始。这位是？”

“我妹妹。”秦元介绍完，一歪头，见江北北目不转睛地盯着一角看，正在发呆，他顺着目光一瞧，笑了，“看什么呢？他有什么好看的。”

江北北回魂，撒开秦元，蹦着去找楚尧。

委托人惊诧道：“她去哪？有认识的？”

“有，那个主持，你看，奔他去了吧。”

委托人心中千百个疑问，道：“叫楚什么来着，朋友推荐的，说是这里最好的员工，但不怎么接主持，这是托朋友才请动的，没想到秦律师竟然认识。”

秦元说：“他是我兄弟，楼上楼下。”

“是吗？那我得跟他们说一声，待会儿多加点红包。”

江北北蹦过去，扑在楚尧身上，小声道：“我来了，惊喜吧！”

楚尧扶稳她，微笑道：“刚刚听到蹦来蹦去的声音……我以为幻听了，怎么来的？”

“跟三哥一起来的。”

江北北撑着他的胳膊，踮起一只脚，嘴唇飞快地碰了碰他的下巴，说道："你工作，我站在边上看着就行，不打扰你。"

秦元见了，嫌弃道："小姑娘，公共场合注意点。"

跟着秦元过来的委托人本来想跟主持打个招呼，再添个辛苦费什么的，结果看到江北北亲这个殡仪主持，惊了。

前一秒他还听几个女性家属八卦着这个模样不错的殡仪主持，猜测他有没有结婚，下一秒，人家的老婆就来探班了。

谁说这工作不好找对象来着？假的！你看人家这位姑娘，一点都不怕！

楚尧说："人多，我送你去休息室吧？"

"你不是要主持追悼会吗？"

"半小时以后。"

"那好。"

江北北点了头，楚尧跟家属说了一声，扶着江北北离开，经过秦元旁边时，不轻不重地拍了他一下，秦元："你不打我手痒是吧？"

"你知道原因。"

到门外后，江北北自觉蹦到他怀里，楚尧说："我吃醋了。"

"真的？"江北北激动得不能自已，"这个要怎么记录下来？！第一次见你吃醋呀！我拍个照留念一下，你先别着急走！"

楚尧没停，抱着她绕到后面的二层小楼，慢悠悠地上楼梯。

江北北打开相机，调到了自拍模式："看镜头！一二三，吃醋！"

楚尧："别逗我笑。怎么今天想起到这边来了？"

"想你了。"

"是不是西周上班了，你一个人在家无聊？"

"聪明。"

楚尧回答："不是聪明，是因为我了解你。"

"但也不能这么讲，我不是因为二哥上班了，才想起你。我是一直在想你，所以三哥一说要来这边，我立马就来看你了。"

到了二楼，楚尧抱着她拿钥匙开门，手从她的腰擦过去，痒痒的，江北北嗷了一声，楚尧笑："不要乱叫。"

"二哥说我叫得像宋大喵叫。"

"嗯。"楚尧说，"你一这么叫，我总觉得我抱的是宋大喵。"

他推开门，把江北北放下来。

“你在这儿玩，有书有电脑，电脑能上网，开机密码你的名字，等我回来。”

“好。”江北北乖乖应了，回头问楚尧，“开机密码为什么是我的名字？”

楚尧笑道：“因为我爱你。”

他如此直白，江北北被这五个字击中，按着胸口，好半晌才说：“楚尧，你听见我的心跳了吗？超喜欢你这样！特帅。”

楚尧轻轻笑了笑，把钥匙留给她，关了门，又不放心，敲了敲门。

江北北蹦过去打开门：“怎么？忘了什么吗？”

一吻轻轻落下，楚尧交代道：“别人敲门你别乱开，等我回来。”

江北北甜蜜地点点头。

殡仪馆的员工福利做得一直很棒，休息室都是单人单间，宾馆标间大小，带卫浴，搁着一张单人小床、一张电脑桌和一个大书柜。

这间休息室，一眼就能看出是楚尧的。

桌上除了台笔记本电脑，还摞着一堆影印资料，书柜也塞满了关于犯罪心理、人体解剖之类的书籍。

江北北仰着头找书看，本来不抱希望，结果竟然真的从一堆专业书里扒出了一本漫画，还是老式少女漫。

江北北拿在手里一翻，发现扉页歪歪扭扭写着“此书归江北北所有”，笑个不停：“哎呀，要好好审审他了。”

这是她十三四岁时看的漫画书，怎么跑到他这里来了？

江北北躺在床上，晃着那条好腿翻着这本漫画，看到第三页时，忽然记起了这本漫画是什么，江北北一下坐起来，瞪大了眼睛，慌忙翻找着，果不其然，在中间部分，找到了她的标记。

江北北以书盖脸：“好羞耻……”

这本漫画讲的是少女跟月光男神的奇幻恋爱故事，月光男神每次出场总是戴着面具，一直到这一话，终于在中间一场打斗中，揭了面具，露出一张令无数少女倾心的俊颜。

按理说，这种中二狗血情节不算什么。

令江北北颇感羞耻的，是男主揭了面具露了脸之后，年少大胆的她，在旁边空白处画了个箭头，标注：像尧哥！帅帅哒！

江北北：“黑历史……绝对的黑历史！”

她大概也知道这本漫画怎么到了楚尧这里。

她考上大学后，奶奶要把家里的书都卖掉，她当时跟同学在外面疯，顾不上回家分类，就找了楚妈帮她整理。

楚妈当时打了电话过来，说有些漫画卖掉挺可惜的，能不能给她看。

江北北同意了。

此时，这本书能出现在尧哥的书柜里，那一定是楚妈在看那些漫画时，看到了她的标注，于是……

江北北闭上眼睛，都能想象到楚妈哈哈笑着，指着书让楚尧过来看的情景。以楚妈的性格，指不定还会比对着楚尧评价到底跟漫画男主像不像。

“太羞耻了……无颜面对江东父老。”不过，平心而论，即便过去十多年了，如今江北北再翻这本老掉牙的少女漫，还是能激起她的少女心。

明明剧情非常套路，但江北北仍然看得有滋有味，果然是男主角像楚尧的原因！

她正看到高潮，放在桌上的手机响了。

“喂，四哥？”

“北北，刘奶奶在医院，脑溢血，大哥说不太好，要让家属来。”宋朗说，“你知道潇潇阿姨国外的电话号码吗？你现在在哪儿？我准备往医院去……”

江北北声音抖了：“刘奶奶现在什么情况？！”

“我还没到医院，具体不清楚，你奶奶现在在医院陪着，微信联系不上潇潇阿姨，问问你有没有她国外的电话。”

江北北眼泪决堤了：“不能不能！怎么突然就脑溢血了！她跟奶奶昨天还在唱歌！”

“唉，又哭，泪窝浅。你在哪儿，我接你去……”

“我在尧哥这儿……”江北北擦了泪，说道，“我马上回去，四哥，你让奶奶别着急，我回去看看……一定没事的！”

江北北挂了电话，茫然片刻，泪掉了出来，她还留有几分理智，没给楚尧打电话，而是抖着手给秦元发了短信。

前面殡仪馆三号厅正在举行悼念仪式，秦元看到短信，脸色变了。

秦元一言不发，看了手机就在追悼会途中匆匆离开，楚尧看见，心中一沉。

等追悼会结束，家属刚准备好辛苦费准备答谢楚尧，再一抬头，人就不见了。

楚尧打了电话，知道情况后请了假，直奔医院。

以前的老邻居、老警察来了很多，各个愁容满面。

楚妈见他来，招手让他过去，压低声音说："突发脑溢血，回家路上昏过去的，醒不过来了，现在就看她闺女怎么说。"

醒不过来了，就是字面意义上指这人再也醒不过来了，除非遇上奇迹，不然就是植物人，余下的日子，只能靠呼吸机维系着生命，拔了管子，命就没了。

楚尧沉默了好久，问道："潇潇阿姨联系上了吗？"

"没，那边没人接。这要等几天，已经商量好了，潇潇没回来之前，几个老邻居帮忙照顾。"楚妈说，"对了，等会儿老局长来，人多，你看着点北北，孩子情绪不对。"

江北北坐在病房内，双手放在膝上，垂着头，她奶奶坐在旁边，脸上已恢复平静，一只手搭在江北北的手背上，似在安慰她。

整个病房没人说话。

楚尧走过去，奶奶晃了晃江北北，她回了神，抬起泪眼看到楚尧，对脆弱生命的恐惧，以及那些无法倾诉压在心头的情绪，立刻找到了宣泄口。像是在茫茫大海中看到了象征安全的灯塔，江北北紧紧抓住楚尧，压抑着哭了起来。

楚尧轻拍着她的背，无声地作为她的依靠，支撑着她的细腻情感。

潇潇阿姨刚刚返回大洋彼岸不到一周时间，接到了这样的消息，又一路哭着回来。

前几天回国过年时，她的丈夫还在忙工作，她的儿子与同学到北欧旅行了，所以只有她一人回家看望了母亲，这次，她的老公、儿子都陪伴在身边，与她一起回国。

谁也没提，但大家心里都清楚，这次回去，是与亲人离别，是送别，注定是一次伤心之旅。

江北北不喜欢萧潇潇，她们从一开始，就像活在两个世界的人，虽然是老邻居，虽然萧潇潇的弟弟是江北北爸妈的战友，但她们的悲喜从来没有一样过。

萧潇潇是另一种成功的人，她履历耀眼，珠光宝气，她通的是另一种人情世故，走的是另外一条道路，她是江北北心中精致利己主义者的典型。

萧潇潇一直端着架子，有一种与生俱来的天之骄子之感，一种轻浮的傲气，不分敌我的我行我素，像是不知人间冷暖，像不屑分给社会半点温度。

她优秀且自傲，冷漠又无情。

江北北一直对她抱有偏见，直到这次，她直面了这位女士内心撕裂般的痛苦后，终于放下了偏见。

人在面对生与死时，难过是一样的。

潇潇阿姨的悲伤，江北北感同身受。

医生与萧潇潇进行了一次沉重的谈话，考虑到家属的心情，不拔管就这样维持生命，维持呼吸和心跳，让病人痛苦地“活”着，也是一种办法。但因直系亲属长居国外，家和事业也都在大洋彼岸，考虑到现实状况，这需要投入大量的精力和金钱，那将是个深不见底的洞。

“看家属选择了，医院会尊重家属意见。”

江北北看着潇潇阿姨跪在床边号啕大哭，说自己可以找护工，找最好的医院，大不了她国外二十多年辛辛苦苦拼下来的都不要了，她也不能让妈妈停止呼吸。

然而，她虽看起来光鲜，归根结底，也只是长居大洋彼岸的普通人。

这不仅仅是金钱上的消耗，世间有许多艰难，没进医院时，都看不到，也感触不到。

这里就是人间冷暖、残忍与温情的集聚地。

年近半百的女士，心中早已有了答案，她其实早就有了选择，只是选择太痛苦，答案太冷，她舍不得。

“帮帮我……帮帮我！”她在这一刻，喊着爸爸和弟弟的名字，求他们告诉她怎样做选择。

她的母亲曾经说过，若有一天，自己要没有尊严、没有意识地靠呼吸机维持虚假生命，她宁愿立刻去死。

漫长的一夜，最后，潇潇阿姨做出了决定：“拔管吧……”

江北北想说什么，终是没说出口。她不是不懂事的孩子，这种选择，她不能去责怪什么，那些话都太轻了，背负沉痛的，永远不是能指责家属做出如此决定的外人。

护士来了，护士又走了。

刘奶奶还在呼吸着，他们能听到呼吸声，之后慢慢地，安静了。

潇潇阿姨小声叫了声“妈”，踉跄着扑向床上的人，抱着她大哭起来。

“妈……对不起……我没亲人了……我再也没妈了……”

她的混血儿子站在她身后，掉着眼泪，知道他的中国外婆离他而去了，今日一别，再也见不到了。

江北北想过无数次楚尧工作时的样子，却从未想过，她第一次亲眼见到，是他给刘奶奶梳洗化妆，送她离开。

萧潇潇再没开口说过话，她跪在一旁，无力地歪在姚兰怀里，眼睛无神地望着棺木里的母亲，眼里的泪流干了，心里的却止不住。

江北北静静地看着楚尧给刘奶奶梳头发，为她换上新衣，再一点点地，轻轻为她点缀上颜色。

楚尧脸上没有表情，看不到悲伤也看不到冷漠，他的眼睛是平静的，却始终有着温度。

他的手指，一点点为刘奶奶添上生气。

妆容完毕，楚尧微微鞠了一躬，轻声道：“一路走好。”

潇潇阿姨推开楚妈，步履蹒跚地走向棺木，她伏在旁边，看着母亲安详的面容，放声痛哭。

江北北伸出冰凉的手，颤抖着抓住了楚尧的手，楚尧回握住，慢慢用力。

他的手很温暖，江北北的手不再抖了，和心一起，慢慢平静。

楚妈示意他们都出去，让萧潇潇单独陪刘奶奶一会儿。

江北北抱住楚尧，小声啜泣，靠在他的怀里，小声问："见多了死亡和离别，是不是就不会这么悲伤了？"

"会一直悲伤，最终与悲伤妥协，寻找到平静。"

"这是你第一次送自己熟悉的人离开吗？"

"第三次了。"楚尧眼神飘远，回答，"我送过我的中学老师，也送过我的大学同学……"

"人为什么会死？"泪水又模糊了眼睛，湿了他带着温度的衬衫。

"这是所有人的结局。"楚尧说道。

不是轻飘飘的一句"生老病死人之常情"，而更像是有重量而又认真的回答。

"正因为死，才赋予生欢喜的意义，活着才可贵。"楚尧说，"生命是有温度的，生是生命的开始，死是生命的结束。这段旅途结束后，就必然会有离别。"

"我不想要离别……我不想让我身边的人离我而去。"

"凡事都有终了的那一刻。"楚尧松开她，"愿不愿意，结局都会到来。"

江北北抬起头，静静看着他，认真说道："从过年到现在，刘奶奶一直没来看过我，但我知道她惦记着我，她跟我奶奶打电话我都听见了，问北北的脚怎么样了呀，我都知道的……她是个好奶奶，她还记挂着我。"江北北说，"可以后，我只能在心里想她了。"

"只要我们还都想着她，她就没有真的离开。"

楚尧再次主持了追悼会。

来了许多以前的老警察，那些都是刘奶奶的儿子昔日的战友与同事。

追悼会结束，潇潇阿姨双手拽住楚尧的手，痛哭起来。

楚尧应该说声"节哀"，但话到嘴边，变成了一句："她去远行了，生是开始，死也是开始。"

生是一个人在这个世界的开始，死是一个人在这个世界的结束，是一个人踏上未知旅途的开始。

潇潇阿姨低头垂泪，千言万语、千愁万绪化为一句："谢谢你……"

刘奶奶离开后，江北北的奶奶血压不稳，这些天悲伤过度，在家休息，江北北哪儿也不去了，安心在家里陪奶奶，还说要包一日三餐。

但江北北这个人，生了副千金弱小姐的身子，干不来活儿，扫地闪腰，拖地抽筋，切菜切手，做饭必被锅或者油烫到手。

奶奶实在是忍受不了，起来把她丢出厨房，自己来做饭。

开冰箱时，奶奶看到了半罐腌咸菜，笑了起来，说道："北北，你吃这咸菜吗？"

咸菜是刘奶奶过年时拿到她家的。

江北北拖着伤脚跳过来，扶着门框，看了那罐咸菜，沉默了好久，回答："要吃！但是只吃一点点，刘奶奶腌咸菜也超咸的，简直像打死买盐的，吃一口就能变成燕巴虎！"

奶奶哈哈笑道："老刘放盐没轻没重的。"

老友并没有离开，她一直在大家的心里，在回忆中的点点滴滴。

家里两个病号，楚尧这些天都提前一小时下班，回来直接拐到江北北家做饭加陪聊。

有次吃饭前他没跟对门说，楚妈跑到阳台上喊："北北，告诉姓楚的，我不要他了，让他当你家上门女婿得了！"

当时楚尧正在客厅给江北北掰热馒头，手一顿，嘟囔道："有区别吗？不都一样。我回你家也跟上门女婿一样。"

江北北笑倒在沙发上，笑到胃疼。

那晚，上门女婿留宿在了江北北家的沙发上，半夜，被江北北晃醒。

"楚尧，我梦见刘奶奶了，她跟我说话了。"

"她说了什么？"

"她说让我谢谢你。"

楚尧轻轻"嗯"了一声。

江北北说："还有……"

"什么？"

"等以后抓到那个逃犯，一定要告诉她。"

"好。"

飞机从城市上空飞过，离开陆地，飞向异乡。

萧潇潇在返程的飞机上，一觉梦醒，睁开眼睛，茫然片刻，慢慢收起脸上的惊讶，微微笑了笑，泪水慢慢滑落。

她推开遮光板，望着底下灯火通明的城市，轻声说道："妈妈，也谢谢你，一路走好，祝你幸福。"

第十一章 身边的他们

“总而言之，你们单元最有钱的是秦元，最穷的是唐西周。”在喵了个咪喝奶茶时，黄元宝公布了她的调查结果。

江北北发表感想：“我今天要给我二哥买个猪肘子吃！”

黄元宝：“哦，提醒你一句，最穷的都比你挣得多。”

江北北：“我刚刚说那肘子买给谁了吗？没指名吧？好，我打算买个肘子犒劳一下自己。”

黄元宝翻了个白眼，接着道：“所以我打算按收入定播放顺序。”

江北北奶茶占着嘴，手放在脑袋上比了个问号给她。

“第一个播出的是你，今晚，记得看。接着是唐二哥，然后是宋大个、你男人、你大哥、秦桃花。”

江北北松开吸管，吐槽：“这也太惨了，我竟然赚得最少。”

黄元宝：“江记者，听姐一言，你好好混，争取当上副台长，用一堆粉红色可爱的票子，艳压你这些哥！”

“好！一切靠未来的黄台长了！”江北北与她互捧起臭脚。

黄元宝是趁外出采风的机会，出来跟江北北见个面，顺便到宋朗店里坐坐，交流下感情。

工作日奶茶店也不怎么忙，把外卖订单处理完，宋朗提着水桶牵着狗到门外擦玻璃，路过黄元宝时，弹了她一个脑瓜崩儿。

黄元宝礼尚往来，咬了他的手指。

宋朗：“呵，这点力道，跟挠痒似的。”

“去你的！”黄元宝大拳砸向他硬邦邦的胸肌，宋朗嘿嘿一笑，揉着胸出去了。

也只有宋朗，面对一米七多的黄元宝，还能说一句：“元宝你小鸟依人，打人不疼。”

等宋朗出去，江北北压低声音问：“从你俩交往开始，我就非常想问一件事，今天求你成全我，告诉我答案。我想问的问题吧，是有点私密的那种……”

“哎哟哟！你又想八卦啥？”

“那个……我替八卦群众问的。”江北北喝了口奶茶壮了胆，问道，“你不嫌我四哥睡觉打鼾吵吗？”

“有这事？打鼾？谁？宋大个？”

“……”江北北，“你一定睡了个假四哥！”

黄元宝：“我反正是没听到过……”

沉默许久，双方都拍桌而起。

黄元宝：“你怎么知道他打鼾？”

江北北：“啊！你听不到肯定是因为……嘿嘿。”

然后两个人喷了对方一身奶茶。

“江北北，你什么时候学会拐弯抹角了！”

“黄元宝！我知道他打鼾不是因为我睡过他，请屏蔽掉你那大脑里污浊的东西，OK？”江北北喝了口奶茶压了压火，解释，“我四哥打鼾谁听不见？我就是睡楼顶都能听见！我们整个单元的都能听见！不用睡在他旁边都能听见！倒是你，爱情让你聋了？”

黄元宝：“啊，可能就是你猜的原因吧。每次见他都累死了，我反正睡觉死沉死沉的，谁还能听见他打鼾？”

“哇，黄元宝，你真牛！我四哥打呼噜时地动山摇，你听不见就算了，就睡他旁边，连床的震动都感觉不到？”

“你感觉完八级震动，对那种一级小震动还能有感觉吗？”黄元宝扯了一丝“你懂的”的笑容。

江北北：“哦，懂了。”

黄元宝坐了下来：“就问这？你说要问我比较私密的，我以为你要问特种兵的作战能力，害得老娘准备了一肚子文采飞扬的演讲稿，准备给你扯扯他的厉害之处，吹一下老娘的男人有多棒……”

江北北默默放下奶茶，堵住了耳朵，默念了一声阿弥陀佛：“罪过……我不该让你染指四哥的，阿弥陀佛。”

两个人的节操撒完，江北北熟练地拿出拐杖，回家去了。

宋朗说要送她，江北北道：“我要拐到二哥那儿捎个肘子回去，不用送了，不好停车。”

江北北爱吃的那家肘子在公安局旁边，是家夫妻小店，江北北买了两只大的，提着来找唐西周。

靠门口坐着的副队见了，先拍桌狂笑。

“北妹子来了啊！来看唐队的吧？你拄着这根奶奶拐从门口一瘸一拐走过来，我以为是昨天抓小偷扭了脚的妹子来给我们送锦旗了哈哈哈哈！哎哟！好香啊！你买的猪蹄啊！”

“林副……你这么对妹子说话，不怕单身一辈子吗？”

“北妹子有男朋友了，已经在我的目标范围之外了。”

“啊！有男朋友了？”

唐西周抱着保温杯从屋里出来，接了杯热水，说道：“瞎说，我家丫头没男友。”

江北北：“二哥，要不要肘子了？”

唐西周不慌不忙地道：“我家丫头有未婚夫。”

林副队拍大腿：“对对，要订婚了。”

对面同事：“你们好坏！为什么要告诉我这些！我不听我不听！”

另一个同事提醒道：“小王，冷静一下，订婚不用随份子。”

“吓死我了。”那个同事立马冷静了，抚着胸口大喘气，“还以为要破费了，吓死了。”

江北北：“不用随份子啦，哥哥们都来就很给面子了。”

她把肘子给了唐西周：“二哥，给你，挑了一个至少四十二码脚的猪，保准管饱！”

“听听！”唐西周炫耀道，“听听！就问你们羡慕不羡慕！我妹妹自己伤了脚，还来给我买猪脚，还是四十二码的大脚！”

林副队幽幽一笑，盯着猪脚，大家静默片刻后，林副队拍腿为号：“抢！”

四十二码脚瞬间砍半，成了儿童脚。

“北妹子，坐警车回去吧？”林副队玩笑道。

“不不不，还是留给困难群众吧，我凭顽强意志能走回去。”

江北北拄着拐杖走了。

她刚离开，微信群有了新提示。

唐西周看了眼微信群，哈哈一笑，大声说道：“今天晚上记得看《身边的他们》啊！三套，三套，八点开始！我妹！我今天朋友圈准备刷屏了啊！你们可做好准备，想拍我马屁的抓住机会！”

江北北走路也走出花样来，走着走着，心里开始打节拍，一嗒嗒、二嗒嗒，以拐杖为支点，走起了华尔兹。

秦元老远就看见了她，车减了速，慢悠悠停了下来，摇下车窗，吹了声口哨：“美女，搭车不？”

“使君一何愚，小女名叫秦罗敷。”

“少来。”秦元笑道，“回家吗？你买的什么？是吃的吗？吃的给我点，饿死我了，快，中午没吃饭……”

江北北跳过去，钻进副驾驶座，表演了一记大力撕猪肘。秦元饿死鬼附身，三秒嚼肉五秒吐骨头。

“慢点吃，小心噎到了……”

秦元到后备厢取了两瓶绿茶，扔给她一瓶，自己倚着车门一口气灌了半瓶，舒服道：“啊……心跳终于恢复正常了，刚刚饿得要疯了……”

江北北：“那你还不吃饭，路边好多卖小零食的，你先吃点垫垫肚子也行。”

“我想着快到家了。”

“万一你妈没做饭呢。”

秦元回答："那我就准备从一楼一路要饭到家……楚尧回来了。"

江北北已经从后视镜里看见了，楚尧看到秦元的车，也挨着停了下来，走来一瞧，笑了。

江北北托着脸，脑袋探出车，亲了他一下。

秦元说："瞅见没，我俩在车里吃肉喝茶。嫉妒不？"

楚尧："肉给你，人我领走。"

"走了啊，三哥。"江北北拐杖也不要了，跳出来挽着楚尧蹦蹦跳跳地上了他的车。

江北北有个特殊技能，就是言灵，还是好的不灵坏的灵。

她无意中一句，万一你妈晚上没做饭呢，秦元家还真断了粮。

秦元爸妈出去吃烛光晚餐了，秦元端着空碗摸到楚尧家，敲门求收留。

楚妈："哟，刚走一儿子，这就来一儿子，来吧，随便吃，吃多少都行！"

"尧儿呢？"秦元这才发现，家里只有楚爸、楚妈两个人。

"当人家上门女婿去了，心飞了，叫不回来了。"楚妈说，"去，元儿，跟他叫阵，就说家里做了红烧肉！"

秦元转身敲江北北家门，满脸正义："嗯，我去给姚队长探探敌情。"

然后秦元投敌了，再也没回来吃那盘红烧肉。

秦元还在阳台上喊："姚阿姨，敌方势力太强大，剁椒鱼头、酱牛肉，还有米酒汤圆，我招架不住，你忘了我吧。"

楚妈对楚爸说："看见没，这都是给人当上门女婿的料。"

江北北奶奶挺高兴的，家里来两个小伙子，做饭吃饭都有劲儿，盘盘光，还热闹。

过了一会儿，楚爸、楚妈来对门扫荡战场了。

楚妈："哈！抓到两个没良心的小叛徒！"

秦元："队长，别开枪，我身在曹营心在汉。"

楚尧："我应该感谢你，还记得你有个儿子，知道饭后过来看看。"

楚妈："哈哈哈哈，小兔崽子。北北，上周看到预告了，是今天八点开播吧。"

江北北红脸道："哎呀，大家都来看，感觉好羞耻……"

楚爸："特地买了爆米花，带了可乐。"

这是要当电影看啊！

七点半，唐西周匆匆跑回来，大喊："都在二楼呢？"

"在！"

"上来！"

"好嘞！"唐西周给严清明打电话，"你到哪了？快点快点，播天气预报呢，刚报一半，你还来得及！"

宋朗牵着宋大喵也回来了，摆了一桌零食，从家里搬了小板凳坐在一旁，一边织毛衣，一边等开始。

秦元说："四儿织毛衣总给我一种张飞绣花的感觉。"

宋朗："我给大喵织个帽子，准备打扮打扮，让它当网红狗，给家里赚点外快。"

唐西周笑："志向真大。"

江北北："我忽然压力好大。早知道就让元宝开个后门，先播你们的了。"

楚妈："都有份！等播楚尧时，我让你们见识一下，什么叫教科书式吐槽！"

楚尧跟江北北咬耳朵："等那天，咱俩出去单独看。"

"好！"

严清明回来时，广告恰巧进入倒计时。

严清明松一口气："赶上了！"

江北北让奶奶坐到了中间，自己则缩在楚尧身旁，准备随时拿他做挡板。

节目前奏响起，本期内容："《近邻》公安居民楼二单元的兄妹们——（一）新锐调查记者江北北。"

江北北："好羞耻……"

《身边的他们》旁白响起，屏幕上出现了他们的单元楼。

"这是坐落于我国 X 市江北区的一座公安居民楼……"

屏幕上出现了兄妹六人的合影，旁白道："江北北是这六人中，年纪最小的妹妹。”

合影中，江北北站在楚尧和秦元中间，双手比画着兔耳朵，唐西周胳膊搭在严清明的肩膀上，对着镜头比V字，宋朗按着宋大喵的脑袋，半蹲在前面，咧着嘴笑着。

大家齐声惊呼：“还有合照！”

宋朗：“啊，后面几期肯定也有这张！”

唐西周：“这张照片选得可以啊，老大看起来很年轻……”

严清明：“这是北北上大学那年照的吧？学校侧门的那棵玉兰树下，让路过的女学生给照的，还牺牲了老二的联系方式。”

唐西周：“哟，您记得可真清楚。”

严清明：“嗯，你特警，你当时风华正茂。”

秦元：“我当时怎么是三七分发型？不能忍！我说当时跟我搭讪的怎么比二哥少。”

宋朗：“二哥跟尧儿最厉害，走一路后头跟一路，回头一问，全是要联系方式的，三哥就不一样，三哥是走一路招惹一路，还差点被款姐看上，上来直接谈结婚。”

秦元：“牵狗到校园里瞎显摆，身边围一圈女学生摸狗的没资格吐槽别人啊！”

江北北沉默不语，紧紧抓着楚尧，不知道楚尧是否能看出她选这张给黄元宝做后期的理由。

楚尧笑着，轻声说道：“这是所有合照里，北北离我最近的一次。”

以前，她的身边都是唐西周和秦元，他只站在边上，怕他一靠近，江北北脸上的笑容就会僵硬。

只有这张，她开心地笑着，主动把他拉了过去。

“尧哥，你站近一点！”

也就是那天，他忽然发觉，她长大了。

她脸上的笑容，在他心里，有了新的意义，赋予了他不一样的感觉。

《身边的他们》拥有非常高的收视率，也是全年龄向的电视节目，据统计，每周收看《身边的他们》的人数，手拉手能围地球转两圈。

江北北这期因为提到了缉毒警，还在网络上掀起了“远离毒品珍爱生命”的话题讨论，进而热度又发展到了演艺圈，艺人们纷纷表态，发起了“演艺界零毒品”的倡议，还录了公益视频。

第六天，网络上的热度终于下来了，在公安局的热度又上去了。唐西周打电话倒苦水：“市里要求全单位组织观看，这几天一抬头，电视上全是你……还要写观后感，北北，帮我写一篇，我交个任务。”

江北北十分惶恐，她属于学习一直不错，但从来没拿过奖状、受过表扬的那种孩子，且自认为内心并不纯洁美好，偶尔还有点不符合美德的想法，比如花式睡楚尧什么的。忽然成了大家学习的对象，还有人看她的节目写观后感，江北北差点没吓昏过去，好几天没敢出门。

带着这种欺骗大众的负罪感，江北北迅速写好了一篇观后感给了唐西周。

到晚上，唐西周拿回来一只大红色玩偶狗，肚子上还用金线缝了个英语单词 Dog，标签上建议零售价：10 元。

没办法，公安穷。

“得奖了，发的。”唐西周说，“还让我上台念，我都没看，念着念着笑场了。”

江北北含泪道：“二哥，是我误了你，下次编瞎话，我一定悠着点编，编得狗屁不通让你远离领奖台。”

江北北出名了，她在朋友圈火了一把，好多失联的老同学找到了她，说要举办同学聚会。

江北北回绝了，为了让同学们知道自己并非找借口推托聚会，她还委托奶奶拍了自己的伤脚，发到了朋友圈。

见到此图，严清明回复：明天来拆石膏。

江北北：幸亏朋友圈看不到非好友回复……

非好友见不到，共同好友能见到。

楚尧看到严清明的回复，调了休，陪江北北去医院拆线。

石膏顺利拆除后，江北北发现自己不会走路了。

“我的脚软了！”

长时间没用这只脚好好走路，它和它的肌肉骨骼们，早已忘了如何使劲，如何正常走路。

楚尧扶着她，笑："大胆走。"

江北北趁机提条件："那你给我唱个《妹妹你大胆地往前走》。"

楚尧摇头，抿嘴微笑。

"你唱，给它力量，它立马就会走了。"

楚尧还是摇头，蹲下来说："背你。"

"出了医院才给我唱？"江北北拉着他的手指，"拉钩上吊了啊，不许反悔，出门给我唱。"

楚尧背着她从医院出来，穿过前面的草地，小声给她唱着那首老掉牙的民歌，唱到一半，有两个年轻女学生与他们擦肩而过，其中一个举着手机，说道："我今晚要看A视的网络直播了！"

"是不是看《身边的他们》？！"

"对，今晚这期是那个警察哥哥！我们宿舍都等着看他呢！二十秒预告片我这星期看了二百遍！那个缉凶镜头真是帅死了！"

"我上期看完跟我妈闹，让她无论如何想办法给我生个哥哥，我妈骂我神经病，后来我把人家这期节目安利给她看，我妈看完跟我说，人家那哥哥都是国家发的，你有能耐你也让国家发五个给你！"

她们聊着走远，江北北笑趴在楚尧身上，而后，又小声道："楚尧，我现在就有点担心。"

"你担心什么？"

"担心你的节目播出后，也很受欢迎，满大街的姑娘都喜欢你。"

"喜欢总比讨厌强。"

"那我不服，万一有人对你动心了，怎么办？"

"看来是我的错。"楚尧笑道，"竟然没给你我坚如磐石的自信。"

江北北侧过头，在他耳边轻轻咬耳朵，吹了口气："我有自信的。有更多人喜欢你才好呢，喜欢就会打破偏见，没了偏见，就能平常心看待你的工作。然后有更多更多的人，知道它并不可怕。"

楚尧停了一停，回头对她一笑。

"腿软了，走不动了。"

"那可不行，你还背着我呢。刚刚还坚如磐石，怎么一会儿就成蒲苇了？"

"因为有个小姑娘，吹了口仙气，化刚为柔。我现在浑身上下，只有两处还坚如磐石，其他的都变作风中蒲苇了……”

“哪两处？”

“想要你的心，和……”楚尧轻笑一声，背着她继续走。

等他把江北北放在车上后，她才反应过来：“楚尧，你坏死了。”

楚尧笑眯眯道：“这两处坚如磐石是好事，你该高兴才对。”

江北北拆了石膏，心就飞了，提议去游乐园疯玩一天。

楚尧扶着她，从游乐场门口走到卖冰激凌的路边摊，江北北的脚终于恢复如初，在冰激凌的召唤下健步如飞，买了个甜筒，正要下嘴，甜筒被楚尧拿走，举高。

江北北瞪大了眼：“楚尧，你敢造反！”

“你今天不能吃。”

“谁说不能！”

“你昨晚还在肚子疼，今天就敢吃冰的？”

“根本没关系！我要吃！”江北北蹦起来，楚尧就把它举得更高，笑眯眯看着她。

“你讨厌！”江北北气急败坏地跺脚。

“太凉了……”楚尧咬了一大口，还对她笑，“我替你吃了。”

江北北化委屈为愤懑，打算自己再买一根，她刚转身，楚尧拉住她，一把将她抱在怀里，低下头，冰凉的舌尖滑进来，带着奶油味的甜。

江北北浑身的刺儿渐渐软了，收了起来。

她搂着楚尧的脖子，拉他再近些，楚尧颤动着喉结，发出低低的笑声。

“暖给你吃。”

江北北红着眼圈，拳头捶打他的胸口，撒娇道：“讨厌！”

“大哥批评我很多次了，出门带热水给你喝，不要给你冰的东西吃。”

“大哥是皇帝吗？说的话都是圣旨吗？”

“不，你的才是圣旨。”楚尧说，“但是陛下，为了身体，你要听我的劝告。”

江北北：“那你补偿朕。”

“你说，肝脑涂地万死不辞。”

“睡我。”江北北改口，“不对……侍寝。”

“行的。”楚尧拉住她的手，三下五除二把甜筒吃完，说道，“等这阵子过去，你给我个暗示，我准备着。”

到摩天轮那里，江北北走不动了：“要坐！”

“嗯。”楚尧说，“要重温最初吗？”

江北北红了脸，嘴上却说：“看今天气氛。”

摩天轮缓缓升起，楚尧这次全程盯着她看，江北北眨巴着眼睛，呼吸都放轻了，瞪着一双杏核眼，问他：“看什么！再看把你吃掉！”

楚尧垂眼，无奈一笑。

“楚尧你坐过来。”

摩天轮晃了几晃，恢复平静。

楚尧轻轻吻着，舔舐着她的唇。

江北北趁间隙，问了个问题：“这里有监控吗？”

“没有。”

“万一有呢？”

“接吻违法？”楚尧笑，并没有放开她，低声道，“违法也不怕，报警让二哥抓，还能帮他完成业绩。”

“哈哈哈哈……”江北北笑着，觉得他今日十分活泼，可能是换了件颜色鲜亮的衣裳，重回少年时代，连吻都是霸道又急切的。

于是，江北北叫了一声：“尧尧。”

楚尧停下，笑眼看向她：“叫错了，尧尧不是我。”

“不是你是谁！”江北北当他是害羞，当他不能接受这个叠字名。

楚尧：“你猜是谁？”

他的手指抚着江北北的后背，低声笑道：“不久后，我带你认识它……”

江北北这个表面萌乖内心阅历无数的“老司机”，没一会儿就反应了过来，知道他在说什么后，又惊喜又惊吓。

“楚尧！你好污！”

“意外吗？”

江北北支吾好一阵，说道：“莫名觉得萌。”

“江北北，我爱你。”

江北北抬头看着他的眼睛，忽如甘泉灌顶，她看到了。

随着她心跳的加剧，视线交缠时，温度越来越高，仿佛能看到迸溅出的火花。

那一刻，她终于知道了，什么叫“爱你的心，一个眼神就能明了”。

真挚、占有、狂热和将它们揉在一起的温柔。

他的眼神里，这些都有。

“楚尧。”江北北说，“你记住欠我的冰激凌要怎么还了吗？”

楚尧握着她的手，放在自己的心口上，从胸膛传出的炽热心跳，让江北北险些化为春水，无法思考。

“就在这里，我记着，等你来与我一起兑现。”

唐西周的那期《身边的他们》播出后，他美滋滋地翻了好几天网络上的评论和精彩片段回顾。后来连林副队都看不下去了，跟他讲：“老唐，你别恶心人好吧？能谦虚点吗？看自己的照片还会流口水我也是第一次见。”

唐西周关了手机，收了笑，喝了口水，又想起网上姑娘们夸他的话，再次嘿嘿笑了出来。

林副队打了个战：“够变态的。”

但是麻烦很快就来了，从上午的会议开始，唐西周电话一个接一个，好几个外地陌生号码，接了电话有的不说话，有的嘻嘻笑，直到一个胆肥的，说了一大串话，唐西周才意识到，他的联系方式被曝光了。

打电话过来的都是年轻小妹妹，估计跟江北北差不多大，唐西周哭笑不得，逮着胆肥的那个套了半天，隐约猜出他的电话号码是从好友圈泄露的。

挂了那个大胆约他春宵一度的姑娘的电话，唐西周接到了江北北的来电。

江北北：“二哥，你的手机号跟工作单位被曝网上了。”

“哪个干的？”

“哪个放到微博上的我不知道，但我看这个图源……是你妈发的。”

唐西周挂了电话就翻朋友圈，果不其然，看到了他亲妈发的图。

唐西周：手机号 188×××0731，工作单位：×× 市公安 ××

刑侦支队队长，一级警督，待遇优厚，老实本分。谁家有合适的姑娘，帮忙给我儿子介绍一下。

唐西周手捂着嘴，陷入沉默。

下方，他妈也不知回复谁的，说道：具体身高不清楚，不矮，比他爸高，他爸穿鞋有一米七八，最好找个高一点的姑娘。

微博是啥？我不会玩，你们年轻人会，你帮大姨宣传宣传。

真相大白了，他家某个亲戚，把他妈发在朋友圈的征婚帖给转到微博去了。

唐西周是真的火了，连在医院里天天不闻窗外事的严清明都知道了。

一大早，他就听到护士聊："太过分了，把人家朋友圈的东西转出来……"

"真有人会去吗？"

"绝对会有人打电话！"

严清明好奇："又有什么新闻了？"

护士笑道："你那个弟弟。排第几来着？"

"第二，节目里说了。"

"西周啊？"严清明笑问，"网上都说了什么？"

"征婚呢！手机号都爆了。"

老大了然，转头再打唐西周的电话，已经关机了。

"臭小子……"忽如一夜春风来，千树万树桃花开啊！

不过，也是江北北的那句话。

受人喜欢，总比被人讨厌强，喜欢才能消除偏见。

下午，真有姑娘找上门来了，没找对地方，只在公安局门口鬼鬼祟祟地转悠着。

鬼鬼祟祟的人，在哪都容易被怀疑，在公安局门前沾上这四个字，那就更容易被请去问话了。

一问才知道姑娘是来看唐西周的。

同事哭笑不得地请走了这位姑娘，没过多久，又见几个在门前转。

局里给唐西周放了半天假，并通过公众号发了公告。黄元宝知道了这事，火急火燎地找节目组发了个通知，发完整信息的几个微博账号经过沟通过后，也都删了博，评论里又转了风向，呼吁大家不要转带个人信息的，保护警察个人隐私，还有博主夸张地猜想了干刑侦的警察如果隐私暴露会造成什么样的后果，连哄带吓，热度终于下去了些。

不敢开机的唐西周窝在沙发上，对江北北说："死定了。"

江北北乐观，说道："阿姨没把住址曝出去已经不错啦。"

"太出风头不好……"唐西周翻了个身，摇头道，"我本来就不是那种沉得住气的人，咱局刚调来一副局，直接管刑侦的，是我的顶头上司，跟我行事方式不一样，本就看不惯我，这下更是没好印象了。"

江北北道："胡扯，当时拍摄的时候，局里那么重视，想通过这个树立良好形象，再给局里做个宣传，现在这个反馈，恰恰证明效果很好嘛。局里应该表扬你才对！"

"哦，再给我发张奖状，发点奖金是吧？"唐西周呵呵笑，反手就是一枕头，"做什么梦呢！"停了一会儿，他又问，"群里有动静吗？"

"有呀，都在祝贺你呢，你担心什么？有谁吃醋吗？"

唐西周板起脸："胡闹，又开我玩笑。"

"哎呀，没那么可怕。我唯一担心的是你以后上班，有姑娘跟着骚扰你。"

"那你担心错了，我干什么的，我警察，跟踪骚扰够拘留的。"唐西周道，"我是担心风头太过。"

江北北说："二哥，有个说法是这样的，好事不能太满，不然容易有大坏事。所以一般好事到来时，都会伴随着各种小麻烦，缓冲一下，这样你就不用担心好事过后是大坏事了。二哥你英俊潇洒，给我们警察做了个非常好的正面宣传，这是大好事，现在有点小麻烦没什么，总比有大坏事好。"

唐西周笑她幼稚，却也接受了这个幼稚鬼的安慰："好吧，好事多磨。"

楚尧下班后，接走了江北北，一吻过后，他问道："我明天去邻市交流学习，一起去吗？"

江北北抬起头："你确定要带我去？"

"交流会就半天。"楚尧说，"你要去了，下午我可以陪你逛街。"

"谁要逛街啊！你要带我去，我就要拿你'一血'了啊！"

"嗯？"楚尧弯下腰，笑眼看着她，轻声问，"你要拿我什么？"

江北北把盒子盖在他头上，含羞带怯……不，是含羞带霸道地说："取你贞操！"

楚尧弯起嘴角，笑道："求之不得。"

还笑？江北北叉腰："床上见分晓！"

楚尧笑出了声。

第二天，江北北真的跟着楚尧到了邻市，邻市的白玉兰开了满街，江北北的心像一树树雪白的花簇热烈绽放。

如今，她再也不像从前，与楚尧单独在一起时，连合适的话都找不到。

她回忆道："我上大学时，学校有一条小道，也是这样子，种了很多白玉兰，大一下半学期刚开学，我走在那条路上，接到了你发的短信，说复试的名单出来了，你被录取了……虽然知道那是群发的短信，但我还是很开心，就是那时，我忽然发现，两边的白玉兰开了，真漂亮……就像现在，后来，每次经过那条小路，只要看到玉兰树，我就想你。"

楚尧说："那不是群发。"

"嗯？"

楚尧道："那天录取名单出来，第一个想到的就是你，我不敢打电话给你，怕你发现我的心思疏远我，所以我给你发了短信，等着你回复，你是第一个，也是唯一一个。"

江北北愣了一下，甜蜜又酸涩道："可我……可我也不敢……不敢太快回复你。"

她和他的顾虑一样，收到短信的时候，不敢立刻回复他，怕做了第一个回复，被他发现自己的心思。所以她等了好久，才慢慢把早已编辑好的祝贺短信回复给楚尧。

——刚刚查了学校的录取名单，顺利通过复试，已被录取。

——太棒了，恭喜尧哥！

这句回复，楚尧等了半个小时。收到江北北的回复后，楚尧才想起要通知其他人，遂编辑了"录取了"三个字群发。

"我们学校解剖楼下，有一棵白玉兰树。"楚尧忽然说，"我记得你们学校那条白玉兰道最有名，那年，我从解剖楼出来，看着那棵玉兰树，就像看到了你。"

"楚尧，你在讲情话吗？"

“是啊。”楚尧望着车窗外的白玉兰，微笑。

她永远不知道，那天他想她时，是什么样的心情。

他并非天生不怕那些尸体。那天，人体解剖楼送来了一具尸体，这具尸体其实很普通，却让他想起了许多故事背后的黑暗。

像把所有不美好放在他眼前，那时，他一遍遍告诉自己冷静，却并不能解决问题，五年时间，看到的、听到的，自己知道的、不知道的，所有人性残忍黑暗的一面，所有与死亡挂钩的东西，将他的心抛入混乱无序中。

疲累，无处安放。

但抬起头，看到白玉兰的那一刹那，楚尧想起了远方的姑娘。

她的脸上总是带着笑，她那熟悉又安心的笑容，神奇地点亮了他的心，就像甘泉带着清晨透亮又温柔的阳光，汇入深渊的那一刻，也照亮了深渊。

江北北于他而言是什么，他比任何人都清楚。

那是此生唯一能治愈他、安抚他的力量，只要她还鲜活，他的心就能继续跳动。

所以他注视着她，温柔心细地照顾着她，小心翼翼地从她的笑容中汲取继续走下去的力量，最终，如愿以偿地把自己的人生献给了她。

守护她，守护有关她的一切。

“我很幸运。”楚尧轻轻笑了起来，“我想过无数次，想着你爱上另一个人，把你的笑容给他，我再也得不到……我害怕这些，但我更害怕当我告诉你，我想占用你的笑容时，你会永远封存它，不再给我……”

所以，我很幸运，你喜欢我。

我将珍惜这份幸运，就如珍惜你的笑容。

学习交流会，实质上更像是小型座谈会，地点是某所高校的公开课教室。

江北北原本要在学校里逛逛，等楚尧结束。

结果一个白发教授见她在门口站着，问她做什么，她说等人。

教授：“家属？”

江北北：“嗯……”

教授笑："罕见，进来等吧。"

参加交流会的人不多，也就半个阶梯教室，大约一百来号人。

楚尧的形象气质，注定他不管坐在哪里都显眼，江北北很快就找到了他，却被他戴的眼镜吓住了。

我尧哥……近视？

楚尧也没想到江北北会进来，指了指身边的空位，继续低头整理讲义资料。

江北北小步跑来，坐定，一双眼却惊奇地盯着楚尧，目光始终黏在他脸上不下来。

她一直以为哥哥里只有秦元近视。

楚尧笑了起来，侧头看向她，睫毛随着笑轻轻颤动着，浓密乌黑。

楚尧的眼睛、下巴像妈，轮廓气质像爸，因而比起被称为冷脸美人的楚爸，楚尧长相更讨喜一些，尤其笑起来，像他妈妈，很有感染力。

"没见过？"他轻声问。

江北北使劲点头："你近视啊？"

"本来以为能藏到结婚后。"楚尧偷偷笑道，"度数不深，难看吗？"

"好看的！"

"嗯，那我就放心了。"楚尧收回目光，嘴角带笑，补充道，"不许拿我跟别人比，我会吃醋。"

江北北咽下要夸他比秦元好看的话，差点笑出声。

交流研讨会三个小时，江北北只能听懂前三分钟的演讲，因为牢记自己是楚尧的家属，为了不给楚尧减分，江北北愣是三个小时都没碰手机。

中途，楚尧还到讲台讲了遗体水化技术的发展情况和运用情况，之前为了多了解他做过几天功课的江北北只听懂了个大概，托着下巴一脸痴笑地望向讲台。

楚尧会在短暂停顿时，笑着看她一眼，两个人通过眼神交流片刻。

等楚尧回来后，研究所的老教授对他说："前几次见楚尧，从来都没笑过，我说今天楚尧怎么总是笑，原来是带了家属。"

脸皮薄的江北北又把自己的脸给烧红了。

"小楚啊，下次跟我们讲讲怎么找女朋友嘛，这个很实用的，大家伙也很想听的。家属做什么工作的？看起来不像同行。”

“我吗？”江北北像是被老师点名起来回答问题，站起来回答，“我是A视的记者。”

有人小声说：“《身边的他们》那个。”

老教授或许是耳背，手放在耳朵边，问那个人：“你大点声，你认识她？”

“胡教授，你看《身边的他们》吗？”那个人声音大了些，“她是那个记者。”

“还是个知名记者。”教授惊喜道，“有记者朋友很不错嘛，以后我们的职业现状、研究成果还有我们的这些个人情况，就要靠记者朋友帮忙了。”

话也许是玩笑话，江北北却正了脸色，郑重地点了点头：“一定的。”

十年前，江北北觉得哥哥里最稳重的是楚尧。

五年前，江北北看到楚尧叼着鱼干逗宋大喵，笑容狡黠，用人类的智慧把宋大喵馋得口水如瀑，还吃不到，江北北就觉得，哥哥里还属严清明稳重些，楚尧是个蔫坏的。

如今，江北北觉得，如果出个坏蛋排行榜，楚尧一定排第一位。

二哥和三哥那点程度，根本比不上楚尧。

交流会结束后，江北北和楚尧回了宾馆，两个人开了个标间，楚尧敲了一下午的论文。

一直到天黑，江北北说困，要洗澡睡觉。

楚尧“嗯”了一声，继续看书。

等江北北披着睡衣从浴室出来，见楚尧正在做俯卧撑。

“你在锻炼身体吗？”

“我在做准备。”楚尧回答。

江北北立刻懂了，走也不是，问也不是。

楚尧：“你来。”

“做什么呀……”江北北紧张又期待地咬着指甲，慢慢挪过去。

楚尧却突然如豹附身，动作迅捷地跳起来，一下把江北北扛起来扔到床上，自己也跳了上来，来了个“床咚”。

江北北惊恐地把“哥哥”都叫出来了：“尧哥！！不不不！你还没洗澡！”

楚尧笑了一下，双手撑在她两边。

他还戴着眼镜，江北北呆呆地看着，双手颤抖着，摘掉了他的眼镜。

楚尧闭眼笑了下，再次下沉时，吻住她的唇。

汗流淌下来，滴在她的脸颊上。

江北北的手紧紧抓着他的衣服，心跳震动着她的手腕。

楚尧起身，脱了上衣，跳下床，说道：“等我。”

浴室水声哗哗，江北北捂着脸，在床上翻滚来翻滚去，嗷嗷叫。

不久之后，水声停止，她听到了锁门声。

楚尧按亮了“请勿打扰”，江北北拉下被子，小心翼翼地看他，楚尧就站在床边，浴巾擦着头发，湿漉漉的黑发，水珠滑落到下巴，他眯起眼睛，目光幽深。

浴巾挂在腰上，人鱼线往下，若隐若现。江北北吞了下口水。

“送你样东西。”

他手覆在江北北的手上，轻轻一笑，江北北懂了之后，熟了，化了。

楚尧坐下来，抱起她，咬着她的唇，轻声说道：“跟尧尧打声招呼吧。”

他低声笑着，笑容坏极了。

“尧哥、尧哥……你……”你怎么能这么坏！

楚尧解开腰上的浴巾，抱住因激动和害怕颤抖的江北北，笑着说：“有点，迫不及待了……”

江北北颤抖着手，试着慢慢触碰他，楚尧闷哼一声，睁开眼睛，抓住她的手，慢慢引着她。

“北北……说你爱我。”

“尧哥……”

“错了，叫我的名字。”他闭上眼，低声请求，“叫我的名字，江北北。”

“楚尧……”

“楚尧，我爱你……”

今晚，花好月圆，爱长久。

楚尧被江北北打醒时，天已蒙蒙亮，微光透过窗帘的缝隙照进来，能看清怀里的这个小姑娘。

啊，不能说是小姑娘了，她是甜如蜜的爱人。

她那么好，睡觉打人这点小小的毛病，可以忽略不计了。

江北北还有个不知从哪看来的歪理，她说相爱的人会在恩爱后的第二天同时醒来。

楚尧一睁开眼，江北北也醒了大半，朝他怀里又钻了钻，手摸上了楚尧的腰，吧唧了几下嘴，嘿嘿笑了笑。

不过，她的眼睛没有睁开，笑声中还带着浓浓的睡意，楚尧好奇她到底醒没醒，伸手搔了搔她的鼻尖，江北北就又笑了起来，毫不吝啬自己的笑容。

楚尧轻声问："你醒了吗？"

江北北装不下去了，把脸埋在被子里，点了点头，然后小声说了句话。

"你说什么？"楚尧感觉自己幻听了，江北北说的是："还想再来……"

楚尧回过神来，笑出了声。

"你说真的？"

江北北慢慢露出半边脸，眼睛明亮有神，直直看着他，点了点头。

"换……换个姿势。"江北北小声提议。

中午，两个人叫的送餐服务，江北北饿坏了，吃完饭仍意犹未尽，楚尧又叫了两次送餐服务，两个人把六人份的饭一扫而光。

吃完，江北北才评价："挺爽的。"

楚尧顿了下，问她："你指吃饭还是睡觉？"

"那两件事能比吗？"江北北说，"当然是睡觉更爽了。睡自己喜欢的人，大战三百回合，那种爽感，就像拥抱了全世界！"

吃完饭，疲惫感才涌来，江北北卷起被子滚到床上睡回笼觉。

楚尧躺过来，江北北立马拽下眼罩，说道："不行，你一来，我就不想睡了。"

疯狂暗示。

"不累吗？"楚尧翻了个身，笑看着她。

"补充完体力了。"江北北眨了眨眼，忍不住笑道，"就……你在身边，不做点什么，心痒痒。”

“嗯。”楚尧刚刚穿在身上的衬衣再次被脱掉，“来。”

江北北问了句：“咱们会不会太过分了？”

“正常，新婚燕尔。”楚尧笑。

江北北红着脸道：“我们哪里婚了？”

“色令智昏。”

哈，这接得还挺溜。

过分一天的结果很惨重。

晚上下楼吃饭，江北北发现自己丧失了行走能力，她挂在楚尧身上，哼唧道：“全靠你了，抱着我你累吗？”

楚尧：“你应该相信我的体力。”

“嗯，信的。”都实践给她看了。

然而，什么也阻止不了江北北奇怪的脑回路，楚尧把她放进车里，这个密闭的空间，让江北北放松了几分，问出了非常没羞没臊的问题：“我们交流感情，是不是应该开源节流，节省点来？”

这问题成功使楚尧分了神，安全带三次都没扣好，笑了一会儿，说道：“你把感情交流当什么了，用一次少一次吗？”

“都说夫妻上四十以后，这种情感交流为爱鼓掌就少多了。”江北北仰躺在后座上，一双腿搭在车窗上方的把手上，一本正经地道，“这么一算，你还剩十二年。”

“嗯。”楚尧道，“你接着编，我听着，到时候实践给你看。”

江北北转过头，啧啧道：“楚尧啊，不能不服老呀，你四十的时候，我还貌美如花呢。”

楚尧终于把安全带系上，压根不把这种在边缘试探的小威胁当回事，他扭头问：“貌美如花太太，想去哪里吃饭？”

再次补充完体力，江北北满血复活。

楚尧载着她回家，三小时路程，回到市区，已是晚上九点。

楚尧若有所思道：“今天腻歪了一天。”

江北北躺在后座哼了三小时歌，楚尧一直没说话，有种笑看她自娱自乐的感觉。现在忽然开口说了句腻歪一天，江北北翻了个身，来了精神：“是不是觉得大好时光都浪费在床上，有点可惜？”

她话里有话，这么说是做个铺垫，为了引出自己后半句去看电影或是游乐场玩的提议。

楚尧却回：“不浪费，年近三十，只有昨天和今天最有意义。”

“你可拉倒吧！”江北北笑着道，“你要放古代，就是挨批的那种人。”

“除了你，谁还管得了我床上的事？”

“哎，尧哥，你真挺坏啊。”江北北顿悟，“你这人……啧，以前都是伪装，睡过才知道，露出本性爆发起来能吓死人。”

跟狼似的，昨晚江北北品出味道后，要求他再猛一点，话音刚落，楚尧那时的眼神就变了。极其可怕，像是撕下了伪装，放出了身体里的洪水猛兽。

“你喜欢。”楚尧微笑。

天气回暖后，晚上九点光景正是人多热闹的时候。

经过步行街时，江北北语音控制着尧司机停车。

“你眼镜不是坏了吗？配个新的吧。”

想起壮烈牺牲的眼镜，楚尧笑了起来。

“不许笑！”江北北知道他笑什么，瞪眼跺脚，“我出钱，赔你就是。”

那副眼镜，在他们第一次尝试时，被江北北一个使劲，按碎了。

江北北也很委屈，她当时紧张得不行，想要抓的是床单，没想到手一拍，拍到了眼镜。

当时情况比较混乱，主要两个人尚未找回理智，在荡漾中，楚尧只守着一点点清明检查了她的手是否受伤。

当发现只有眼镜光荣阵亡后，楚尧捉住她的手腕，轻吻：“赔我。”

江北北声音软得像化掉的奶油，黏糊糊地逗他：“以身抵债……行不行？”

楚尧却角度清奇地道：“抵债？分明是你在向我索求，我在奉献。”

确实很有道理。

“啊！讨厌，那我……”江北北让步，“赔你就是，赔你个好的……配得上你今晚付出的，好了吧？”

说买就买，下了车，江北北挽着楚尧，小步走着，低声说道：“做人不能太坏，也不要太贪心。”

她说要赔楚尧一个配得上他一晚上付出的，没想到楚尧却由着她来，根本没节制，活像要趁机敲诈她一笔，让她赔最贵的眼镜给他一样。

楚尧：“我不贪心，但我没想到你挺贪心的。”

江北北也算是女中豪杰，尝到想吃的，就会一直吃，吃撑为止，恋恋不舍放下，然后约定下次还吃它。一个人吃东西的习惯和爱情总是差不多的，楚尧也不算多意外，毕竟她从小就这样。

放心的一点是，江北北是个长情的姑娘。

从小爱吃的，现在也爱吃。

这么来看，他不必担忧她兴尽就扔了。

江北北走了两步，说：“想要你背。”

楚尧二话不说，连人带包把她背起来，江北北叫道：“算了算了，我还是走吧，腿酸，要散架了……”

楚尧一愣，想起缘由，不禁失笑。

把她放下后，江北北拉住他的胳膊，说道：“我们慢慢走。”

楚尧放慢了步子，拉着她的手慢慢地压路。

江北北好奇：“你不累吗？”

“累。”楚尧说，“困，但大脑很兴奋。”

“我以为你不累。”

“怎么会不累，我可是高消耗为你辛劳了一整天。”

江北北嘿嘿笑了两声，又听楚尧继续道：“却感觉还是没补上空缺的那些年。”

“哪些年？”

“从发觉我喜欢你开始，有四年了。”楚尧遗憾地道，“这四年，再补不回来了。”

“才四年？”江北北惊了。

“坚定明确情感的，确实是四年。”楚尧说，“这之前，或许有段模糊不清的过渡期，一定有，但我分不清从何时开始，到何时结束。过渡期时还好，还没那么煎熬，到我明确自己喜欢你后，每天都想得要疯……”

“从我上大学起？”

楚尧说："可能是你离得远，见不到才觉得喜欢，喜欢得要疯……感觉那几年，自己每天都在垂死挣扎，那种感觉……再也不想体会了。"

"听着很色气。"江北北清了清嗓子，问他，"那，你知道我是从什么时候开始喜欢你的吗？"

"中学？"

"哎？"江北北大惊，"你都能猜到，那你喜欢我的时候，为什么不告诉我？"

楚尧："你那是小女生心思，不作数的。"

"小女生心思也是认真的！无比认真！"江北北怒打楚尧，"不要轻飘飘地说什么小女生心思，我喜欢你啊！喜欢你喜欢你！"

与他们擦肩而过的路人都在笑，以为是小情侣打闹。

只有楚尧知道江北北现在的心情。

"我现在知道了。"他轻轻说，"所以我后悔没能在动心的那天，就把心思说给你听。我一直认为，感情不能太冲动，我想让它慢慢来，再等等看，看你是否与我一样……我怕你只是镜花水月，只是浅浅地喜欢，我更怕我说了对你的感情，你会被我吓到。而且从你上大学开始，我感觉你在疏远我……我以为你是怕我。"

江北北气得跺脚。

"那就是喜欢你！喜欢到害怕！"泪窝浅就这点不好，一激动她又是两眼泪花，视线中楚尧的脸都模糊了。

"我知道……"楚尧轻轻抚着她的背，柔声道，"是我错了。"

江北北情绪来得快去得也快，到眼镜店后，刚刚的那点小眼泪立刻烟消云散，忘在了脑后。

"你原先那副眼镜多少钱的？"

楚尧说："你随意买，我戴的时候不多。"

"你什么时候近视的？我怎么都不知道。"

"大学，用眼过度。"楚尧说，"度数不高，不影响正常生活。你……"

楚尧视线停住。

江北北："谁呀？"

她顺着楚尧的目光往店门口一看，见秦元叼着根未点燃的烟，低着头进店。

他从钱包里抽出会员卡，摘了眼镜，一同递给验光师，说道：“清洗镜片。”

然后，他看向前方，眯起眼睛，试探着叫：“北北？”

江北北：“三哥，好巧啊！”

秦元是这家店的老顾客，隔段时间就会来这里养护眼镜，他来不算巧，江北北和楚尧在这儿才叫巧。

“你昨天跑哪去了？一个个都不回家。”秦元一看见江北北就忍不住手痒，非要摸她的脑袋，逗逗她，才能正常说话。

不过，这次秦元开大了。

他习惯性掐住江北北的腰，往肩膀上甩，江北北的脸都绿了。

“啊！！！三哥！”

她纵情过度，那腰正敏感，碰一下就疼！

秦元使劲箍那一下，江北北泪都要飙出来了。

见此，楚尧眼明手快，出手就是一记擒拿。

“你是有多动症吗？”

秦元肩膀差点被卸：“你悠着点行吗？我又不干什么，你至于吗？醋缸？！”

楚尧没搭理他，轻声问江北北怎么样了。

数秒后，秦元：“不是吧？”

他明白了。

秦元：“我生气了。”

江北北无言以对。

秦元：“我有点想打人。”

“三哥要打谁？”

“打狼！”秦元说完，发语音给唐西周，“二哥！有空吗？操家伙打狼！咱家小妹被狼叼走了！这次是真的！”

江北北咯咯笑。

楚尧：“病得不轻。”

过了一会儿，唐西周回：“你这一天天的，怎么什么都知道？真那么闲，你过来跑个腿，帮我买包烟。”

秦元出奇愤怒了：“滚！”

第十二章 江北北的炫兄日常

这晚，兄妹几个约在喵了个咪聚餐。

唐西周上班的地方离喵了个咪近，先来了，警服搭在身上，揉着肩膀道："腰酸背痛的……"

江北北听话，积极主动给唐西周揉肩捶背。

唐西周眯起眼睛，舒服地道："丫头没白养活……"

江北北一拳捶他背上："二哥你养闺女呢！"

唐西周"嗯"了一声："可不就是闺女，我跟你大哥看着你长大，你刚满月，你爸妈把你一扔，就出任务去了，那可不都是我跟大哥把你拉扯大的，那时候咱这儿还不兴用纸尿裤，老大做完作业还得给你洗尿布，洗不干净，被他爸看见，还得挨顿臭骂，三儿跟四儿当时刚上小学，俩人天天早退跑回来看你，后来老师来家告状，他俩被狠狠收拾了一顿，顶着书包在楼道口罚站。"

"我尧哥呢？"

“你尧哥那会儿也是个奶娃子。”唐西周回忆道，“尧儿长到五六岁没怎么说过话，送他去上学，老师说这孩子一句话不说，叫他起来回答问题他也不理，说让姚队长带着他去看病。”

“哎？”这事江北北还真不知道，“姚阿姨带他去看病了吗？”

“看屁。”唐西周说，“我们姚队当时就甩锅给尧儿他爸了，说老师，我儿子没病，都是遗传他爸。”

“可我觉得，尧哥话不少啊。”

“那是跟咱们话多，跟别人基本不说话。”唐西周笑道，“我还记得他刚上学那会儿，每天按时放学，一回来就写作业，写完作业就敲你家门，让你爸放他进去看你，但就是一句话不说，全得靠你爸猜。得追着他问，尧儿，你是来看北北的？他就点点头。你那会儿会说会走了，他就跟你说话，特无聊的童话故事他能讲好几遍。”

江北北骄傲：“是我太可爱了。”

“嗯，当时都想要妹妹。”唐西周说，“结果清一色男孩儿，这个也是弟弟，那个也是弟弟，到尧儿时，还是个弟弟，我都要哭了，就觉得应该来个妹妹才对，你出生前，动静大，他们猜你是个男孩儿，从老大到尧儿，我们几个特别坚决地说只要妹妹，生弟弟就不认，当时特奇妙，好像知道这是个妹妹……”

“对了！”江北北说道，“昨天我们去采访一个在圈子里挺出名的婚姻侦探所，老板还会看相算命，说我上辈子有五个哥，亲的！”

“谁，我们？上辈子亲的？”唐西周斜她一眼，“那你这辈子不太厚道啊，对亲哥下手。”

“讨厌死了！”江北北道，“这么说好羞耻。”

秦元进店了：“你们在说什么？”

“说你上辈子是我兄弟。”

“那可不，咱生生世世都兄弟。”

楚尧跟严清明总算是来了，江北北扑到楚尧怀里，轻轻来了个吻。

楚尧温柔笑着，问她：“想我了吗？”

“想。”江北北踮起脚，拉他弯下腰，悄悄在他耳边说，“想尧尧。”

楚尧眼神骤变，好半晌，哑着嗓子道：“等晚上。”

唐西周笑：“哟，说情话呢？”

秦元："辣眼睛！"

宋朗调侃秦元："你该庆幸我没让元宝来，不然留你一个多可怜。"

"怎么留我一个？"

宋朗："因为大哥、二哥关系好，只有你是没人组队的小可怜！"

唐西周十分配合，立刻抛弃了生生世世的兄弟，与严清明勾肩搭背，孤立秦元。

秦元："明儿我就领着宋大喵出走，我不在这家待了，不给活路！"

吃完饭，宋朗拿着几瓶指甲油，冲江北北招了招手："北子，我又学了一招，准备给元宝涂，先拿你练练手。"

江北北颠颠跑来，伸出爪子："积极配合四哥！"

楚尧咬着奶茶吸管，歪着脑袋看宋朗给江北北美甲。

秦元看宋朗握着江北北的爪子，又是擦又是涂的，最后放在小暖箱里烤，笑道："猪蹄也是这么卤的吧，经过十八道工艺，消毒去毛最后烤熟。"

江北北完全不生气，接着他的话玩笑道："我这是最美猪蹄，四哥用心做的。"

唐西周跟严清明联机玩游戏，抽空道："四儿，明天叫上元宝，一起来吧。"

"行。"

唐西周又道："元宝名字多吉利，元宝来，你发财。"

江北北："说起这个，四哥，宋大喵呢？"

"嫁人了。"宋朗大手一挥，豪气道，"把它嫁到黄家去了。"

唐西周笑道："哟嗬，皇家，送去当御前侍狗了？"

江北北道："要是四哥跟大喵掉水里，让元宝选一个救，她肯定选大喵。"

"这不是废话，我也救大喵。"宋朗说，"宋大喵那二货就会个狗刨，我不一样，我水性好着呢！"

江北北又问："那要是大喵跟元宝掉水里，你救谁？"

宋朗："元宝啊！大喵会狗刨啊！一时半会儿沉不了。"

幸亏宋大喵不在，不然肯定离家出走。

秦元忽然问："北北，这个问题要问问你。"他反坐在凳子上，枕着胳膊，问道："我们哥几个掉水里，你只能救一个，你救谁？"

唐西周举手："我会游泳，顺便能救个大哥。"

严清明："有劳你了。"

宋朗："老子水性好，不至于为难北北。"

楚尧："自救比她救更保险。"

秦元："好吧，假设我们都不会游泳，北北你救哪个？"

江北北："我就不能喊人来救吗？我学游泳至今不会换气啊！"

秦元："假设荒郊野外四周无人，我们五个都不会游泳，你会游泳且水性极佳，但力气有限只能救一个，你救哪个？"

江北北："你今天一定要问出答案吗？"

"一定。"

唐西周凑热闹："二哥也想听，之前还说最爱我，我得看看这个最爱算不算数。"

江北北做了个暂停的手势："这我得好好想想，哥哥们在我心里一样重，既然是救哥哥，那楚尧这个男友身份就不作数，我公平公正一点。"

楚尧玩笑："我以为男友身份能充当免死金牌……原来不算数？"

"对啊，我很公平也很公正，我不能寒了哥哥们的心嘛。"江北北道，"所以我决定，谁待我最亲，我就救谁。"

宋朗："谁待你最亲？"

江北北两只指头搓啊搓，疯狂暗示："你们不表示表示，我怎么知道呢？"

"完了，这丫头指望不住了，沉底算了。"唐西周笑。

秦元："那我们换个条件。要让你按顺序救，你先救谁？"

严清明："那你等着沉底吧，按顺序救，不是尧儿就是我。"

江北北："三哥，你放心，我一定公平公正，不管从前到后还是从后到前，您都是第三位。"

秦元："你就不会先救中间？"

楚尧："我赞助你个枕头，你做美梦去吧。"

江北北笑出鸽子叫。

宋朗加了点料："加一只宋大喵呢？狗和哥哥，你先救哪个？"

“狗。”江北北毫不犹豫。

唐西周：“心拔凉拔凉，活得还不如狗。”

换江北北皮了，她问：“我跟宋大喵掉水里，你们救谁？”

宋朗：“他们四个救你，我救狗。”

江北北笑得直打鸣：“四哥！明儿的全家桶没啦！别指望我给你带！”

“我们问刺激一点的。”秦元开口，“先问大哥，二哥跟北北掉水里，你救谁？”

“北北。”严清明迅速给出了答案。

江北北激动地拍桌：“大哥！”

严清明笑道：“老二不救也行，我弟弟多，妹妹可就一个。”

唐西周哈哈直乐，拍着严清明的肩膀说道：“来年给我上一炷香，我变鬼去夸你。”

“二哥呢，大哥跟北北，你救谁？”

“救妹子。”唐西周玩笑道，“老大都不管我死活了，我还救他干啥，塑料兄弟情啊，经不起风水雨打。”

严清明笑道：“玩笑而已，真要选择，等我救了北北，回头再去救你。”

唐西周嘁了一声：“就你这种塑料兄弟情。”

秦元感叹：“塑料兄弟情真可怕。老四呢，元宝、大喵跟江北北，你救哪个？”

“元宝！”宋朗说，“就委屈北北先抱着大喵扑腾一会儿坚持一下，我好不容易讨个媳妇，可不能黄了！”

江北北笑趴在桌：“四哥，明天全家桶真没了！我说真的！”

秦元要问楚尧，楚尧干脆道：“不用问我，一定是北北，我要救不上来，我也不用活了。”

秦元：“你得加条件，你孩子跟江北北，选。”

江北北愣了一下，提出抗议：“不不不！这个他选谁我都会哭的！玩笑就是玩笑，不要加这么刁钻的条件！”

楚尧：“一般这种情况，我选择先打死出题人。”他说完立刻扑过去，“二哥按住他！”

唐西周：“元儿，你别皮了，再皮我都要同情你了！”

“楚尧你个浑蛋！”秦元差点扭到腰，他被楚尧摘了眼镜，瞬间丧失战斗力，压扣在地。

严清明暴露了本质，狐狸耳朵都要钻出来了，笑问：“问题总要继续，三儿，我们怎么也得问问你，要是你妈跟北北掉水里，你先救谁？”

“我妈关我什么事！那是老秦的媳妇！”秦元道，“我爸早说了，自个儿救自个儿老婆，我敢救他老婆他就打死我，懂了吗？我们家分工明确！我救我妈抢了我爹的风头可是要被亲爹打死的！自己老婆自己救！”

奶茶店陷入一片诡异的寂静。

“嗯，救自己老婆。”楚尧扣住秦元，加了把力，“哪个是你老婆？”

秦元还没反应过来：“这不是你们让选的吗？！”

宋朗：“我们救的可是妹妹。”

秦元不服：“这种拉着妈下水的题不都是默认问老婆的吗？”

严清明笑：“啊，看来是下意识当老婆给说了。”

江北北乖巧坐直：“三哥说漏嘴了，跟我无关。”

唐西周迅速火上浇油：“我闻见醋味了，元儿啊，你当着尧儿的面说要救媳妇……完了完了，二楼的醋瓶要倒了。”

秦元：“我说说不行吗？！难受死了，尧儿你起开！我胳膊疼！”

宋朗补充：“老三你贼心不死。”

“你贼心是一天就能掐灭的？”秦元也坦诚，“你总要让我适应适应！”

楚尧一记胳膊肘下去：“给我掐灭！”

江北北劝和：“算了尧哥，男人要大度！三哥太惨了，心疼”

楚尧笑出声，问她：“你心疼谁？”

江北北求生欲极强：“心疼你的手，怕你扭到。”

楚尧故意道：“我吃醋了。”

“我有点怕……”江北北发散思维了，“此为借口，让我补回来的话……”

楚尧惊讶：“我怎么没想到？”就这个发展吗？”

“呃……”江北北，“通常

楚尧轻笑：“好，那么

秦元：“啧，没脸听。”

“四哥，全家桶！”隔日一下班，江北北提着三大桶炸鸡奔到喵了个咪，“你把投影弄好了吗？”

宋朗笑道：“你不是说，不给我带全家桶了吗？”

跟在江北北身后进门的黄元宝问了一句：“怎么回事？”

江北北：“那道超级无聊超级经典令无数夫妻家庭吵架斗嘴的题，假如我和你以及宋大喵掉进水里，你觉得四哥会先救谁？”

“他说的救谁？”

“救你。我四哥让我抱着宋大喵共沉沦。”江北北道，“所以今天的全家桶没有四哥的份！”

黄元宝：“太可恶了，怎么能先救我呢！怎么也得先救宋大喵啊！！”

江北北：“元宝，友尽！”

过一会儿唐西周进来，黄元宝道：“唐老二，我得谢谢你啊。”

“收视率破纪录了？”

“破了，网播也破了，你真够可以的！”

唐西周笑道：“今晚咱俩得走一个。”

“哎！说什么呢，我敬你！”黄元宝道，“我分析过，最受欢迎的就是特警比赛那段，那个节选放官方微博上，一天点击量能有一百多万，大前天井喷，再加上你妈那天助攻，那热度简直了！”

“你知道我换手机号了吗？”唐西周笑道，“新号你记一下。”

“还有姑娘来找吗？”

“有啊……”唐西周哭笑不得，“这几天都还有。”

江[illegible]北啃着炸鸡，说道：“还有找到我们家属楼的。”

宋朗[illegible]“我在看那种智能对讲楼道门，打算明儿拉回来装上。”

黄元宝[illegible]这么严重？我们节目组还特意把地址打上了马赛克，没想到还有人能[illegible]

“我妈的问[illegible]……”

[illegible]西周爽快承认，“其实现在小姑娘都挺矜持的，你不说找对象，谁[illegible]黏着，都是我妈那个相亲启事的锅。”

人到齐后，节目也[illegible]

江北北倚在楚尧怀里喝着可乐，播放宋朗参加的那次训练时，江北北目不转睛地看着，精神高度紧张。

当画面中的宋朗顺利跳过障碍，江北北拍手道："四哥好帅！移情别恋一秒！"

唐西周："我怎么听这句话如此耳熟呢？上星期好像是谁，也对我说过来着。"

"我！"江北北举手，"是我！二哥，许我脚踏两条船一秒钟！"

黄元宝笑话她："下周楚尧，好奇你怎么说。"

"尧哥好帅，死心塌地一辈子。"江北北迅速接道，"台词我都预备好了，就等开播一个个夸！"

"羡慕你，开这种玩笑，楚尧都不带生气的。"

楚尧道："本来要生气一秒的，但听她说死心塌地一辈子，我就不生气了。"

秦元："坐等半个月后，北北移情别恋我一秒。"

"三哥，我可以再给你加一秒的。"

楚尧道："就两秒，他不能再多了。"

黄元宝这个老司机，听出了别样的意思，哈哈大笑起来。

秦元在黄元宝的笑声中醒悟，指着镜片道："尧儿，看见我的眼镜片了吗？反光了吗？你悠着点，等我的眼镜片反光之时，就是咱俩兄弟反目之时！"

唐西周给他俩捏了两根薯条，一左一右喂过去："隐形眼镜了解一下？"

每个参加过《身边的他们》的人都会被问到一个问题。

"你有喜欢的人吗？"

归根结底，生而为人，逃不脱的，还是这些情感与爱。

而最能让大家感兴趣的，也都是情与爱。

你有喜欢的人吗？

这句话是《身边的他们》做了六年节目后，慢慢固定下来的必答题。

喜欢是爱的含蓄表达，它更温和，即便是脸皮薄如江北北的人，也会回答。

宋朗这期，当被问到这个问题时，宋朗道："有很多，我喜欢所有人，所有美好。音乐、电影、游戏、艺术、我家人、跟我奋斗过的兄弟们、我的对手们、我的哥哥弟弟们、我妹妹……我认识的每一个人，我都喜欢，每天想到他们还与我在一起，我就很开心。所有美好我都见过，都装进了心里，走这一遭，很幸运。宇宙这么大，我们一代又一代建立起社会、秩序，还有这些美好的东西，这些都是奇迹。我每天都与奇迹在一起，越想越喜欢这个世界，谢谢地球，谢谢奇迹，谢谢生命。"

乍一听，江北北想笑，可听到后面，江北北轻轻"哇"了一声，道："四哥，你活出哲学感了啊！"

宋朗："趁着能上电视，秀一秀，我天天脑子里就想这种玩意。"

黄元宝："他这样，我都不忍心补录，本来想撒把狗粮，后来大家一商量，觉得还是把这段放上去更好。大宋的话很正能量，发自肺腑那种。"

江北北点头："同意。"

"大宋是个宝，北北，谢谢咯。"

"客气客气。"江北北道，"我当初就是觉得你俩像才撮合的，能成是你俩的缘。"

黄元宝搂着宋朗的脖子："大宝，咱周末回家？"

宋朗还惦记着那扇门："等我明天装上防盗门。"

"我们来装，又不是没手了，非要你来。"唐西周道，"你去见元宝家长吧，你这个事更重要点。"

给楼道口装防盗门的事，唐西周给揽下了，结果第二天，局里开会，唐西周只好在群里请了个假，让剩下几个人抽空把门装了。

江北北自告奋勇，开着车带着楚尧去把防盗门拉了回来，跟秦元三个人一起，研究了半天，最后打电话找了专业安装的人来，才把这扇门竖起来。

江北北奶奶出门买菜，见此新门，问："安这玩意干啥？"

江北北："防盗。"

"瞎扯。"江北北奶奶，"公安局的地界，哪个偷儿敢来？"

"防偷人的。"江北北说，"帮我哥哥们挡桃花。"

江北北奶奶沉默了。

一个晴朗的夜晚，江北北和黄元宝到夜市撸串，黄元宝吃饱后，脑袋不灵光了，问江北北："咱俩是连襟还是妯娌？"

"……"江北北，"什么都不是好吗，我四哥是我娘家人！"

"狗屁，算楚尧这边的。"

"猫屁！就是我娘家人！"

"鼠屁！你说娘家人就娘家人？"

"虫屁！我一直叫他们哥，但楚尧不怎么叫，所以那就是我家的哥，不是他家的！你是我四嫂，懂吗？"

"外星屁！我放哪边都是你嫂子！"

"吃就吃，不要屁屁屁的！"江北北道，"这有什么好商量的，默认都是我娘家哥，你是我这边的嫂子，不是楚尧那边的！"

"这你真得想好了，以后孩子怎么叫，叫舅舅还是叫伯伯，你总得给个准话，你别以后生个孩子，别家孩子爸爸的哥哥是伯伯，你家来一个，爸妈的哥哥是舅伯。"黄元宝一口气吞了三串腰子，说道，"还有我孩子，将来叫你姑姑还是叫你婶婶，你也得给个准话。"

江北北呛了一大口啤酒，说道："不劳你挂心，我回去就跟楚尧商量！这必须都是我娘家哥！"

江北北跟黄元宝拼酒，晕晕乎乎地走回家，上楼先到对门，推门就进。

楚尧正在背单词，被江北北拽出来，商量称呼这件事。

"对吧，是不是？"江北北说，"他们都是我哥，你没意见吧？你反正不怎么叫他们哥的，都是我一个人叫，所以都是我哥，不是你哥，是吧！"

"你喝了多少？"

"酒吗？"江北北打了个嗝，憨笑道，"嘿嘿，好几瓶，我醉了。我要酒疯你要看吗？可好看了。"

"嗯，你怎么都好看。"

"你说！你别转移话题！"江北北竖起一根手指，戳了戳楚尧的胸口，笑道，"这件事很重要，这关系到我们孩子……将来怎么称呼我哥哥们。"

"你对半分。"楚尧说，"恰巧四个，你两个我两个。"

"咦？"江北北睁大了眼，啪啪拍着楚尧的肩膀，"可以啊！嘿嘿，就是比我聪明！你说得对！”

“你进来，我给你写四张字条，你拿去让他们抽，抽中哪边就是哪边的。”

楚尧把江北北拽进屋，冲楚妈一眨眼，把江北北按在沙发上。

江北北看见楚爸、楚妈都在，在沙发上滚了一圈，咧开嘴对着他们笑：“妈妈……”

会心一击！

楚妈捂住心口，一手掐住楚爸的腿，发觉不是做梦后，一巴掌把楚爸打开：“起开！去做醒酒汤！”

楚爸一走，楚妈立刻霸占江北北旁边的空位。小姑娘躺在她腿上，小声哼着歌，楚妈抚摸着她的头发，心里开心到放烟花。

“女儿多好啊……软软的，这么乖。”楚妈母爱被激发，手指梳着江北北的头发，一脸慈爱。

江北北软软地嘟囔了一声：“我可喜欢你了！”

楚妈几乎要落下激动的泪水：“哎哟……心肝啊……”

楚爸：“你稍微收敛点，注意关照一下儿子的心情。”

楚妈：“他心情好着呢！他都有小媳妇了，那嘴不得咧到天上去！他还想咋样？”

楚尧拿出四张彩纸，在彩纸上分别写下他和江北北的名字，叠成了四只千纸鹤。

本来打算让江北北把纸鹤送去，让那几个哥哥抽签，但来客厅一瞧，江北北在楚妈的温柔抚摸中睡着了。

楚尧轻声道：“我真的感觉我像你们家女婿。”

楚妈：“你定位非常准确！”

楚尧：“要不给你也叠一张千纸鹤让你抽抽看，将来我的孩子是管你叫奶奶还是叫姥姥？”

楚妈大手一挥：“奶奶婆！”

“那我爸呢？”

楚爸：“我配合她，姥姥爷吧，可能。”

楚尧撇嘴。

楚妈：“这称呼真的不错，多亲切，带孩子出门，孩子张嘴叫奶奶婆、姥姥爷，绝对拉风，全国独一份！”

楚尧：“别太着急，目前不打算要孩子。”

“是不着急，你俩先把婚订了。”

楚爸：“我是过来人，楚尧，我说句实话，孩子晚点要，幸福指数高。”

楚妈：“完全赞同。”

他俩对视一眼，又将嫌弃的目光投向楚尧。

“嗯，已经体会到你们的遗憾了。”楚尧轻嗤，手指一动，在群里发了个通知：都到我家抽签。

过了一会儿，唐西周优哉游哉来了。

“抽什么？”

楚尧：“选个纸鹤，我孩子以后管你叫什么，就靠你的手气了。”

“那一定是舅舅。”唐西周随便捏了一个，道，“这个我的，我等他们来一块儿拆开看。”

其他三个到齐后，先挑了纸鹤，之后楚尧才道：“舅舅还是伯伯，你们拆开自己看。”

秦元要动手时，忽然一皱眉头：“有了？”

唐西周：“嗯？真的？”

楚尧：“想太多，我二人世界还没过瘾，能有什么？”

唐西周：“也是，现在要是有孩子，我估计得笑一年，要是北北，总有种……小孩生小孩的感觉。”

秦元点头表示赞同，拆了纸鹤，翻过来给他们看：“嗯，江北北。我是舅舅。”

“哟，我也是。”唐西周道，“二舅、三舅。”

严清明点头：“行，我跟四儿就是大伯、四伯。”

楚妈：“分好边儿了？”

“哎，分好了。”唐西周道，“姚队，咱这算亲家了。”

“我跟姚队一家。”宋朗道，“我跟大哥是尧儿这边的，二哥跟三儿是北子娘家。”

秦元：“没意见，尧儿你做好准备，结婚迎亲那天，我会让你知道接走我妹妹有多难！”

唐西周迅速找好站位：“对，门焊死，别让他进。”

楚妈："那谁，小唐跟元儿，八号定亲，你俩出席一下。"

"成。"唐西周迅速进入角色，"那亲家你得多多表示表示了。"

楚妈又道："这下放心了，伴郎伴娘都决定好了。"

秦元："等会儿，啥？"

迷迷糊糊醒来的江北北软绵绵地道："谁是伴娘？"

楚妈指着唐西周跟秦元："看，闺女，就你那两个哥。"

江北北慢吞吞笑了："嘿嘿……好。"

老单元楼隔音效果不好，所以，单元楼里的孩子们，都会选择到外面加班。

楚尧和江北北，每次都会到归家宾馆，吃吃饭，看看电视，一起写个论文，交流感情。

晚上，江北北躺在床上，听楚尧轻声请求："说句话。"

江北北改不了调皮本性，问楚尧："我叫你一声哥，你会有什么反应？"

楚尧轻笑："你可以试试。"

"哥哥，不要？"江北北询问剧本。

"不要？"楚尧笑倒在她身上，"好假，换一个剧本。"

"那换个称呼吧。"江北北舒展双臂，勾住他的脖子，"御弟哥哥，你要看国宝吗？"

楚尧低头吻她的额头，叹息道："不要搞笑剧。"

"那你想要什么？"

"下周订了婚……"楚尧抓住她的两条腿，笑道，"你就是我未婚妻了。"

"哦，那就厨房居家那种，我做饭切菜刷碗时，你从身后抱住我……"

"你不存在这种可能。"楚尧无奈道，"你进厨房只为了拿东西吃，是我被你从背后抱住。"

"嗯？那你想怎样？"

"我的意思是……"楚尧吸了口气，稳住狂跳的心，慢慢说道，"你可以换个称呼叫我。"

"换了啊，不是叫你楚尧嘛。"

“另外呢？”

“另外？”江北北沉浸在酥麻的快感中，一时半会儿没反应过来，好久之后，才问他，“你是说，夫妻两人之间的称呼？”

“嗯，所以你……”楚尧有点抑制不住，声音哑了几分，手慢慢下移，“应该叫我什么？”

老公？江北北只是在心里这么一叫，脸就红了，张了张嘴，愣是没叫出来。

她双手捂脸：“不行，我叫不出来。”

楚尧垂下眼，思索了会儿，拿开她的手，握住手腕轻吻，斜眼看向她，笑道：“叫我。”

效果一定会很不错，她现在，已经要化成一汪春水了。

“尧哥……”江北北道，“我努力了，我真的叫不出来……”

她扭了扭腰想逃，被楚尧按住。

江北北咽了口唾沫，商量道：“先生的话……”

“没感觉。”

“相公……呢？”

“你说呢？”楚尧笑，俯身舔了舔她的唇，说道，“小娘子？”

是挺好笑的。

“那就，老楚……”

楚尧怔了一下：“在床上喊老楚……我妈会揍你的。”

也是。

江北北道：“不知道为什么，叫不出口。”

“你叫出来，会有奇效。”楚尧说道，“我只是想想，就有点……意乱情迷了。”

江北北吸了口气，说道：“我试试。”

三秒后。

“楚尧……”

楚尧撑起身子，眯起眼看着她。

又是这种眼神！这种侵略性极强的眼神！

江北北捂脸嘤嘤道：“我尽力了！真的，尧哥，你要信我！”

“我知道了。”楚尧说，“一切难攻克的问题，都要靠实践解决。”

“啊！楚尧你……”

那晚，楚尧用行动再次攻克难关，江北北断断续续叫了好几声老公，楚尧终于心满意足。

后来，复活后的江北北拿回失地，叫阵道：“楚尧！你死心吧！今晚你在床上听个够，我要是白天再喊你一声老公，我江字倒过来写！！”

可不是嘛，她都计划好了，给同事朋友介绍楚尧，就说这是我爱人，或者这是我丈夫、我家先生、我家那位。平时在家，就喊名字，想拜托他干点什么，就喊尧哥。

白天才不会有喊老公的时候！

然而，很快打脸的机会就来了。

这周五早上，楚尧爸妈跟江北北奶奶一大早就出门去为订婚宴做准备，楚尧到江北北家喊她起床。

江北北色欲熏心，觉得沐浴在晨光中的楚尧极其赏心悦目，秀色可餐，令她欲求大动。

于是，江北北厚着脸皮调戏楚尧，邀他早上加班快活。

楚尧：“我只听我老婆的，妹妹的话不听。”

“是我说话不管用了，还是你人飘了！”江北北拍床。

“那你叫我。”楚尧解开三颗扣子，停下来，“老婆邀请可以，妹妹不行。”

江北北：“……”

啊啊啊！江北北不得不为美色折腰。

她蚊蚋一般：“老公……”

楚尧一笑，摇了摇手机：“等我，请个假。”

唉，这没羞没臊的生活。

楚尧的那期节目上线那天，楚尧跟江北北在外面避开家长亲友，单独观看。

秦元在群里愤愤不平：怎么到楚尧就跟我们不一样了？！

唐西周：我今天站元儿，你俩太过分了，竟然吃独食。

宋朗：理解一下，这俩明天订婚，咱体谅一下，给小两口留出单独的时间告别单身。

秦元：放你家宋大喵的屁！告别单身那得让尧儿跟咱们出去喝一杯！

严清明：再费口舌这俩也不回来，散了散了。

此时，大群里有了提示，姚队长发出邀请：孩儿们，都到我家看电视参加“吐槽楚尧大会”吧！酒肉招待，还有礼品拿！

“去去去！我！”秦元报名，“我今天一定要拿吐槽大会的第一名！”

“说走就走！”唐西周道，“我们马上到。”

《身边的他们》节目开始，那张合照再次上线，楚尧若有所思道：“订婚时再拍张合照吧。”

“好啊！”

楚尧又问：“你明天穿什么？”

“我买的小礼服裙。”

“送你个东西。”楚尧变魔术一般不知从哪摸出来一个小盒子，“耳夹。”

是一对儿白珍珠耳夹，圆润饱满，色泽漂亮。

江北北接过，开心不已：“好看。”

“我想，珍珠应该百搭，如果能配明天的衣服就更好了。”

“配的！”江北北猛点头，“我就厚颜无耻地收下了，算你以男友身份送我的最后一件礼物，说好了，以后咱俩互送礼物就不要那么矫情了哈。”

“好。”

他们在这里甜言蜜语，其余人都在楚尧家参加吐槽大会。

屏幕出现楚尧工作时的镜头，旁白提示，这是在给一名跳楼自杀的死者缝合严重受创的头部。

秦元严肃道：“本来想吐槽，结果找不到槽点。”

楚爸：“还是有的，他缝合的手法不是很熟练。”

专业人士严清明忍住笑：“楚叔就不要鸡蛋里挑骨头了，这手很稳了。”

楚妈：“唉……儿子这么认真，无处下嘴。吐槽他认真，又过意不去，无槽可吐，浑身不舒服。”

这期制作非常良好，黄元宝想做好死亡教育科普的努力都体现在了这期，整期基调平淡正常地讲述，聊殡仪馆员工们对工作的看法、生活中因为职业会遇到的困难，以及对未来发展的期望。

后半段，把重点放在了革新和教育方面，通过事例和工作人员的讲述，以及楚尧在国际会议中做的三分钟国内殡葬业现状调查演讲报告，让观众对殡葬业有了新的认识。

“我们一直在跟随时代的脚步，在传统和革新的碰撞中，寻找平衡，谋求发展。”楚尧道，“如何让大众了解和接受这些职业，用平常心对待死亡，也是发展中重要的一环。”

宋朗评价：“这期很优秀啊！”

黄元宝说道：“谢谢夸奖，这期想拿出去评级评奖，台里尤其重视，过年时后期都没停，谢天谢地，成品不错。”

“你补拍了镜头吗？”

“会议资料镜头都是楚尧给的，我也补了一些镜头。”黄元宝说，“你们等着看结尾吧。”

楚尧热了个速食火锅，端来和江北北一起吃，节目到了尾声，楚尧扭头看了一眼，笑了起来。

江北北夹着麻辣土豆条，看向电视屏幕：“怎么？”

节目最后，屏幕上出现了手机竖屏录制画面，分辨率不高，画面里楚尧穿着黑风衣，刚刚下车，被人叫住，看向镜头。

旁边标注：工作人员手机补录。

黄元宝的声音冒出来：“楚尧，采访一下你。”

“嗯？”

“你现在有女朋友了吗？”

“有了，表白成功。”楚尧问，“你是要给节目补录吗？”

“对的，你女朋友是谁？”

“江北北。”楚尧笑。

“江北北是你在之前采访里，说喜欢的那个人吗？”

“是。”楚尧点头，“是她。”

"表白细节愿意透露一下吗？"

楚尧："年前的事，在哥哥们的鼓励和竞争对手的刺激下，我决定表白，同时做好了接受失败的心理准备……但我成功了。"

"地点。"

"游乐园。"

"表白语？"

"对你的感情不会变，对你的爱只增不减，是哥哥，也会是爱人。"楚尧回忆完，小声道，"希望没有记错，不然播出去北北看到就出事了。"

黄元宝追问："表白完之后你做了什么？"

"跟她一起坐了摩天轮，把工资卡给她了。"

"最后一个问题，准备什么时候和江北北结婚？"

"今年。"楚尧说，"我们四月订婚，你记得来。"

"恭喜了。"

"谢谢。"楚尧笑了起来，低画质更是突出了他的帅。

江北北看完感慨："元宝为了收视率拼了啊！"

楚尧说："这下算是千万观众共同见证了。那句表白语……我没记错吧？"

江北北："不是我跟你表白的吗？"

"你？"楚尧问，"你表白了什么？"

"想要尧哥你把我当女人看。"

楚尧："原来这句是表白！"他又震惊，"原来你以为你先表白？"

江北北猛点头："当然啊，我先说，然后你回应了我的表白。"

"我以为……"楚尧说，"是我说出后，你用吻答应了我。"

双方沉默数秒，江北北问："所以咱俩是稀里糊涂在一起的？"

楚尧扶额："幸亏运气好……"

幸亏运气好，两个人没能误会，没有就这样稀里糊涂地错过对方。

节目结束后，众人散了，跟楚爸楚妈告别后，各回各家。

宋朗牵着宋大喵下楼，忽然见楼道新装的防盗门镂空栏处有个人影，他大喝一声："什么人？你找谁？"

那黑影匆匆忙忙离开了。

唐西周打开门，院子里空荡荡的，什么人也没有。

“啧。”唐西周道，“这是哪家的姑娘，大晚上还不回去，万一在外头出点什么事可怎么办？天天来，天天来，我又不是小明星，至于吗？”

“像个男的。”宋朗皱着眉，“鬼鬼祟祟的，还朝里头看。”

唐西周：“哟，我都有男粉丝了？”

“这还真说不定。”宋朗道，“这年头，变态不分男女。”

秦元扒在三楼的栏杆处说道：“这防盗门装得很明智，等我那期播完，你们就该感谢这道防盗门了。”

唐西周笑：“元儿，咱能不自恋吗？”

第十三章 最富有的女人

订婚那天，江北北起了个大早，换上小白裙，收拾了头发，戴上楚尧送的珍珠耳夹，照了照镜子，转过身跟奶奶臭美：“我好看吗？”

“好看！”奶奶夸，“鼻子是鼻子，眼是眼的。”

“我跟您说。”江北北双手撑着高跟鞋，展示给奶奶这双白色小高跟，“我待会儿再穿上这鞋，往尧哥旁边一站！”江北北美滋滋自夸道，“天造地设！金童玉女！绝对般配！”

奶奶翻了她个白眼：“你妈妈的那个表姐，昨天打电话来问了，离太远了，我没让她来，她说结婚的时候她再来。”

“嗯。”江北北并不在意这些。

她的妈妈老家在边疆，外公外婆是反恐干警，这一脉只她妈妈一个孩子，外婆去世得早，江北北从没见过，外公是两年前睡梦中与世长辞的，家那边都是外公的兄弟姐妹们在照顾，骨灰安葬在那边的烈士陵园，江北北只参加过葬礼，除了妈妈的一个表姐，其他的几乎都不认识。

亲戚朋友，常联系的才叫亲，不联系的，也和陌生人没什么区别，所以江北北不在乎这个。

年轻人不在乎这些，奶奶却十分在意。

订婚还好说，两家人坐一起吃个饭，庆祝一下，领证登记。可结婚就不一样了，若要办酒席，那双方亲属就要来撑场子热闹热闹，总不能女方这边来的宾客一桌都坐不满吧？

“订婚好说，你表姨家的那个哥哥，在我们这里读博，我让他中午到酒店一起吃个饭。”

“至于吗？”江北北无可奈何道，“我不是有两个哥吗？我二哥三哥。”

说的时候，她自己都想笑。

“胡闹。”江北北奶奶又翻了她一个白眼，“那边总要来个人，这样你订婚，你外公外婆那边也算知道了你要结婚，不管你要做什么，总要让人家知道。”

“知道了。”江北北飞快逃跑，推开楚家门，蹑手蹑脚进去，想偷偷看看楚尧今天的形象。

路过洗手台时，江北北站住，愣愣地看向洗手台前，梳头发的楚爸。

楚爸以为她认错，回身指了指楚尧的屋门，示意她要找的人在里面。

可江北北就站在这儿不动，半张着嘴，呆愣愣看着楚爸。

楚爸诧异了，满脸问号：“怎么了？找什么吗？”

楚妈扒着屋门探出头，眨了眨眼。

江北北傻愣愣问道：“伯伯……你在做什么？”

“啊……”楚爸明白她在看什么了，指了指手边黑色的染发膏，说道，“染发剂。”他用手拨了拨头发，“基本都白了，不染没办法出门。”

起码今天，要精精神神的。

江北北不知为何，鼻子一酸，视线被泪水模糊后，再看向楚爸，只剩一个朦胧的轮廓。

她想，自己的爸爸如果活着，今天，应该是这副样子，笑呵呵地在镜子前染着白发，说她：“小闺女长大了，要成家了……”

可她此生都见不到爸爸的白发，她的爸爸永远是年轻的模样，时光定格在相片里，她一天天长大，他却依然那样笑着，永远不会再变老。

不知道这是一种什么样的情感，没有委屈，也没有痛苦，只是想流泪，只是想念。

江北北站在那儿，鼻涕眼泪一齐往下掉，怎么也擦不干。

她忽然想让爸爸抱抱，想爸爸的怀抱，想让他笑着说："舍不得我女儿。"

或许是她哽咽的时候模糊不清地喊了声"爸爸"，楚爸愣了会儿，明白她为什么哭，眼神一下子柔软了，夫妻俩对视一眼，楚妈的眼圈也红了。

她走过来，轻轻拍了拍掉泪珠的小姑娘，揽住她的肩膀，说道："爸妈在呢，闺女今天特好看，都看见了。"

楚尧衣服穿了一半，听见哽咽声，开门就奔出来，楚妈嫌弃地摆手，让他一边站着，自己拍着江北北，让姑娘靠在她肩头，轻声安慰她。

江北北满脸鼻涕眼泪地仰起脸，楚爸轻轻抱住她，拍了拍她的脑袋："看见了，北北长大了……健康平安，很优秀，有这样的女儿，身为父亲特别骄傲……"

楚爸不是言多之人，他惜字如金，除了必要的礼貌，他很少主动和人说话，加上脸冷，看起来非常不好相处。

江北北能跟楚妈打成一片，"妈"叫熟练了，也都能脱口而出，甚至可以亲昵地拐着调叫"妈妈"，但对楚爸，却难开口。

然而现在，江北北在楚爸温暖的怀抱里，听到那句"身为父亲特别骄傲"，泪水滂沱，像小女儿在外经过雨打风吹，终于在拐角的晴空下，看到自己满脸骄傲的父亲，伸出手，笑着说："原来北北长这么大了！"

"爸爸……"江北北紧紧抱住楚爸，痛哭道，"爸爸……我想你……"

我平安健康地长大，长成了不会让你们失望的大人。

楚妈轻抚着她的背，叹了口气，擦了眼泪。

江北北抱住她，脸上挂着泪，笑着叫了声"妈妈"。

爸爸、妈妈，我长大后，是这个样子，我今天，要订婚了。

我将组成新的家庭。

我爱你们，我想你们。

唐西周把脑袋探进来，看到客厅抱头痛哭的场面，吓得大气不敢出，又缩了回去。

过了一会儿，他再次探头进来，说道：“妹妹啊，咱只是从对门嫁过来，三步路，再没有比你嫁得更近的了，咱不用哭这么痛啊……”

团了十张面巾纸后，江北北止住了泪。

楚尧这才被允许近身，拉着她回对门，用温毛巾擦拭着脸。

江北北吸了吸鼻涕，委屈道：“你再等我二十分钟……补妆。”

楚尧轻声细语地道：“不着急，我人不会跑。”

楚家两个家长，此时也在收拾情绪。

楚妈拍脸镇静，忧心忡忡道：“你说江海和张玲，满意尧儿吗？”

“满意……吧。”楚爸说得也没啥底气。

自家儿子好像除了人品好、生得还行之外，就没啥拿得出手的东西了。

楚妈捂心口道：“哎哟，悔哦……早知道有今天，我三十年前就好好练号，养个好的配人闺女！”

楚爸说：“不错了，刚刚在想，要是闺女跟别家儿子结婚，心里更愧疚，还忐忑，怕她遇到个还不如尧儿的，咱们干着急也没办法。这还好，跟尧儿结婚，出什么问题了，咱能毫无顾忌地打儿子。”

楚妈：“也是。”

这么想想，自家儿子还算顺眼。

唐西周在门口听见了，差点没把嘴里的烟给吞吃了。

敢情你们是觉得江北北跟着尧儿，万一出婚姻状况了，你俩能动手打尧儿？

“姚队……”唐西周不知道该怎么说，只好默默抬起胳膊，给二楼的二老比了个赞，“思路清奇。”

“哟，还有听墙角的啊！”

“我都站这儿听十分钟了。”唐西周嬉皮笑脸地道，“我这不是来接我妹妹嘛。”

楚妈：“让我看，嘿，小唐，今儿穿得挺精神啊！这衬衣，一看就不是单位发的！”

“那可不，我妹买的。”唐西周道，“妹妹牌，五个哥哥一人一件，就留着等今天这个场合穿。”

兄妹六个坐宋朗的车去酒店，路上，唐西周说起今天在楚尧家偷听来的话，表态："尧儿，我跟三儿现在就是北北娘家人，以后你俩磕磕碰碰闹不愉快什么的，咱有理讲理，你要是没理，那我跟三儿就是用来收拾你的，明白？"

秦元："二哥讲理，我可不讲，我再怎么说也是曾经表白过北北的人，婚后我管是谁的错，只要闹不愉快，我无条件收拾楚尧且只收拾他。"

宋朗："嘿，看你们说的……尧儿，别怕啊，我跟他不一样，我这人讲理，会先给你十分钟自首阐述罪行，之后酌情考虑怎么收拾。你看我素质比他高吧？"

严清明叹气："没一个省心的，小尧，以后真跟北北吵嘴了，他们都不可靠，大哥还是能耐着性子给你们劝架的。"

江北北的笑声就没停过，靠在车窗上看着这几个哥哥闹，忽然觉得自己十分富有。

她像个拥有金山的公主，而她的哥哥们，就像替她守护宝藏的巨龙，盘踞在金山上，令她从不惧怕觊觎宝藏的恶人和世界的恶意。

她虽无父母，邻里馈赠的亲情与安全感从未丢失。

中午吃饭时，江北北表姨家的儿子，也就是她的正牌远房表哥到了。

这位表哥自己找到酒店，一眼就认出了江北北。

"你跟小姨长得还是很像的。"这位两三年没见过面的表哥说道，"挺好认的，但我总觉得你还在上学，印象中你挺小的，没想到今天结婚……新郎是哪位？"

这桌一堆适婚且不带家属的男士，表哥不敢随便点新郎，乖乖等介绍。

"我是。"楚尧站起来与他握手。

"啊。我有印象。"表哥道，"上次你们回那边，我还记得。你是……法医对吧？"

"之前是。"楚尧笑道，"现在在民政局下属的殡仪馆工作。"

表哥惊讶片刻，忙说："挺好挺好，这单位不错。"

江北北又依次介绍了邻居家的哥哥们，以及哥哥们的家长们。

"挺好挺好。"这位博士表哥和和气气，不经意间冒出金句，"真的挺好，你们看起来像亲的，我像个外人。这下小姨、小姨夫也放心了，感谢你们，中国好邻居，远亲不如近邻啊……”

拍照时，大家集体拍照后，兄妹六个要合照一张。

表哥积极主动道：“我来，来，看镜头。”

这次江北北和楚尧坐在中间，紧紧拉着手，笑看着镜头，四个哥哥站在后面，也笑着。

表哥感慨：“这门亲事是真不错，我们离得远，北北以后还是靠你们了……哎呀，人怎么能这么好！”

交换订婚戒指时，江北北小声道：“感谢爸妈，选择你们做邻居，我无法想象没有你的日子。”

“感谢爸妈……”楚尧说，“当初没把我扔了，也感谢爸妈，搬到这里来，生了你，给二单元的一堆绿叶配上了红花。能认识你，陪伴你成长，我无比幸运。”

他闭上眼睛，轻轻亲吻了他的未婚妻。

秦元举着相机，按下了快门，之后嫌弃道：“这谁拿的相机？现在谁还用傻瓜相机？”

秦元爸：“儿子，这是咱家的。”

秦元：“……”

四月中旬，楚爸跟楚妈搬到了前院的新房，楚尧那天请了假，送完爸妈，拉着江北北去买了双人床，一整天看起来都很精神。

江北北道：“你收敛点，不要急色。”

楚尧：“我刚结婚，刚结婚都不急色了，那咱俩的夫妻生活就惨了。”

“好吧，逻辑上说不过你。”

奶奶就在家门口，看着双人床搬到对门，摇了摇头，点了江北北的额头：“今晚不回了？”

“嗯。”江北北说，“今天试试床。”

“别嘴上没个分寸，把什么事都往外说。”

江北北道：“我说这个干什么，又没人给我发奖金，要有人举办私房话比赛发百万奖金，那我能全国直播，把尧哥夸成一朵花。”

江北北奶奶忧愁万分：“你这妮子，就你嘴贫！”

楚尧在里屋看着人放床，模模糊糊地只听到了几个字，江北北嚼着糖抱住他的腰拿额头撞他时，楚尧问她："你要夸我什么？"

"夸你好。"

楚尧差点笑伤腰："你跟奶奶说这些？"

"我敢吗？"江北北掐着他的腰，手探进他的衬衣摸着他的小腹，毫无顾忌，说道，"今晚试试新床，效果好，我明天起来就给店家写万字好评。"

于是，家长不在的第一个夜晚，楚尧跟江北北玩疯了，字面意义上的玩。

江北北跟楚尧喝了点酒，一杯酒下肚就能撒欢的江北北说前戏要做足，于是拎着酒瓶子在卧室绕着床跟楚尧玩你追我赶的游戏。

江北北说："追上我，酒给你喝。"她说完，仰起头灌了一大口红酒，脱了鞋就跑。

学过舞的姑娘，步子轻盈，躲闪也快，楚尧绕着床抓她，都让她从指间滑走了。

几回合后，江北北把酒咽了，单方面宣布顺利，被楚尧捉到，放倒在床上。

衣服折腾着刚脱了一半，手机响了。

楚尧看见是唐西周打来的，接了。

"玩呢？"

"睡呢。"

"鬼才信。"唐西周道，"在我头顶咚咚咚这么久，除非你是小电钻，不然睡可睡不出这动静，悠着点玩。"

楚尧："……"所以，他才说在家不方便。

父母是搬走了，但邻居都还在，稍微运动运动，左邻右舍就都知道了。

唐西周大声问："妹妹，你是醉了吗？尧儿灌你酒了？"

"他怎么敢灌我酒！"江北北大着舌头道，"我一个人买醉，就等他来给我解酒……"

楚尧立马挂了电话，并很有先见之明地关了机，吻住她的嘴。

江北北挣扎着推开他，交代最后一句话："尧哥，你今天的任务就是负责让我酒醒，不然你不许停。”

楚尧勾起嘴角，抑制不住笑。

太有意思了……江北北比他想的要更好，让他深陷其中，每天都是向往期待的。

“好了，我交代完遗言了，老公你开始吧。”

“遗言？”楚尧愣了一下。

江北北：“我闭上眼睛装死，你负责让我起死回生……楚医生，妙手回春靠你了。”

楚尧忽然觉得，江北北是醉得不轻。

第二天，两个人携手上班，分别时，轻轻吻了吻对方。

宋朗出来遛狗，说道：“大喵啊，以后咱家的狗粮我就不给你买了，看二楼的这俩就能看饱……”

秦元赶着出差，拉着行李箱出来，哀叹：“何止饱，顿顿都撑。”

实话说，江北北很感谢《身边的他们》这档节目，听楚尧说，现在都有学校联系殡仪馆，组织学生们来参观体验。

江北北反馈给黄元宝，黄元宝一脸骄傲地道：“快，叫我金牌主编！我就知道！对了，前几天还有些年纪大的观众打电话到台里，问你爸妈在哪个陵园，想去送花。”

江北北道：“不用了，你们没说吧？”

“放心吧，我们跟观众说，心意收下了，只要到最近的烈士陵园里看看为祖国奉献一生的烈士就好，都一样的。这样回复很不错吧？”

“棒呆！清明去扫墓时，见组织扫墓的比往年要多，大好事。”

这个世界需要英雄，英雄也应该被铭记。

英雄的精神是屹立不倒的，会影响到许多人，改变许多人。

那天，楚尧夜里值班，忙完，把手套摘了，准备到值班室休息一会儿，路过大厅，见门口躺着一人。

楚尧快步过去，摸了摸他的脖子，已经死了。

出于之前的职业习惯，楚尧迅速解开这人的衣服，检查了一遍。

脸上、身上都有大块淤青，鼻梁断裂，嘴角开裂，右腿骨折，看死状，此人是被人殴打后，内脏出血而死。

看他躺在殡仪馆大门外正中，楚尧判断，应该是有人把他送来的。

殡仪馆不常遇见这种情况。

一般情况下，如果路人发现有人受伤躺在路边，要么送医院，要么报警，不会直接送到殡仪馆来。

楚尧给值班室的保安打了电话，报了警。

殡仪馆的工作人员把这人抬进来，楚尧盯着这人看，忽然一愣，戴上手套摸了摸他的脸。

“怎么了？”

楚尧沉声道：“整过容。”

“啊？”同事疑惑。

这人个子不高，还有些驼背，看气质普普通通，虽然现在脸上惨不忍睹，但他们还是能看出这人的五官，五官并不出彩，整过容？那他之前长什么鬼样子？

楚尧心中有了猜想，给父亲和唐西周打了电话。

警方的人到了，楚爸验完，下结论：“微整，比对 DNA 吧。”

警方调了殡仪馆前的监控，看到一辆遮挡了牌照的面包车晚上十一点左右停到了殡仪馆门口，下来两个戴帽子的人把死者扔在了门前，随后离开。

唐西周道：“调国道西路段监控，他们上高速的可能性很小。”

楚尧说：“二哥，如果我没看错的话，他应该是……一只耳。”

当年猎豹行动中漏网的逃犯，一只耳。

江北北得知消息后，一夜未眠，站在窗口等楚尧回来。

上午，楚尧到家，他站在门外，看起来很疲惫，强撑着精神给了她一个拥抱。

江北北道：“是不是他？是不是猎豹行动没抓到的逃犯？”

楚尧点了点头，吻了吻她，轻声对她说：“你跟我一起到局里，二哥说，今早收到了一份快递……”

江北北紧张道：“是什么？”

“是封信。”楚尧给她拿上外套，“寄给公安局的，提到了你。”

“我？”江北北抖着手，楚尧发觉后，与她十指相扣握住，轻声安慰道，“别害怕，没有说什么。”

两个人来到重案组，唐西周正忙，大概今天是要去抓昨晚抛尸殡仪馆的黑车党。

“本地黑社会。”林副道，“车扔在路旁，三组顺藤摸瓜找到了据点，酒吧街的长巷会所。”

唐西周笑了一下，将手中纸板拍在桌上：“今晚打黄扫非，让各部门配合，速度一定要快！”

短暂会议结束后，唐西周看到江北北和楚尧来，顾不上喝水，拿起手边的一沓纸走了过来。

“你们来了。”唐西周也是一晚没睡，眼窝乌青，头发乱成鸟窝，浑身烟气，跟摸了电门似的，他手中捏着一沓厚厚的信纸，说道，“同城快递送来的，前天邮寄今早才到，也算跟上了，那个逃犯写的，是封信。”

江北北以为信上提到了什么不好的事，一脸凝重地接过来，皱着眉头默读。

信上的字写得还算工整，看得出写字人是在认认真真写信的，江北北艰难地辨认着信上的字，读了半页，终于知道这封信在说什么。

这是一封举报信。

深市目前的制毒窝点、长期大量购买毒品的下线“中间商”，以及常常交易的地点和时间。

她震惊地看了眼唐西周：“这是真的？”

“你往后看。”

江北北翻到第二页，飞快看了两行，愣了一下，又重头仔细看了遍。

信上写道：“我很喜欢看电视，尤其爱看采访节目。我怕这封信没能送出去，被他们发现。就不说名字了，但我很想对她说对不起。节目里放了葬礼的影像资料，我认出了那几个警察。那时我年纪尚轻，只知道兄弟义气，不读书，不看报，跟着老大们做来钱快的行当，那次行动我侥幸逃脱，他们吓唬我，说我被抓到，肯定是无期或者死刑，我就跑了。后来我遇到了现在的妻子，还有了一个可爱的女儿，女儿的到来给了我很大的改变，我开始顾家，我知道了家的意义……但我没有办法脱身，我只会贩毒，于是我又干起了老本行……”

江北北啧了一声，翻页继续看。

“十年前，我和老婆孩子失去了联系，本想回老家找她们，可新闻上说，通缉令联网了，只要我出现在监控摄像头下，他们就能找到我。我害怕，老大让我做了整容，这两年我都在深市，市面上所有的毒品交易，都要经过我再往下走……我看到节目后，知道了那时行动中牺牲的警察也有一个女儿，我看着她，想到了自己的女儿。毒品会毁掉很多家庭，我都知道，我的良心备受谴责，我又恨自己没有别的本事，只能做一个不彻底的坏人。”

他这封信，很多字都写错了，有的还用拼音代替，但江北北看明白了，他信上说的节目中牺牲的警察的女儿，应该指的是她。

“我想对她说声对不起。向当时三位牺牲的警察说声对不起，上次的窝点被你们打掉后，老大让我回去，我很害怕，我不想再回去了，我女儿并不知道我在做坏人，我怕自己一回到老大身边，就会忍不住做坏人，我不想再毁掉家庭，我不想做这样的人。我知道，他们害怕我被抓后，在刑讯逼供下会出卖他们，所以我会被他们‘处理’掉，我把这封信快递给了节目里看到的公安局地址，希望你们能收到。对不起，真的对不起。”

江北北看完后，陷入沉默。

“昨天半夜被扔到殡仪馆的就是他，DNA 比对已经出来了，他就是猎豹行动里逃脱的那个毒贩一只耳，你不用有什么心理负担。”唐西周摸了摸江北北的脑袋，“坏蛋还是坏蛋，只是这个坏蛋还知道说句对不起，仅此而已。”

江北北把信交给唐西周，楚尧轻轻揽过她的肩膀，拍了拍。

江北北摇了摇头：“我不知道说什么，但肯定不会是原谅。”

唐西周弹了下她的脑门：“当然，要是写封信你就能原谅一个坏蛋，我看你脑袋瓜也不怎么好使了。”

“确定就是他？”

“没错了。”唐西周说，“整容前大概什么样子，楚主任已经复原出来了，我们比对过，外貌特征，以及口供字迹跟这封信，足以证明就是他。”

江北北深深吸了口气，迫使自己冷静下来，如释重负后，说道：“我要告诉奶奶，告诉爸妈。”

“不着急。”唐西周笑道，“等二哥端掉制毒窝点和销赃窝点，清扫得干干净净的，咱再一起去！”

楚尧道：“二哥，注意安全。”

“我会的。”唐西周说，“挺身为国为民，也是为家为亲人，不用为我担心。”

江北北给唐西周整了整衣领，敬了个礼：“二哥加油。”

从公安局出来后，江北北精神有些恍惚。

楚尧细心地发现了，把她转过来，面对着自己，扳着她的肩膀，弯下腰说道：“北北，你听我说，我最担心的就是这个样子的你。”

江北北抬起眼，呆呆地看着他。

“但我们不能松懈。”楚尧说，“我要你好好生活，以及……多留意奶奶的精神状态。她牵挂半辈子的事情终于有了结果，我怕她一下子放下了，会和你现在一样，迷茫无措。”

江北北使劲摇头：“尧哥，我不会。”

“我知道你不会，我只是担心。”楚尧指着自己，又指了指她，“江北北，你还有我，还有亲人，我们都是你生活的一部分。为了我，为了我们，你开心活着，不要失去目标。”

“我没把抓到那个逃犯当成人生目标……”江北北轻声道，“我只是一下子看到这样的结果，内心不知道该用什么样的心情迎接它。尧哥，我的目标，是让自己更好地活着，为了爸妈，快乐地享受生活，用每一天的开心告诉他们，谢谢他们让我来到这世上，这份爱，我一直带在身上，活三个人的份儿。”江北北紧紧握住楚尧的手，说道，“我不会把让坏人偿命当目标，我就顶天立地活着，做个好人，不给爸妈丢脸，再为社会做出一点微薄的贡献，这样就好。现在还加了一份你，尧哥，其实逃犯有句话说得对，我有家，我家里有你，所以我会让自己活得更有意义。抓住逃犯就失去目标陷入迷茫期什么的……绝对不可能出现在我身上。”

楚尧抱住她，欣慰又骄傲地道：“好姑娘。”

一只耳被抓后，二十年前的猎豹行动终于圆满完成。

“敬礼！”

烈士陵园中，身穿制服的警察们向三位在猎豹行动中殉职的同事行了礼。

江北北一身黑衣，搀扶着奶奶站在最前方，低垂着头。

奶奶没哭，她比大家想象中的坚强。当唐西周把逃犯落网的消息告诉她后，江北北奶奶只是神色平静地点了头，说了声："好，知道了，太好了。"

心中的石头落地，悼念仪式举行完，奶奶拍了拍江北北的手，说道："以后什么糟心事都没了，今年大顺，就剩你结婚了，跟你婆婆说，看看能不能提前。"

江北北好奇："干吗这么急？"

"你人也挑好了，糟心事也都没了，可不得赶紧开始新生活？能办就在前半年给办了。"

"前半年恐怕是不行了吧，现在订婚宴要提前好些天。"

楚妈追上来听到了，立刻告诉江北北："结婚仪式吗？能提前，你就跟妈说你想什么时候办，妈无论如何都能给你订上！"

"北北来说。"楚尧道，"你想什么时候办？"

"生日……"江北北小声说，"生日结婚的话……时间上会不会太赶？"

江北北是六月一日儿童节这天过生日。

楚妈："赶是稍微赶了点，但只要闺女愿意，别说六一，五一妈都能给你办！"

唐西周跟在楚妈身后下山，听了全程，笑道："那就需要我们来支援一下姚队了。"

"干儿子就是靠谱！"楚妈拍了拍唐西周的肩膀。

唐西周问："丫头，你快说，要不要定在六一？"

"那就六一吧。"江北北害羞捂脸，"早点也行。"

楚尧拍板："那就六一结。"

婚期定了之后，二单元进入了忙碌状态，兄妹们除了上班加班，还要准备婚礼。

那天，楚尧下班，看到江北北穿着小老虎家居服，趴在茶几上奋笔疾书。

他托着老虎尾巴，从背后抱住了她，问道：“是请柬到了吗？”

“嗯。”江北北转过身，双手举起，打趣道，“看你细皮嫩肉的，应该很好吃，今天夜宵就决定吃你了！”

楚尧下巴枕在她肩上，轻轻笑了起来，伸手拿起桌上写好的几张请柬：“你要手写？”

“嗯。”江北北说，“这样更真诚，其次就是……我想炫耀一下我的字。”

江北北写字好看，笔锋嚣张跋扈，乍看非常唬人，而且还会写花体英文，非常适合在请柬贺卡上露一手。

“你真可爱。”楚尧侧过头，碰了碰她的脸颊，笑道，“所以，送可爱的姑娘一个礼物。”

“什么？”

“我订的婚纱照套餐。”楚尧从西裤口袋里掏出一张卡片，“你看一下项目，有个八张自定，想拍什么都可以。”

“唔，真的吗？”江北北双眼闪光，“比基尼大尺度婚纱照也可以？”

说完，没等楚尧点头，江北北极快地捂住楚尧的嘴，说道：“不不不，这个跳过。”

楚尧做了个封口的动作，手摸上她的胸口，按了按，“嗯”了一声：“好像长大了些。”

“错觉！”江北北说，“尧哥，绝对是错觉，不要再安慰我了！”

闹了一会儿，江北北才仔细看了楚尧订的这套婚纱照项目。

“青春校园系列十八张、古风系列十二张、民国风十二张、婚纱海景十张……啊！！这什么？！”

江北北看到最后的那个中世纪欧风吸血鬼城堡，嗷嗷叫了起来，“尧哥这什么！！真的有吗？！”

“有的。”楚尧说，“就知道你喜欢，我看了他们公司这个欧式吸血鬼项目的样片，拍得很不错，很小众，可能大多数人认为婚纱照拍鬼怪之类的不太好，但我想你会喜欢，所以也把它勾上了。”

江北北抱住楚尧，给了他一个大大的香吻：“爱死你了！”

“我觉得，是你更想看我……拍这个。”

楚尧对她的审美和品位极其了解，毕竟他看过她喜欢的漫画，包括她标记出的那个像他的漫画男主角，后期作者揭示了他的神秘身份——吸血鬼公爵。

江北北搂住楚尧的脖子，在他耳边小声说了一句话。

楚尧眉头微动："嗯？想看？"

"想。"

想看他眯起眼睛，舌尖慢慢舔过牙尖，再擦过嘴角。

楚尧捏住江北北的下巴，他手指微凉，江北北头皮一阵发麻，眼睛睁大了，定定看着他。

楚尧眯起眼，低低笑了一声，轻声说出一句话："饿了……就让我，品尝美味吧。"

"唔！唔！"江北北激动拍地，"就是这个！到位！"

之后，楚尧献上一吻，慢慢搂紧了她。

"剩下的八张自选……"江北北说，"拍合照行吗？"

"嗯？"

"哥哥们的合照。"

楚尧埋在她的颈窝处，轻轻咬了一下："不怕我吃醋？"

"尧哥要是说不行，那我就听尧哥的。"

"可以的。"楚尧说，"我知道你想拍，怎么高兴怎么来，一辈子只结这一次，让你满意才是最好的。"

"服装我来定！"江北北道，"我想拍军服！"

楚尧抬起头，眼眸中流露着惊讶："什么军服？"

"就你们都穿军装，多帅！"江北北差点没忍住口水，"我一定要拍一个这个系列，然后设成屏保，放在手机里，走哪带哪，遇见人问，哎，我看你很眼熟，你是不是那个有五个哥哥的江北北，我就说，嗯，对，没错，就是我。然后给他们看你们的照片！"

楚尧问："那你呢？"

"什么？"

"我们穿军服，你穿什么？"

"我就穿特别乖的那种衣服，手里抱着我的兔子玩偶，就像乖巧的闺秀。"

"你乖？"楚尧笑出声，抓住江北北要逃走的手，轻轻吻了吻她的指尖，道，“那么乖，手还要乱摸，一刻不停。”

“总而言之！”江北北红着脸大着胆说道，“我就要这么拍！”

楚尧同意了：“随你高兴，但是……北北，我们要先吃饭。”

“吃什么？”江北北说，“奶奶今晚做的红烧鱼在厨房，你想吃吗？”

楚尧摇了摇头，眼中闪过狡黠的笑意，说道：“今晚，换个晚饭。不吃鱼，吃虎肉。”

江北北低头看了眼身上的老虎家居服，揉了揉鼻子，嘿嘿笑了起来：“只要你不怕被挠。”

“不怕……”楚尧抱起她，“小老虎只会在我心上挠痒痒。”

“楚尧！你又一本正经说这种话！”

一周后，哥哥们收到了江北北定制的军服。

跟去外景拍摄的黄元宝看到男士们换完装，一字排开，迈开大长腿走过来，艳羡地道：“妈呀北北，你好会玩！”

江北北却皮了一下，她没有换上她所说的乖巧姑娘穿的学生服，而是先穿上了从家带来的那件浅粉色兔子装，头上还戴了个兔耳朵，脚上穿着她的兔子拖鞋，绑着双马尾，抱着她的兔子玩偶，亮相。

双方见面后，反应都很大。

这边是一群摄影工作者面对大长腿制服兄长们激动地拍大腿，那边是哥哥们看到江北北的打扮，集体笑倒。

“丫头你跟我说，你要拍什么？军人跟兔子精吗？”

“我超爱这个反差！特别萌！”江北北兴奋地跺着脚，圆脑袋兔子拖鞋上的耳朵一蹦一蹦，“有八张，我先拍这个衣服的，等会儿换正经的。”

五个哥哥按照摄影师的指示坐好，江北北站在他们身后，笑得一脸满足，一副得意的表情。

秦元小声说道：“北北，你这样让我很有罪恶感。”

唐西周道：“是不是很想揍楚尧？”

宋朗：“反正我是有点……就突然觉得，妹妹年纪还小。”

严清明：“都别说话了，我想笑。”

唐西周：“老大是不是觉得一把年纪陪孩子玩这个很羞耻？”

楚尧：“只这一次，留个纪念也好。”

秦元："我一定是疯了才会答应你俩来拍这种奇怪的婚纱照……"

在摄影师按下快门前，江北北张开双手，得意大喊："瞧见没有，都是我哥！连我老公都是我哥！"

别说是摄影师和哥哥们，连相机都被吓到了，"咯嘣"响了一下。

黄元宝笑喷了，差点捶裂水泥地。

最后，江北北仁慈地恢复了正常状态，穿着温婉的裙装，和军装哥哥们照了相。

就像古老的家族合影一样，照片中，五个让人有安全感的哥哥围着他们的小妹妹，幸福在此刻定格。

"告诉你们一件事。"江北北盯着镜头，保持着微笑，说道，"我超爱我家五个哥哥的。"

楚尧："我也爱你。"

唐西周："我妹妹最好，谁家小姑娘都比不了。"

严清明："含辛茹苦，终于把妹妹拉扯大了。"

宋朗："我永远是你哥。"

秦元："哥哥也爱你。"

江北北轻声自语："圆满了……爸妈，我这辈子，无憾了。"

六一儿童节这天，江北北结婚。

早上六点，婚纱穿在身上，江北北坐在床边，化妆师为她上妆。

做好发型后，听见对门渐渐热闹了起来，没一会儿，她的娘家哥也来了。

唐西周请了半天假，穿着警服推门进来，把化妆师吓一跳。

江北北闭着眼睛，只听见门响，不知是谁。

唐西周绕着江北北转了半圈，忽然像是被什么玩意噎了嗓子，半个字都吐不出来。

化妆师轻声问："您有什么事吗？"

江北北："谁？"

唐西周："你哥。"

江北北："二哥，你看我好看吗？"

“好看怎么能形容你？要我说你就是天仙下凡。”唐西周感慨道，“到今天，才忽然强烈又真实地不舍得你了。”

“二哥你今天是我方主力！”画完眼妆，江北北睁开眼睛，原本想玩笑，但看见唐西周勉强维持笑容的表情，怔了一下，拉住唐西周的手，“二哥，你讨厌，大早上的别让我哭啊。”

真的像……像兄长送妹妹出嫁。

看着她穿婚纱的模样，她从小到大的点点滴滴就浮现在了眼前。

时光啊，弹指一挥间。

唐西周张手比画着，想起刚出生没多久的江北北。

那是他见到江北北的第一眼，几个毛头小子听说二楼的张阿姨生了个妹妹，兴奋得不得了，想尽办法找借口到二楼做客，江海叔叔就把江北北抱了出来，那么短一点，像只小猫一样哭着。

他还不放心，再三确定：“是妹妹吧？不是弟弟吧？没骗我们吧？”说话时，声音很轻，怕稍微大点声就会吓到她。

转瞬间，她就长大了。

唐西周轻声道：“泪窝浅还怪我？”

很奇怪的感觉，或许是年龄差，唐西周看着江北北，觉得自己这种不舍，不单单是兄长不舍妹妹，也是爸爸不舍女儿。

唐西周蹲下来，笑看着她，眼睛弯得像月牙：“北北，一定要继续幸福下去！”

秦元这个娘家哥，做了个发型后，才花枝招展，姗姗来迟。

那时，江北北已经化好了新娘妆。

秦元双眼噙泪：“北北，很漂亮。”

江北北：“知名律师夸人竟然还不如二哥。”

秦元：“你想让我夸多少钱的，你开口！”

“往国宝级夸！”

秦元笑了一下，说道：“那就不是夸了。”

他俯下身，给了江北北一个拥抱。

一个拥抱，秦元立刻湿了眼眶。

“北北……”他没有抱太久，松开手，退后几步看她，想给她笑，忽然别过脸去，摘下眼镜，跟她摇了摇手，离开了卧室。

唐西周拍了拍秦元的肩膀："这就开始哭了，你泪窝比北北还浅。"

江北北心中百感交集，收拾好情绪，宣布："我化好妆了，从现在开始，谁再骗我哭，我一定把他拖到黑名单！"

九点差两分，秦元用胶带封了大门。

江北北在奶奶的陪伴下，挪了房间。

唐西周笑道："万事俱备，只等人来。"

九点整，楚尧手捧鲜花站在门外，轻轻嘘了一声，指了指江北北家："听，在封门。"

宋朗："是二哥还是三哥？跟你讲，都没用，你封几层都没用！"

秦元封完，掏出一张纸，清了清嗓子，隔着门问楚尧："新娘提出了三个问题，让我问问你。"

楚尧："你问。"

婚前拦门问新郎的问题，无非谁做饭、谁刷碗、谁奶孩子、谁养家。

然而当秦元说出第一个问题时，楚尧就觉得，没那么简单。

他要娶的姑娘，虽然人㞞，但脑洞大。

"第一个问题，如果我被恶龙叼走，你会选择用什么方式救我？A，剑，B，机关枪。请回答。"

宋朗："剑剑剑！枪没子弹没法打，我就知道北子陷阱在这儿埋着呢！"

宋朗妈打了他一下："要你答？！"

楚尧："北北这个问题，挖的坑不小。"

大哥："是啊，你谨慎回答。"

楚尧："我选择不救。"

众来宾倒抽一口冷气，新郎啊，你求生欲强一些好吗！

楚尧说："是你被恶龙抓走了，北北还在家，我不会去救你的，死心吧三哥。"

五秒沉默之后，秦元："被你识破了。第二题，请猜出第三题，并正确回答此题。"

宋朗心累："北子啊！你这都是什么问题！你还想不想要楚尧了？"

楚尧略一思索，大胆猜测，小心回答："江北北，我爱你，没有期限，没有条件，没有理由，我爱你。”

门那边没有动静了。

宋朗：“三哥，他猜对了吗？”

严清明说：“有诈，秦元走了。”

“走了？”宋朗说，“那我是不是可以拆门了？”

说完，宋朗动手，门没锁，但被三卷胶布封死了。

三位男士齐心协力，终于把门推开了一条缝，楚尧叼着束花的绸带，接过从家拿来的剪刀，拆了封条。

客厅里很安静，众宾客蜂拥而入，楚尧却驻足，看到客厅桌上江北北父母的照片，脚下一转，把花放在了照片前。

老邻居们笑容凝滞一瞬，微微垂首，默默问候昔日的同志。

“爸、妈，我来接北北回家了。”楚尧鞠躬，斟满酒，仰头喝了，这才敲卧室的门。

他轻轻敲了两下，门内，黄元宝捏着嗓子回应：“说你爱我，不然不开。”

听出她的声音，楚尧让开位置，笑着把宋朗推来。

宋朗：“爱爱爱，你赶紧的，不要捣乱。”

黄元宝：“太敷衍了，我不开。”

宋朗：“爱你！可爱了！发自肺腑的！”

黄元宝：“还少一个，得再听那个伴郎说，不然不给开。”

“元宝！是我妹结婚！我妹！你搞清楚对象！”宋朗说道，“这还集齐不同人的爱才能开门啊？”

“新娘说不行，就要听那个伴郎说，集齐了才让进。”

楚尧跟严清明交换了眼神，严清明不太好意思地清了清嗓子，小声道：“为了妹妹，豁出去了。”

他沉声道：“开门吧，我的爱也到位了，都爱，全都爱。”

门开了。

黄元宝说：“找鞋，找到鞋才能跟你走。”

床边只搁了一只鞋，白色小高跟，而床上坐着穿婚纱的姑娘，盖着红盖头，手捧鲜花。

众人推着楚尧，要他找到鞋快些揭盖头，带新娘回家。

楚尧站在门口看着床上的“新娘”愣了好久，忽然笑了起来：“找到鞋就可以吗？”

黄元宝点头：“对，找到鞋你就能把她领走了！”

江北北昨天收拾过房间，很干净，基本藏不住东西。

也就是说，如果藏鞋的话，很可能就藏在婚纱下。

楚尧这么想了，也这么做了，他围着床转了半圈，脸上的笑很奇怪。

黄元宝脸上也憋着笑：“你别笑，找到没！有时间限制，一分钟内完不成，这新娘子你今天是别想接回去了。”

楚尧把严清明推到前面：“大哥，掀他盖头。”

穿婚纱的“新娘”抖了起来，一看就是在拼命忍笑。

严清明这会儿也认出来了，在看热闹的来宾惊呼中，扯了盖头，大家看清床上的“新娘”后，高声笑了起来。

“新娘”唐西周道：“终于能笑了，憋死我了，磨叽死了，以为进门就能看出来……”

严清明脸上的表情一言难尽：“干吗呢？”

唐西周：“这叫障眼法。”

严清明：“妹妹呢？”

“你猜，不是……尧儿猜！”

楚尧捡起地上的一只高跟鞋，问唐西周：“另一只在你这里吗？”

“你来找啊。”唐西周才不轻易告诉他答案。

宋朗“哎哟”一声，扛起唐西周抖婚纱裙：“快点的！有没有！二哥你竟然全心全意帮北北拦我们啊！你可真是亲哥！”

唐西周一把年纪被抖得差点散架，婚纱本就是随便租的，尺码不合适，两下就给抖掉了：“四儿，我劝你老实点，你还没结婚呢！你再这样我等你结婚就去帮元宝！”

并没有鞋。

楚尧握着一只高跟鞋，径直走到了对门主卧。

那是江北北奶奶的卧室，他的新娘一定在那里等他。

宋朗放下唐西周，紧跟而来，心有余悸：“这屋床上等的该不会是三哥吧？我可受不了盖头底下还是一大老爷们的画面了。”

然而主卧的门推开，江北北就坐在床上，隔着轻盈朦胧的头纱，笑盈盈地望过来，眉清目秀，甜美动人。

“来了？”

“来了。”楚尧半跪下来，给她穿上一只鞋，问她：“另一只呢？”

江北北指了指阳台。

秦元站在阳台上，手伸到阳台外，似要扔什么东西：“楚尧，说点好听的，不然这只鞋你是拿不到的。”

宋朗：“你们都这么入戏？”

秦元：“废话！娶我妹妹没那么容易！”

宋朗：“讲道理，就十步路。”

楚尧想要和他“交易”，余光见江北北奶奶背着手站在床边，笑着看他们闹，心觉不对。

他想明白了，秦元手里应该只是个幌子，鞋在奶奶这边。

他看着江北北，无奈道：“你真调皮。”

江北北装傻充愣，只眨眼不回应。

楚尧走过去，认真给江北北奶奶鞠躬：“奶奶，我来接北北。”

江北北奶奶笑着点头：“好。”

“所以……”楚尧说，“您能让我看看您背后的东西吗？”

奶奶：“楚尧。”

“在。”

“能让奶奶放心吗？”

“会。”楚尧说，“我爱北北，过去、现在、将来，一辈子都如此。”

江北北奶奶笑了，把另一只鞋给了他：“婚姻就像夫妻俩穿了同一双鞋，以后的路要你们携手自己走，踏踏实实走。”

“谢谢奶奶。”

“楚尧，把北北交给你，奶奶放心。”

楚尧顺利地接到了新娘，顺利地举办了结婚典礼，最后，新娘江北北上台致谢哥哥们，与他们一一拥抱时，竟然发现他们都带着微笑却双眼含泪。

“谢谢大哥……”

严清明飞快地点了点头，转过身擦去泪花。

“谢谢二哥……”

江北北拥抱完，唐西周还冲她笑了笑，眼里的泪光在灯下闪烁，非常明显。

“谢谢三哥。”

秦元捉住她的手，哭出声来。

那么要面子的他，今天却当众落泪。

江北北：“三哥你别哭……”

秦元使劲点了点头，竭力使声音不那么颤抖，小声说：“北北，祝你幸福。”

江北北吸了吸鼻子，给宋朗一个拥抱：“谢谢四哥。”

宋朗给她还了个熊抱，说道：“北子，你永远是我妹妹。”

“你们永远是我哥哥……”江北北虽然笑着，却泪流满面。

终于，江北北来到了楚尧面前，她笑着，看向今天的新郎。

“尧哥。”她说，“最后一次了，尧哥，谢谢你。”

她抱住楚尧，开心又感动：“谢谢你以哥哥的身份陪我度过二十四年，谢谢你……”

楚尧低头吻住她，温柔道：“北北，结婚快乐，以后，也要快乐，我陪你一辈子。”

公安居民楼二单元的江北北，是个富有的女人。

她有其他人没有的财富，那是谁也无法夺走的财富——她的哥哥们。

从她出生那时起，这份财富和幸运，就注定要陪伴她终生，无论她的人生中遭遇什么，她都无所畏惧。

他们消除了她的不安，从此以后，她的人生中，只有和煦的阳光和万里晴空。

这一年，冬去春来，她表白了，恋爱了，结婚了，也终于实现了愿望，把楚尧从哥哥变成了爱人、伴侣、丈夫。

这一年，楚尧拉着她的手，用平生最温柔的口吻，立下了誓言：“我会陪伴你，爱护你，如父如兄，是朋友也是爱人。我会与你度过人生中每一分每一秒的幸福时刻，不惧风雨，不怕辛劳，这份爱，从生到死，将永远与你同在。”

番外 1
哥哥们的名字

严清明是清明节那天出生的，严老爷子图省事，字典都不翻，直接给孙子起名清明。

那时，公安局还没有挪地方，第一家属院还在东山，严清明家住一单元。

一年后，三单元老唐家添了个小子，老唐是个历史迷，不迷人物迷朝代，尤其喜欢西周、东周，原本想给孩子起名为周，后来嫌两个字的名重名率高，便挑了西周做名字。

也正是那年，公安局要重新分房，他们搬家了，搬到了明宫路，公安局第三家属院，二单元。

刚搬来，三楼秦队长喜得麟儿，大笔一挥，将浪漫主义进行到底，叫孩子秦缘。

秦元妈嫌弃这名字难听，听起来像“情缘”，怕孩子将来在学校被人开玩笑。

老秦一寻思，有几分道理，于是翻了字典，发觉“元”这个字，意思不错，意思是第一名，首位。

秦队长多年来一直跟楼底下那个姚兰争第一，却从没争赢过她，如今看见这个元字，觉得十分称心，于是把“缘”改成了“元”。

得，秦元的情缘，就被老爹这么给断了。

后来，一楼大宋家，也添了个小子，叫宋朗，开朗的朗，据说宋朗生下来，哭声嘹亮，宋家人认为此子必然性格开朗，像他家人，于是就这么叫了。

要说宋朗也真心挺开朗的，上学后成绩一直倒数，小学一年级第一次考试，宋爸、宋妈到学校门口接他，别家的孩子跑出来，高兴地喊：“爸妈我考了双百！”“爸妈我考了九十九！”

宋朗也高兴，屁颠屁颠跑过来，大嗓门喊道：“爸妈我考了六十五分！！”

众家长侧目，宋爸开心道：“还能及格！真牛！”

中学时，宋朗有次超水平发挥，破天荒考了倒数第十一名，宋爸宋妈还高兴地带他出去旅游，可把唐西周羡慕坏了。

唐西周也不是成绩不好，他偏科严重，政史地一概不行，数理化闭眼就能考满分，总成绩基本不出班里前十，可即便如此，唐爸、唐妈也不给他好脸，究其原因，是因为跟他年纪相仿的严清明，是个各项全能的学神，连秦元这个比他低一届的，都能稳居年级前三，唐西周这个以班级为单位排名的普通学霸，压力巨大。

终于来了个学渣宋朗，谁知人家一家子都知足常乐，及格就皆大欢喜，根本不能比，简直没天理。

再后来，二楼立志要丁克的姚兰和楚扬，意外怀孕，在姚兰近一年的抑郁中，二单元又迎来了个男孩。

姚兰：“我尽力了……”

他们夫妇俩，全凭着这把生个闺女抚慰受伤心灵的念头度过漫长孕期，未料孩子出世，医生宣布：“恭喜，男孩儿！”

姚兰跟楚扬抱头痛哭，悔不当初。

二单元的四个男孩儿也跟着哭，假哭：“要妹妹！不要弟弟！”

哭最痛的就是唐西周，后来发现楚尧学习也很变态，不写作业不复习，状态好了提笔就能拿第一，哭得就更伤心了。

话说楚尧的名字，一看就是瞎起的。

楚扬的楚，姚兰的姚，原本是这么来的，后来孩子外婆看不下去了，收拾了女儿女婿一顿，挑了个尧字，报了户口。

后来，楚尧每每介绍自己的名字，就会把这事拎出来再讲一遍。

“大家好，我叫楚尧，我爸姓楚，我妈姓姚，所以我叫楚尧。但尧不是女兆姚，而是尧舜禹的尧。”

不久，二楼东户也住了人，是从缉毒队调来的江海和张玲。

四年后，添丁。

女孩子。

自称是北方狼的江海，给女儿起名北。

三单元一个学识渊博的教授对二单元大人们的集体不靠谱行为十分不满。

“你瞅瞅那些孩子的名字！太随意！”

但生活了一段时间，发现二单元的人全是好人中的奇葩后，起名字这点不靠谱的小事，就被比了下去。

时间飞逝，在念中学的江北北，一天课上无聊，写哥哥们的名字玩，忽然发现了，他们的姓名，都跟朝代有关。

她“肢解”了哥哥们的姓名，并按照时间线，给哥哥们排了顺序：“尧……西周、秦、楚……唐、宋、元、明清。”

“唐宋元明清？”江北北嘿嘿傻笑起来，没控制住声音，感慨一声，“哇，原来是商量着起名字的！”

然后她被老师拎到走廊，罚站了半节课。

江北北中学时，有了偏科迹象，她政史地次次第一，无奈数学太次，理化更是烂得令人头疼，于是，奶奶请了个家庭教师给她补习。

楚尧当时正读大一，有次周末回家，发现家庭教师异常不靠谱，一道简单的几何题都讲不明白，就跟奶奶说他课不多，可以教江北北。

那时，读研的严清明恰巧经过，听到楚尧的话，惊恐地看向他。

“你课不多？”

骗谁？你学法医跟学医差不多了，每学期的书厚得都跟砖头似的，能把人累吐血，还不多？

楚尧：“教北北的时间还是有的。”

“你还是算了吧。”严清明说，“你让元儿来教。”

那年已经通过司考的秦元一身轻松，接到任务，欣然上任。他这头讲着，楚尧就抱着专业书坐在旁边听。

唐西周训练回来，也会到二楼瞅一眼。

江北北是在那时，感受到哥哥们身上的学霸光环的。

“这道选择题你还能错？”秦元诧异。

“嗯……为什么选这个？”

“我不知道怎么给你讲。”秦元心累，“一眼都能看出答案。”

“你不用算吗？”

“这不用算。”

“不信。”

秦元按住答案，让唐西周来看：“老二你看，这道题你选哪个？”

唐西周啃着苹果过来，果然只看了一眼：“B 啊。”

江北北略感神奇：“为什么？！”

楚尧过来，读了遍题，说道：“题干已经告诉你了，后面这些只是陷阱，你只看前面这个就可以了。”

江北北：“你们脑子都怎么长的！不能分我点吗？！”

若干年后，江北北和楚尧聊下一代的智商问题。

“如果有孩子，最好是女孩。”

“嗯？”

“看过一篇科普……男孩子智商百分百遗传母亲，父亲再聪明都不管用，女孩子则是父母两个人加起来的平均。所以，为了不浪费你的优良大脑，以后生个女儿。”

“过了七年之痒再说。”楚尧道，“随缘，你也不笨。”

江北北想起自己高考时拼命拉低成绩的数学，化悲愤为睡楚尧的动力，说道：“我谢谢您，但我还想再聪明些，就让我再次领教您的智慧吧！”

楚尧：得，又一个词沦陷了。

番外 2
叛你无期徒刑

姚兰家住公安局第一家属院六单元二楼。

双亲健在，家风奔放。

姚兰爸姓兰，姚兰跟她妈姓。

关于姓氏从属，据说是她妈石头剪刀布，五局三胜，赢来的。

青春期的姚兰犯了中二病，喜欢稀奇古怪看起来好看的姓，于是训斥她爹：“石头剪刀布都能输，得，这么美的姓，这下没了吧！”

她爹：“我也争取过，你看，最后把我的姓也加上了吧！”

姚兰：“不想听你辩解。”

当然，姚兰没有对姓氏问题纠结多久，短暂的中二期过去后，她开始思春了，那个不幸被她思的少年，就是对门的楚扬。

说起楚扬，还要简单介绍下六单元的情况。

六单元陆续搬走了一些人，最后剩下来的就三家人。

二楼的姚兰家、楚扬家，三楼的杜奕家。

姚兰是个女孩，楚扬跟杜奕是男孩，且同年同月同日生。

孩童时期，姚兰性子皮，更喜欢和性子疯野的杜奕玩，嫌弃楚扬太安静，跟个瓷娃娃似的，没劲。

但到了青春期，姚兰就冲脸去了。

妈呀，楚扬多好看啊！白皮肤黑发瘦高个，眼尾带勾长睫毛，表情越冷漠，她心就越痒。

于是，姚兰每日思楚，书都不专心念，读着书双眼发直，眼睛就往楚扬身上瞟。

思春期过后，姚兰的心思从男孩子身上收回，就又飘没影了，沉迷游戏，无法自拔。

参加工作后，姚兰和杜奕成了搭档。

巧的是，楚扬的爸爸看上了杜奕的妈妈，两个丧偶多年的人一拍即合，办了个小型婚礼，领了证，楚扬爸爸丢下儿子，挪到了三楼，并把杜奕赶了下来，让哥俩住。

于是，姚兰下班后，一般就泡在对门，跟杜奕在客厅打游戏。

那时候还是游戏机，两人一人一个手柄，嘴里叼着根棒棒糖，一边骂人一边竞技。

骂的对象范围还很大，从人渣到局长，无一幸免。

楚扬当时还在念书，他好死不死，学了法医，因此这俩工作了，他还在学海中挣扎。

于是，六单元三个人的日常，就是姚兰跟杜奕在客厅打游戏，楚扬在卧室开着小灯，戴着耳机看书。

又一年，楚扬毕业，当了一名法医。

又三年，姚兰跟杜奕进入重案组，成了刑警搭档。

而楚扬，成了他们最常去骚扰的人。

法医科的美人，冷冰冰的美人，像尸体一样的美人。

调侃的人多，行动的人少，究其原因，就是楚扬冷得像冰川，几乎不说话，如果不饿，可以在法医科闷一天，仿佛看那些支离破碎的尸体能饱腹。

姚兰：“这怎么行。”

于是姚兰中午吃饭也给他带一份，放在法医科窗户外，过一阵子再去看，饭盒还在窗台上，但饭已经吃了，且洗好擦干净了，附赠一张字条，谢谢。

姚兰拿到字条，塞进口袋，晚上三个人一起坐车回去，姚兰就坐在副驾驶，把这张字条叠成心，收好。

再然后，每天都有字条，且颜色不同。

再有人说法医科的楚扬冷得像冰时，姚兰就会在心里暗笑：你们知道个屁，楚扬多萌！每天彩纸的颜色都不一样！

小彩条叠成的星星和爱心积攒够半瓶后，队里迎来了考核。

射击年年垫底的楚法医，又进入了抑郁期。

这一次，姚兰决心为他做些什么。

于是，她约他去训练场练靶。

姚兰虽然性子散漫，但教起自己喜欢的东西，一点都不含糊，还很严厉。

训练那天，阳光大好，楚扬站在烈日下，被她罚端了一小时的枪，汗珠滑落，没入他扣得严丝合缝的衣领，姚兰的视线随着移动，吞了欲流出的口水。

晚上，姚兰载着他回家，楚扬累极了，仰躺在后座椅上，胳膊遮着眼，脖颈的曲线和凸起的喉结，以及那双屈起的长腿，让姚兰心跳加速，心猿意马，心不在焉，车轮都跟着在七弯八拐的路上跳舞。

回到家后，她刚平静些许，姚兰的爸开口点火：“姚儿啊，你跟爸说，你是相中哪个了？”

“啊？”

“小杜跟小楚，你相中哪个了？”

姚兰：“你要干吗？我相中哪个，你就点哪个做女婿啊？”

姚兰爸瞪眼：“你相中哪个，你就忠心耿耿追哪个！你不要来回吊着！”

“我哪有？”姚兰说，“我分得可清了！杜奕是我弟兄，楚扬是我……”

姚兰爸妈八卦眼：“啥？”

“梦中情人！”姚兰理直气壮道。

姚兰爸：“嘁，没戏。小杜还有点戏，小楚就算了吧，人家都不搭理你，觉得你烦。”

姚兰：“烦？烦他还吃我的饭，给我送字条，好不容易有个休息日，还打电话问我在哪儿，去个超市还要问我想不想吃果冻？”

姚兰：“我才不是单箭头！”

姚兰自己把自己踢走了，不劳烦爸妈动手。

她关上房门，也在琢磨。

自己对楚扬，到底有几分真心？是看上他的脸了，还是看上他的人了？

很快，验证方法就来了。

有一晚，人民路广场那边出了情况，姚兰和杜奕前去处理，到了才发现，和歹徒对峙的，就是楚扬，姚兰一个油门冲过去，撞倒了歹徒，车子一个颠簸，没系安全带的她和杜奕重重磕到挡风玻璃上，头破血流。

可她第一时间，却是打开车门，抓住安然无恙的楚扬，抖着声说：“你有事没？他有没有砍到你？”

杜奕满身鲜血，连滚带爬，出来控诉：“队长，你重色轻友啊！我算是知道我在你心中的地位了，磕破脑门都不及他一根汗毛，真是让人寒心。”

那时，姚兰心里“咯噔”一声，直呼完了。

我可能是爱上楚扬了。

这种程度，可不只是爱那张脸了。

又过了几天，楚扬病了，小病，感冒，略烧。

姚兰下班探病，推开他的房间门，忽然觉得他的床在发光。

这就是她要找的国宝，就在自己眼前，再不挖走，可能就被恶龙占据了。

姚兰走过去，在他床边站定，行了个礼。

楚扬放下手中的书，问她：“干吗？”

“干大事。”

姚兰掏出手铐，咔嚓一下锁住了“宝藏”，翻身坐上去。

“当然，还要问问你，你愿意不愿意。”

楚扬：“你穿着警服，规矩些。”

姚兰偷换了概念：“听懂了，没让我下去，且让我脱衣服。”

姚兰挑起他的下巴，楚扬眯了眯眼，“啧”了一声。

姚兰像猫一样，笑了起来：“既然允许，那我就不客气了。”

她去吻楚扬，楚扬躲了一下：“我感冒了。”

“我没有，恰巧让我治好你。”

“那你把手铐解开。”

“不解，我怕你跑。”

杜奕从三楼吃饱了饭回来，例行关怀，推楚扬房间的门：“哥，你吃饭吗？今儿我妈烧的红烧鱼！你有胃口吗？”

幸亏他手比嘴慢，不然就要直击犯罪现场了。

房间里传来姚兰的声音，带着些沙哑：“你能先敲门吗！”

杜奕：“你在我哥房间里干什么？！”

房间里传来一声闷哼，听得杜奕面红耳赤。

杜奕转头就号：“爸！姚兰把我哥给睡了！！！”

于是，那天六单元二楼走道里，姚兰老老实实蹲着，接受两方父母三家人的训话。

“手铐钥匙呢？”

“找不着了……”

“怎么会找不着？！”

“可能掉床上了吧……让楚扬找找。”

“楚扬被你铐着呢！”

“哦……”姚兰，“那你们给我找根铁丝……我试试撬开。”

姚兰爸：“给我老实点！好好反省！”

说完，他进屋看楚扬的情况。

楚扬衣衫凌乱，手腕上被手铐磨出了一圈红印，闭着眼睛，脸上仍然没表情。

“那个，楚扬啊……”姚兰的老父亲红着脸开口，“你看姚兰这个事吧，可能是冲动，但我们不推卸责任……”

这话怎么越说越别扭。

楚扬：“嗯，我结婚。”

姚兰爸：你是不是被睡糊涂了？！

楚扬忽然笑了，这无异于太阳从西边升起，海水朝河中倒灌，罕见得很。

楚扬：“我要给她判无期徒刑，叔叔，我要和她结婚，看着她服刑。”

门口的姚兰：“我跟你说，你别反悔，别说区区一个无期徒刑，我能把牢底坐穿！”

番外 3
婚后小日常

午间休息，同事们捧着手机追剧，江北北问：“在看什么？”

“热剧！”同事们花痴道，“《哥哥太爱我了怎么办》！”

“讲什么的？”

“哥哥爱上没血缘关系的妹妹的恋爱故事！”同事们兴奋道，“可好看了！哥哥对妹妹超级好，天天撒糖，少女心都要回来了，你要不要看？”

江北北默默喝了口茶，幽幽地说道：“哦，不感兴趣，毕竟我家每天上演真人版。”

同事们：“闭嘴！姐妹们，屏蔽这个炫耀的家伙！”

这天，奶奶不在家，楚尧下厨。

肉煮熟，楚尧捞出来切片，切着切着，就见一只手慢慢伸过来，伺机从案板上偷肉。

楚尧转头，江北北嘿嘿笑着，揉了揉肚子，巴巴看着他等投喂。

“饿。”她说。

楚尧捏起一片肉喂给她，笑：“你不是饿，是馋。”

见她吃完，楚尧放下刀，一本正经道：“还有，偷拿这种动作太危险了，万一被刀伤到怎么办？以后要什么直接开口。”

训话？江北北调皮道：“不听不听，哥哥说话不听，老公说话才听。”

“夫人。”楚尧加了个称呼。

“加两个字，你以为就能变老公？”江北北挑眉，“不顶用的，你再想想该怎么说我才听。”

楚尧了然，凑过去轻轻吻了吻她：“记住了吗？”

江北北敬礼：“好的长官，牢记于心。”

自打江北北把楚尧撩到手后，就再也不矜持了，回头看看当初为了面子不敢开口跟楚尧说话的自己，江北北恨不得穿越回去，把自己摇醒。

“矜持什么！放开追！他吃这套的！”

毕竟楚尧已经见过了她所有的样子，只要是江北北，是静是动，笑还是闹，他都喜欢。

婚后生活不仅和谐，且多姿多彩。

吃过饭，江北北拍着肚子，说道：“为了健康，应该饭后散步，可我懒得动。”

楚尧问：“那怎么办？”

“那就你背着我在家散步好了！”江北北跳起来，抱住他的脖子，“九十九步，来！”

楚尧就这么背着她在客厅转，江北北则兜了一口袋荔枝，剥给他吃。

喂给他时，自己还要配画外音：“奢靡！”

楼下传来宋大喵的叫声，黄元宝和宋朗回来了。

江北北兴奋：“楚尧开门，我有话跟元宝说！”

楚尧背着她开了门，江北北大喊：“元宝，来我家看电影吧！”

元宝探出个脑袋望向她：“行啊，什么电影？”

江北北：“《哥哥太爱我了怎么办》，真人大电影，在线观看，裸眼 3D，狗粮十足，绝对能喂饱宋大喵！”

说完她还抱着楚尧亲了一口，以示自己并没有说谎。

黄元宝：“滚！”

宋朗道：“尧儿，你能不对她有求必应吗？看她现在嘚瑟的，你家狗粮我们都吃撑了。”

楚尧道：“没办法，有求必应是本能，改不了。”

江北北还在添油加醋：“对了，还有番外篇《公公婆婆对我太好了怎么办》《四个哥哥待我太好了怎么办》以及《我太可爱了怎么办》，元宝，你想看哪个，我演给你！”

黄元宝：“大宋……咱现在搬家还来得及吗？”